गिरिराज किशार
की
लोकप्रिय कहानियाँ

गिरिराज किशोर
की
लोकप्रिय कहानियाँ

संकलन एवं संयोजन

डॉ. दया दीक्षित

प्रकाशक

प्रभात पेपरबैक्स

4/19 आसफ अली रोड, नई दिल्ली–110002

फोन : 23289555 • 23289666 • 23289777 ❖ फैक्स : 23253233

इ–मेल : prabhatbooks@gmail.com ❖ वेब ठिकाना : www.prabhatbooks.com

संस्करण

प्रथम, 2016

मूल्य

एक सौ पचास रुपए

अ.मा.पु.स. 978-93-5186-297-0

मुद्रक

आर–टेक ऑफसेट प्रिंटर्स, दिल्ली

———— ★ ————

GIRIRAJ KISHORE KI LOKPRIYA KAHANIYAN

Published by **PRABHAT PAPERBACKS**
4/19 Asaf Ali Road, New Delhi-110002

ISBN 978-93-5186-297-0

₹ 150.00

संपादकीय

बीती सदी के चौथे दशक में जनमे कथाकार गिरिराज किशोर मात्र एक दशक के अंतराल के बाद, यानी छठे दशक से लेखन की दुनिया में प्रकाश में आने लगे। यह वह समय था, जब तीन पैसे, दो पैसे और बारह आना मूल्य में बेहतरीन कृतियाँ, कथा-संग्रह मिल जाते थे और आज तो ये सिक्के प्रचलन में ही नहीं हैं। पैसा, दो पैसा, तीन पैसों के इन सिक्कों की जगह उन संग्रहालयों की अल्मारियों, डेस्कों में हो गई है, जिनके अगल-बगल में भारत के विभिन्न कालखंडों में प्रचलित सिक्कों के नमूने रखे हुए हैं। कहने का आशय यह है कि तब से लेकर आज तक, साठ-पैंसठ साला लेखन के दौरान देखते-ही-देखते देश, दुनिया, समाज और समय कहाँ-से-कहाँ पहुँच गया। हालाँकि मनुष्य की मूलभूत जरूरतें और सुख-दुःख, प्रेमादि आवेग नए अथवा पुराने समय में लगभग एक ही रहे हैं। हाँ, यह जरूर है कि पहले के समय में दिक्कतें दूसरी थीं, अधिकतर व्यक्ति और समाज की जड़ता का प्रतिफल थीं, आज यह जड़ता टूटी तो है, मगर यह टूटन बजाय सुखद होने के, अपने साथ दूसरी-दूसरी दिक्कतें, विषमताएँ, विभीषिकाएँ लेकर आ रही है। इन विभीषिकाओं के संकट इतने क्रूर, निर्मम और दिलफरेब हैं कि इनकी मार बाहर नहीं दिखती, मगर मनुष्य के अंतर्बाह्य में शनैः-शनैः एक अविश्वसनीय विखंडन उत्पन्न कर देती है। यह विखंडन इस संग्रह की 'मम्मी सो रही हैं' तथा 'कविताएँ' जैसी कहानियों में उभरकर सामने आता है। विखंडन हमारे समय की सबसे बड़ी त्रासदी और विभीषिका है। व्यक्तिवाद या आत्मकेंद्रित प्रवृत्ति इसी विखंडन की देन है। उपर्युक्त कथाओं में विखंडन तो है, मगर इसका एक पक्ष पारस्परिक समन्वय को भी खोलता है, इसका संवाहक दांपत्य जीवन-मूल्य बनता है। हालाँकि दोनों कथाओं के वे कारक विखंडन उत्पन्न करते हैं, जो आज के अतिभौतिक एवं यांत्रिक जीवन की दुःखद परिस्थितियाँ हैं।

गिरिराज किशोर की कथाओं की यह विशेषता है कि इनमें समकालीन जीवन को समझने-बूझने के सूत्र प्राप्त होते हैं। ये सूत्र जीवन-जगत् के भविष्य को भी इंगित करते हैं। इन सूत्रों में रचना समय के राजनीतिक, सामाजिक, शैक्षिक, सांस्कृतिक, उच्च तकनीकी (मोबाइल मैसेज संस्कृति) के श्वेत-श्यामल पक्षों, भाषिक क्षेत्रों के आंतरिक इतिहास को भी स्पष्ट देखा-परखा जा सकता है। सामयिकता से भरपूर तथा समय का अतिक्रम करने की यह क्षमता कृतिकार के सृजन को अमरत्व की ओर अग्रसर करती है।

समय की धारा में देशीय और वैश्विक धरातल पर व्यष्टि और समष्टिगत चेतना का जितना उद्दाम ऊर्ध्व प्रवाह हुआ, उतना ही चेतनात्मक अवरोह का उत्प्रवाह भी कम नहीं हुआ, बल्कि यह मानवीयता की सारी सीमाओं का अतिक्रम करता दिखाई पड़ता है। 'सुजित' कथा में चेतना के प्रवाही और उत्प्रवाही दोनों रूप विद्यमान हैं। यह कथा भिन्न देशों की, भिन्न संस्कृतियों की, भिन्न नस्लों (श्वेत अश्वेत) की, शोषक और शोषित वर्ग की ऐसी कथा है, जिसके कई इंटरप्रटेशन या कई पाठ हैं। एक तरफ अमानवीय और मानवीय पराकाष्ठा जैसे कारक हैं, तो दूसरी तरफ संगति, असंगति और सत्संगति जन्य अंतर्ध्वनियाँ हैं। एक तरफ़ मृत्यु-भय है तो दूसरी तरफ जीवन को बचाने, बनाने, सँवारने की लालसा है।

कथाकार गिरिराज किशोर के लेखन का फलक अत्यंत विस्तृत और वैविध्यपूर्ण है। उनके लेखन के दायरे में व्यक्ति और समाज का अतिक्रम करते मनुष्येतर समाज के भी अनूठे चित्र हैं। इस जीव-जगत् में भी गिरिराज किशोर गजब के परकाया प्रवेश में दक्ष हैं। चाहे फिर 'घोड़े का नाम घोड़ा' जैसी पिछली सदी की सशक्त कथा हो या फिर आज 2014 में रची 'जलधर' कहानी-रचना हो। इन कथाओं में कथाकार की संवेदना का अतल विस्तार एक नई कहन की कथ्यात्मकता का सृजन करता है, इस कथ्य संवेदना से वह संप्रेषणीयता अग्रसारित होती है, जो हर वर्ग के पाठक में हृदयस्थ हो जाती है। कथाकार जो कुछ संप्रेषित करना चाहता है, वह यथारूप पाठक की चेतना में साधारणीकृत हो जाता है। संप्रेषण का यह घनीभूत रूप किसी भी रचनाकार को विलक्षण और सिद्धहस्त रचनासाधक बनाने में सक्षम है। गिरिराज किशोर ऐसे ही सिद्ध साधक हैं।

परकाया प्रवेशी, घोर संवेदना, सूक्ष्म और वस्तुपरक लेखन तथा समय को दर्ज करने के साथ वैकल्पिक संभावनाओं की तलाश ने ही कृतिकार गिरिराज

किशोर के कथा-साहित्य को प्रांतवाद और भाषावाद की दीवारों को लाँघकर सर्व स्वीकार्य बनाया है। उनकी कृतियों के हिंदीतर भाषाओं में हुए अनुवाद उपर्युक्त तथ्य के जीवंत साक्ष्य हैं। इस सर्व स्वीकार्यता के पीछे कथाकार की वह बहुआयामी रचनाशीलता भी है, जिसमें समाज के अंतिम व्यक्ति से लेकर बाबुई मध्यवर्ग, सत्ताभोगी मंत्रियों, मुख्यमंत्रियों तथा अभिजात वर्ग के बहुरंगी जीवन-बिंब, समाज-बिंब गहराई के साथ पूर्ण स्वाभाविकता में चित्रित हैं। इस चित्रण में वर्तमान और भविष्य की आहटें स्पष्टता के साथ दर्ज हैं। फिर चाहे अस्पृश्यता, वर्गभेद, दहेज की समस्या हो, समलैंगिकता, यौनिकता या रति-प्रसंग में स्पर्शादि का चित्रण हो या स्त्री द्वारा अपने देहाधिकार का विमर्श हो, ये सभी आज के ज्वलंत मुद्दे गिरिराज किशोर ने अपने लेखन में विगत सदी के छठवें-सातवें दशक में ही उस वक्त उठाए थे, जब पति में भी सार्वजनिक रूप से पत्नी को घुमाने-टहलाने के 'साहस' का अभाव था, जब विवाहिताएँ घूँघट काढ़ने के बावजूद एक रेशमी चादर या शॉल अनिवार्य रूप से परिधान के ऊपर ओढ़ती थीं, ऐसे विकट रूढ़िग्रस्त पारंपरिक समय में ये वर्जित मुद्दे उठाना बम विस्फोट से कम नहीं रहा होगा। किंतु दायित्व सजग रचनाकार अभिव्यक्ति के खतरों को उठाने से नहीं डरता। उसकी यही निर्भयता उसे ऊँचे कद का रचनाकार बनाती है।

प्रस्तुत संग्रह की कहानियों में कथाकार ने बृहत्तर समाज के कई रूपों, स्थितियों के वैयक्तिक एवं सार्वजनिक चित्र अंकित किए हैं। इस अंकन में बारीकी के साथ गिरिराजजी ने उन अदृश्य कारकों को भी प्रतीकात्मक ढंग से उल्लिखित किया है, जो मनुष्य और समाज की अंतर्क्रिया के फलस्वरूप अभौतिक संस्कृति को बहुत धीमे-धीमे क्षरित करते सांस्कृतिक और शाश्वत मूल्यों के अवमूल्यन अथवा पूर्णक्षरण को रेखांकित करते हुए क्रमशः अर्वाचीन मनुष्य और समाज को, पुराचीन मनुष्य और समाज से पूर्णतः पृथक् करते, सर्वथा बदले चेहरे में प्रस्तुत करके सांस्कृतिक विलंबना और विडंबना को व्याख्यायित करते हैं। तब के और आज के बदले हुए वैयक्तिक सामाजिक सरोकारों को चिह्नित करते हैं।

भौतिक संस्कृति के वर्चस्व के तले आज आस्थाओं के टूटने और श्रद्धा के भंग होने का यह त्रासद दौर है या यों कहें—यह आस्था, श्रद्धा जैसे भावों को तर्क में कसने का युग है, या कहें कि जिन शाश्वत (प्रेम, करुणा, मैत्री, समानता, सहकारिता सह नौ भुनक्तौ···) मूल्यों में ईश्वर के वास की संकल्पना की गई है या जिन मूल्यों को ईश्वरोपम बताया गया है, ऐसे उन नैतिक जीवन-मूल्यों के

खंडित और ध्वस्त होते जाने का दौर है। 'एक ईश्वर की मौत' का रचनाकार सांस्कृतिक मूल्यों के इस विखंडन को सहज रूप में व्यक्त करता है।

संक्षेप में कहें तो प्रस्तुत कथा-संग्रह की बहुवर्णी कथाएँ अपनी फलश्रुति में निश्चित रूप से पाठकों की संवेदनाओं को जाग्रत् ही नहीं करेंगी, उनकी रुचि का परिष्कार भी करेंगी।

—दया दीक्षित

अनुक्रम

अकेला साथी

शाम तक तो निरंतर बोलते रहे।

संवेदना प्रकट करने के लिए आने-जानेवाले प्रत्येक व्यक्ति के सम्मुख उस दुःखद घटना का पूरा ब्योरा देते—'कोई आशा नहीं थी···अचानक ही चली गई···हमें न सही, उसे तो पहले ही मालूम हो गया था। दो दिन से कह रही थी···मेरी खाल में भूसा भरोगे? अब मुझे दवा नहीं चाहिए, फिर कैसे अचानक वह लेटी हुई उठ बैठी, पाँव ऊपर रखने के लिए कहा—और पाँव छूते ही···यहाँ थी, वहाँ थी।'

उस दिन उन्होंने अपने आप ही सब सामान एकत्र किया···अरथी तक बनाई। किसी ने टोका भी, 'आप रहने दीजिए, यह काम तो हम कर देंगे', तो वे हँस दिए, 'बावन साल का साथ था, मेरी तो राजदाँ थी। उघड़ा-ढका सबकुछ देखा था। अब तो बस इसका इतना सा ही काम शेष रह गया, फिर तो कुछ करना ही नहीं।' उनकी इस हँसी में अजीब खिंचावट थी। लगता था, जैसे उसमें एक विशेष विस्फोटक है और उनका हर वाक्य किसी-न-किसी रहस्य का उद्‌घाटन कर रहा है। फिर अपने आप ही एक बेतुकी सी कहानी सुना दी—एक मियाँजी की बधनी (करवा) फूट गई। मियाँजी रोने लगे। लोगों ने पूछा तो उन्होंने रोते-रोते कारण बतलाया। लोग हँस दिए—'वाह मियाँजी, दो पैसे की बधनी की क्या बात, एक नहीं हजार।'

मियाँजी और जोर-ज़ोर से रोने लगे और बोले, 'बधनी थी तो दो पैसे की ही, पर मेरा तो भेद जान गई थी, अब दूसरी बधनी खरीदूँगा, मेरे मन की बने या न बने।'

उनकी यह बात सुनकर कुछ लोग चुप हो गए और कुछ प्रहसन समझकर हँसने लगे।

एक-दो बार उन्होंने गँवारू कहावत भी कही, 'याणे (बच्चे) की माँ जैसे सयाणे (बूढ़े) की जोरू (पत्नी)।' फिर उन्हें एक संस्मरण याद आया। कई रोज

से कह रही थी—'तुम्हारा कुरता मैला हो गया, बदल लो।···तुम्हें खाँसी हो गई, च्यवनप्राश खा लो।' पिछली बार चल-फिर सकती थी तो खुद बाजार जाकर ले आई थी। बहू-बेटा कौन पूछता है? उसका तो मैं आदमी था, मेरे चलाए उसकी गाड़ी चलती थी। भला-बुरा कैसा भी सही, उसके लिए तो सोने का था।

खैर, उसका पलड़ा भारी हो गया, आगे निकल गई। दोनों स्वार्थ की लड़ाई लड़ रहे थे। उसका स्वार्थ भी पहले जाने में था और मेरा भी! वह जीत गई।

दाह के समय जब हड्डियाँ चटक रही थीं, तब भी उन्होंने सब ही के सामने कहा था, 'यही शरीर मुझे सबसे प्यारा था···बनाव-सिंगार के लिए कितना-कितना सामान लाकर दिया करता था, वह और-और अच्छी लगे। अब अपने ही हाथों अग्नि को सौंप दिया।' उनकी ये सब बातें लोग भय-मिश्रित औचकता से सुन रहे थे।

श्मशान से लौटने के बाद वे कई दिन तक नहीं बोले। लगता था, जैसे घर में रहते ही नहीं। उस कमरे में भी वे नहीं बैठते थे, जिसमें संवेदना प्रकट करनेवाले लोग आकर बैठा करते थे। उनके बैठने को एकमात्र वही कमरा रह गया था, जिसमें रहती-रहती वह चली गई थी।

जिस घटना को उन्होंने पहले दिन विस्तार से सुनाया था, अब लड़के उसी को संक्षिप्त करके सबको सुना देते थे। कुछ उनके हमउम्र, जो उन्हीं से मिलने की इच्छा प्रकट करते थे, उनके पास जाते थे, अपनी बात कहते थे और बिना उनका उत्तर सुने वापस लौट आते थे या फिर जयादा-से-जयादा वे इतना कह दिया करते थे—'सबका यही परिणाम होनेवाला है।'

बस उस दिन बोले, जब उनकी बेटी आई। जैसे ही वह उनके पास गई, वे ज़ोर-ज़ोर से कहने लगे—'तुझे इतने दिनों से बुला रही थी, आज निकलकर आई है! अब तेरा क्या काम! बाप का घर तो माँ से ही होता है।' फिर वे बहुत देर तक बड़बड़ाते रहे। उनकी सब बातों का आशय यही था कि दुनिया में सबसे अधिक कृतघ्न कोई है तो अपने बच्चे! उनकी इन बातों से सब ही के मन में क्षोभ भर गया था, परंतु सामने बोला कोई नहीं था।

तेरहवीं के बाद मेहमान चले गए तो और भी अधिक अनबोले हो गए। बस अपनी चारपाई पर पाँव लटकाए बैठे रहने लगे। उनकी मुद्रा से यह लगता था कि कोई चित्र देखने में व्यस्त हैं। कोई पुकारता भी···पहली आवाज में तो वे बोलते ही नहीं थे। दूसरी या तीसरी आवाज़ में नज़र भर उठाकर देखते। उनकी नज़र में एक

पिघलता सा प्रश्न-चिह्न होता। जब बात सुन लेते तो वह प्रश्न-चिह्न घुल जाता। जवाब देने की बात होती तो 'हाँ' या 'न' की मुद्रा में गरदन ऊपर या नीचे को हिल भर जाती।

आने-जानेवाले लोग घरवालों को सलाह देते—'इन्हें व्यस्त रखा करो, नहीं तो अधिक दिन नहीं चलेंगे।' लड़के सुबह-शाम सैर के लिए जाने का प्रयत्न करते तो उत्तर मिलता—'अकेले कहाँ घूमने जाऊँगा।' वे समझ न पाते, उनका यह अकेलापन कैसा अकेलापन है, जो इतने लोगों के बीच भी बना रहता है। कभी-कभी खाने के संबंध में भी यही बात सामने आ जाती। गरम-गरम खाना खाने के लिए कहने पर वे धीरे से कह देते—'अब क्या गरम, क्या ठंडा, जैसा भी मिल जाए!' बातें कुछ इस तरह से पलट जातीं, जैसे साँप काटकर पलटा ले जाता है। खाने में एक वक्त खाते, दूसरे वक्त गोल कर जाते। खुराक दिन-पर-दिन गिरती ही जा रही थी। घर में इस बात पर एक अच्छी-खासी उत्तेजना सी रहने लगी। लेकिन उनको खाने में कुछ भी अच्छा नहीं लगता···कम सिंकने पर रोटी कच्ची रह जाती, ज़्यादा सिंकने पर जल जाती···सब्जी में नमक कम हो जाने पर फीका लगता, थोड़ा ज़्यादा हो जाने पर खारा हो जाता।

कई बार सामूहिक रूप से चिंता व्यक्त की गई, कमज़ोर होते जा रहे हैं। क्या होगा, कहीं···?

अधूरे 'कहीं' का अर्थ वे समझ गए; बड़े रूखेपन से जवाब दिया,—'अरे, मर भी जाऊँगा तो क्या? मौत को नहीं देखते? कितना इंतज़ार करती है! बड़ा धैर्य होता है, ज़िंदगी के पत्थर को साठ-पैंसठ साल तक काटती रहती है, तब कहीं रास्ता मिल पाता है। इस धीरज के साथ, न्याय भी होता तो···मौत का आना किसी को बुरा न लगता!' उनकी बातें हीरे की कनी की भाँति तीखी और अघुलनशील होती जा रही थीं।

उनकी आँखों में सूनापन भरता जा रहा था। कभी तो दोनों आँखें ऐसी स्थिति में ठहर जाती थीं, शायद ही अब हिलेंगी। उनमें निष्क्रियता और अनास्था का अनंत सागर हिलोरता सा लगता था। एक रात को जब उनके बड़े लड़के उठे तो वे बैठे हुए थे। आँखें ज्योतिहीन सी खुली कहीं शून्य में ठिठक गई थीं।

'पिताजी···पिताजी!' कई बार पुकारने पर उनकी आँखें हिलीं। उनकी नज़र से ज्ञात हो रहा था, इस समय का व्यवधान उन्होंने पसंद नहीं किया। बड़े धीमे से बोले, 'मुझे जाते-जाते लौट आना पड़ता है। इस तरह मत पुकारा करो,' उसी समय

उनके मुख से यह भी निकल गया, 'कई बार तुम्हारी माँ मुझसे पूछा करती हैं···किसी बात की दिक्कत तो नहीं? वह क्या जाने किस बात की दिक्कत है।' और रो दिए। उस दिन का रोना बड़ा अजीब सा लगा···अश्रुहीन कालग्रस्त बच्चे का मिमियाना मात्र।

अगले दिन से उनकी आवाज़ भी गिरने लगी। कुछ-कुछ ऐसा अनुभव होने लगा था, जैसे हवा तक में उन्हें घोलने की सामर्थ्य आ गई है और वे निरंतर घुलते जा रहे हैं।

आखिरी बार जब बोले तो अनुभव हुआ, उन्होंने किसी सत्य का साक्षात्कार कर लिया है। उनके कथन में एक निर्विकार सी दृढता थी। उस दिन उनके किसी मित्र ने सहानुभूति प्रकट की थी—'भाई साहब! भाभी की मृत्यु से आपके जीवन में बड़ी भारी अव्यवस्था आ गई है।'

वे इस पर कुछ इस तरह से मुसकराए कि वे (न मुसकराकर) रो रहे हैं और धीरे से बोले, 'लेकिन मृत्यु तो स्वयं सबसे बड़ी व्यवस्था है।' मित्र चले गए।

उस दिन के बाद वे बोले नहीं, अकसर ऐसा लगता रहा, उनके अंदर से बिंदु-बिंदु और धारा-धारा का वाष्पीकरण हो रहा है।

□

एक ईश्वर की मौत

फुटपाथ
ज़िंदगी का अंतिम दिन

लिखे या कहे बिना नहीं रह सकता। कहने को कहूँ किससे? इसलिए लिख रहा हूँ यह पत्र। संबोधनहीन है। शायद लोगों को इसे पत्र मानने में एतराज़ हो। क्योंकि बालकों को छोड़कर और बाकी सब, जो इस घेरे से निकल जाते हैं, परंपराओं को तोड़ना पाप, समाज-द्रोह मानते हैं, 'मैच्योर' होते हैं न!

लेकिन मेरे साथ कुछ ऐसी विडंबना रही है—परंपराएँ मेरे हाथों से काँच के बरतन की भाँति फिसलकर टूट गई हैं। पत्र लिखने तक में यही बात हुई; मेरा अपना कोई नहीं, इसलिए यहाँ पर भी मुझे अपवाद बनना पड़ रहा है। यह भी सोचा था, 'दुनियावालो' ही संबोधन दिया जाए। पर कोई अकेला दुनियावाला होता है? कोई नहीं। अगर कोई अकेला दुनियावाला हो भी जाए तो उसकी आँखों की रोशनी, कानों की सुनने की शक्ति, सोचने की सामर्थ्य, सबकुछ बँट जाती है, फिर धीरे-धीरे समाप्त हो जाती है। अत: डॉट-डॉट करके छोड़ दे रहा हूँ। पर पत्र की एक परंपरा निबाहूँगा, नीले लिफ़ाफ़े में बंद करके छोड़ दूँगा। क्योंकि लिफ़ाफ़े में बंद कोरे काग़ज़ को भी पत्र समझा जाता है। और पते पर लिखूँगा—'तुम्हारे नाम'। पत्र का कर्मकांड किसी हद तक पूरा हो जाएगा।

(...पत्र से इन सबका कोई संबंध नहीं। मेरी अपनी ही कुंठा है। कुंठा का निराकरण करने के लिए ज़्यादा बोलना, ज़्यादा लिखना या ज़्यादा लड़ना है। कुछ-न-कुछ सामान्य से ज़्यादा करना पड़ता ही है। यही छोटा सा 'जस्टीफिकेशन' ऊपर लिखी हुई इतनी इबारत में है।)

दरअसल, यह पत्र मैं कुछ अपनी ही बातें कहने के लिए लिख रहा हूँ। मुझे अपने बारे में ही कुछ शंकाएँ हो गई हैं। शायद मैं पागल हो गया हूँ या फिर बहुत

अधिक बुद्धिमान बन बैठा! कुछ समझ नहीं पा रहा।

कल रात मैंने एक स्वप्न देखा था। एक पहाड़ की चोटी सोने से मढ़ी हुई है। तीन रास्ते हैं—एक रास्ते से लोगों को धकेला जा रहा है और दो रास्तों पर लालच दे-देकर बुलाया जा रहा है। सब रास्तों पर भिन्न-भिन्न वेशभूषा में कुछ लोग जमा हैं; वे अपने रास्ते के बारे में बखान किए जा रहे हैं।

लगभग और सब लोग तो पहले से ही तय किए हुए हैं, किसको किस रास्ते जाना है। वे दूसरे रास्तों की तरफ़ देखते तक नहीं। लेकिन कुछ गुमराह हैं या एक रास्ते से धकेल दिए गए हैं, उनके लिए ही वे सब लालच हैं और उस 'कन्वेंसिंग' का महत्त्व है।

एक आदमी है, जो उन सब रास्तों को छोड़कर ही पीछे की तरफ़ से ऊबड़-खाबड़ रास्ते पर चला जा रहा है। उसका कहना है—ये ऊबड़-खाबड़ रास्ता भी उस सुनहरी चोटी तक ही पहुँचाता है।

सुबह इस स्वप्न पर जब मैं सोचने लगा तो बड़ा अजीब लगा। आख़िर क्यों? यह सब ऐसा क्यों दिखलाई पड़ा?

मैं एम.ए. तक 'साइकोलॉजी' का विद्यार्थी रहा हूँ, अत: संकेत या उसे कहिए 'सजेशन' ही समझा। और शायद उसी स्वप्न के आधार पर दिन भर का एक प्रोग्राम भी बना डाला। इसी कारण आज दिन भर मैंने तीन काम किए और उनकी वजह से मैंने बहुत मार भी खाई, जूते और लातों से पूजा हुई। लेकिन मुझ पर जैसे उन सबका कोई असर नहीं, ऐसा लगता रहा, जैसे मैं मरा हुआ आदमी हूँ।

सबसे पहले—एक मंदिर में घुसकर प्रतिमा पर पत्थर दे मारा, उस समय मुझे कोई विशेष बात महसूस नहीं हुई, जैसे बालक ने खिलौना तोड़ डाला हो। लेकिन मृत्यु में और टूटने में भेद मालूम हो गया। मरने से टूटने में आदमी ज़्यादा विरोध करता है। लोग भभक उठे; उनकी आस्थाओं को ठेस लगी थी, क्योंकि मैंने उन्हें तोड़ा था और मेरी सब आस्थाएँ मर गई थीं। इसलिए उन लोगों ने मुझे मरे हुए आदमी को भी अंधाधुंध पीटा और पीटते रहे।

फिर एक और इबादतखाने में जाकर उसकी पाक जगह पर बच्चों की तरह गंदगी फैला दी। उनकी दृष्टि से मैं यह घृणित कार्य कर रहा था। यदि मैं जीवित होता तो मेरे लिए भी यह वैसा ही घृणित होता। उसका दंड ईश्वर तो मुझे दे या न दे, पर मनुष्य की आस्था दे रही थी। शायद आस्था ईश्वर से भी बड़ी होती है।

अंत में एक और पुजारी के सामने धर्म-ग्रंथ पर थूक आया।

मैंने ऐसा क्यों किया, समझ नहीं पा रहा हूँ। पागलपन के कारण या अधिक अक्लमंदी के कारण!

दस साल पहिले जब हिंदू अनाथालय से छोड़ा गया था तो अधीक्षक ने विदा देते हुए कहा था, 'ईश्वर तुम्हारी मदद करेंगे!' मैं इसी विश्वास के साथ निकला भी, ईश्वर ही रक्षा करता है। पर जैसे-जैसे अनाथालय दूर होता गया, मुझे लगता गया, 'ईश्वर अनाथालय में छूट गया है, क्योंकि दूर-दूर तक उसका कहीं पता नहीं था।'

इनसान को भी, जिसके पास रोटी, कपड़ा और रहने का साधन था और अधिक साधन जुटाने में व्यस्त पाया।

कुछ लोगों को, जो दूसरों तक का साधन बन सकते हैं, घड़ियाल की खाल ओढ़े बैठे देखा।

गलती मेरी ही थी, अनाथालय में रहते-ही-रहते मैंने एक स्वप्न का निर्माण कर लिया था।

वह था—नौकरी और पत्नी!

···घर और सुख।

मेरी ज़िंदगी इन दो जोड़ों में बँट गई थी।

नौकरी मिली भी चपरासी की। लेकिन इतना पढ़े-लिखे होने के दंभ ने अफ़सर के घर का काम करने से इनकार कर दिया।

नौकरी न रही। उस समय मैंने अनाथालय में अधीक्षक की बात को दोहराना चाहा, लेकिन बात गले में ही फँसकर रह गई।

और पत्नी भी न मिली, एक लड़की, जिसने मुझसे वायदा किया था और गवाह कहिए या बिचौलिया, हमारा प्रेम था। उसके घरवालों ने घर, जाति, गोत्र पूछा तो मैं उत्तर में अपने को अनाथ ही बता सका। चुनाँचे सब बातें खत्म हो गईं।

फिर घर और सुख की बात तो···बाकी रहने का सवाल ही क्या था!

मेरा एक दोस्त था, जो एक खास धर्म को मानता था। उसने मुझे ढाढ़स बँधाया और मदद भी की। एक वक्फ में नौकरी दिला दी।

पत्नी दिला देने की बात भी कही, इस बात से मुझे बड़ी प्रसन्नता भी हुई कि मैं प्रेयसी को पा सकूँगा।

एक रोज़ एक बुजुर्ग के जरिए यह प्रस्ताव आया कि मैं धर्म-परिवर्तन कर डालूँ। धर्म मेरे लिए कोई आस्था का विषय तो था नहीं, एक फटा हुआ लेबिल

था। मैं सहमत हो गया, लेकिन साफ तौर से इस बात को पूछ लिया—'मुझे वह लड़की मिलेगी?' उन्होंने इस बात का भी आश्वासन दिया, 'वह भी धर्म बदलने के लिए तैयार है।' इस बात को सुनकर मेरे मन को इतना ही दुःख हुआ, जितना दुखांत कहानी के अंत पर होता है। हालाँकि वही काम मैं कर रहा था।

मैं···हो गया। परंतु मेरी पत्नी बनाने के लिए दूसरी लड़की लाई गई।

वहाँ से मैं भाग निकला। उस समय मुझे महसूस हुआ, शायद मैं उस फटे हुए लेबिल को उतारना नहीं चाहता, दूसरा लेबिल भी वैसा ही है।

ऐसे ही एक और धर्म बदलने की बात आई। यहाँ भी नौकरी देकर यह प्रस्ताव सामने रखा गया था। उस रोज़ मुझे पता चला—कोई धर्म इनसान के स्तर तक नहीं पहुँच सका है। यदि कोई है भी तो इनसानों ने उसे छोटी-छोटी हाँड़ियों में बंद कर आग पर रख दिया है।

मैं···बन गया···एक पत्नी भी मिली। परंतु घर और सुख के जोड़े को मेरे मोहल्ले तक में जगह नहीं मिली। पत्नी तलाक दे गई, दूसरी पत्नी मैं ला नहीं सका। क्योंकि स्वयं एक संस्कार के खोल में जो बंद था।

उस रोज़ फिर अधीक्षक की आवाज़ 'ईश्वर तुम्हारी मदद करेंगे' मेरे कानों में गूँजती रही और बार-बार मैंने उस बात पर विश्वास करना चाहा, परंतु मैं उस पर हँस भर सका।

दरअसल, मुझे ऐसा महसूस हुआ, मेरे अंदर जो बिना धर्म का एक ईश्वर था, वह धीरे-धीरे मरता गया है और अब बिल्कुल मर गया।

बस परसों मरने से पहले ईश्वर ने एक बार आँखें खोली थीं।

बराबर में फुटपाथ पर लेटी एक बीमार औरत ने मरने से पहले यह इच्छा व्यक्त की थी कि वह सुहागिन मरना चाहती है, जिससे दूसरे जन्म में उसे फिर औरत न बनना पड़े। क्योंकि कुमारी मरनेवाली को दूसरे जन्म में फिर औरत बनना पड़ता है।

उस औरत के सब घरवाले पहले ही मर चुके थे, उनके बाद उसे ज़िंदगी के बहुत से ऐसे रास्ते अपनाने पड़े, जो खुद भटके हुए थे। पेट भरने के लिए अपनी अस्मत तक को सौदा समझा था। वे सब बीमारियाँ उसी की देन थीं।

गंध आ रही थी, जैसे ज़िंदगी सड़ रही हो।

लेकिन मरते हुए मेरे 'ईश्वर' ने मुझे एक ऐसी नज़र से देखा कि मैंने उसका हाथ अपने हाथ में ले लिया और मरती हुई उस धर्महीन औरत की माँग वहीं पड़े हुए रेत से भर डाली। मैंने देखा, उसके चेहरे पर बड़ी लंबी मुसकान है और

मुसकान का विस्तार बढ़ता ही जा रहा है, जो मृत्यु को खूब पहचानता है।

मेरे अंदर भी वह दम तोड़ता हुआ ईश्वर मुस्कराया और कल सुबह जब वह औरत···नहीं, मेरी पत्नी मरी तो वह 'ईश्वर' भी मर गया।

और रात जो स्वप्न में देखा, एक आदमी सब रास्ते छोड़कर ऊबड़-खाबड़ पथ से जा रहा है, वह शायद वही था।

अच्छा भाई, विदा! जिसका ईश्वर मर जाता है, फिर वह भी नहीं रह पाता!

आपका ही

...

□

पगडंडियाँ

मि. सेन ने मुँह से सिगार निकालकर हाथ में ले लिया। कुछ याद करने की मुद्रा में आँखें बंद करके पुकारा, "राजीव!" सिगार का धुआँ बार-बार उनकी गरदन के ऊपरी भाग को घेर लेता था, उसके छँटते-छँटते वे फिर उतना ही धुआँ छोड़ देते थे। दो बार कश लगा लेने के बाद मि. सेन ने आँखें खोलीं और सिगार को राखदानी पर रखकर चारों ओर नज़र डाली। उन्होंने एक बार और पुकारा— "राजीव, राजीव बेटे!"

बराबरवाले कमरे में नौकर था। मि. सेन की आवाज़ सुनकर बाहर निकल आया, "भैया दूसरी तरफ़ बरामदे में पढ़ रहे हैं, बुला लाऊँ?" बड़े अनमनेपन से मि. सेन ने दोहराया, "पढ़ रहे हैं।" उसी अनमनेपन को बनाए रखते हुए कहा, "अच्छा तो ठीक है, पढ़ने दो। इम्तहान नज़दीक है। इन फ़ाइनल, नो डिस्टरबैंस…! इज़ इंट इट?" गरदन घुमाकर देखा, नौकर चला गया था।

राखदानी पर रखे सिगार को उठाकर उन्होंने फिर मुँह में लगा लिया। दम लगाने पर जरा सा भी धुआँ मुँह में नहीं आया। आधे से ज़्यादा बचे सिगार को इतनी ज़ोर से फेंका कि पूरा लॉन पार करके सामनेवाली चहारदीवारी से टकराकर गिर पड़ा। उसी झटके के साथ मि. सेन भी उठ खड़े हुए और लॉन की तरफ़ चल दिए।

लॉन के किनारे-किनारे माली थाँवले खोद रहा था। खुदी हुई मिट्टी नई-नकोर, नम और मुलायम थी। कुछ ढेले थे, जो हाथ लगाते भुर जाते थे। बीच-बीच में माली का फावड़ा कंकड़ या टूटे हुए ठीकरे से टकरा जाता था। माली उसे उठाकर दूर 'बगा' (फेंक) देता था। थोड़ी देर मिट्टी खोदने की क्रिया देखते रहे। फिर मिट्टी का ढेला उठाकर उसे भुरभुराते हुए बरांडे की ओर लौट पड़े। कुछ दूर तक हरी-हरी घास पर पीली मिट्टी की पतली सी रेखा बन गई।

मि. सेन बरांडे में पड़ी कुरसी के पास फिर आ खड़े हुए। खड़े-खड़े ही

उन्होंने डिब्बे से एक सिगार निकाला, दियासलाई उठाई। व्यस्तता के अंदाज़ में दोनों को अलग-अलग हाथों में ही लिये अंदर की ओर चल दिए। धुला-पुछा ड्राइंग-रूम सुस्ता रहा था। बाहर चढ़ती हुई धूप के हल्के-हल्के बिंब दीवारों पर काँपते हुए से टिके थे। मि. सेन के चलते रहने से वे सब उनके शरीर पर आ-आकर टिकते, फिसलते और पुनः दीवारों पर अपनी-अपनी जगहों पर चिपक जाते थे।

दूसरे बरांडे में राजीव 'थमले' से पाँव टिकाए, कुर्सी को पीछे की ओर झुकाए, आँखें बंद किए बैठा था। घुटनों पर किताब उलटी रखी हुई थी। मि. सेन ने पास जाकर पूछा, ''पढ़ चुके?''

''यस पापा!''

''रिलेक्सिंग!''

राजीव ने गरदन हिला दी। मि. सेन कुरसी खिसकाकर बैठ गए। कुछ सोचते हुए बोले, ''तुम्हारी 'प्रिप्रेशंस' पूरी हो गई?''

''हूँऽऽ, लेकिन पापा, नीना इज़ वेरी मच तैयार।''

मि. सेन ने हँसकर पूछा, ''तो इसीलिए तुम परसों से उसके साथ पढ़ने नहीं गए,··· डर गए हो!''

''व्हाट डरना···अब तो 'एक्ज़ाम्स' ही बताएँगे, कौन किसके सिर पर से फाँद जाता है।''

मि. सेन ने मुसकराते हुए पूछा, ''कहीं ऐसा न हो, दूर से दौड़ते हुए आओ,··· आमने-सामने आते ही, हॉल्ट।'' देखते-देखते एक छोटा सा बिंब राजीव के चेहरे पर से फिसल गया।

''नो पापा, आई विल क्रॉस हर।''

मि. सेन की नज़रों में एक चमक उभरकर डूब गई। उन्होंने अपने को गंभीर बनाने का प्रयत्न करते हुए प्रतिवाद किया, ''नीना एक्स्ट्रा ऑर्डीनरी ब्रिलियंट माँ की बेटी है, जानते हो।''

राजीव ने किलककर तपाक से उत्तर दिया, ''हूँऽ, आप जानते हैं; राजीव इज़ सन ऑफ़ रेकर्ड ब्रेकर।'' उसने अपना सीना ऊपर को उचकाया।

मि. सेन प्यार से झिड़कते हुए बोले, ''तुम बहुत शैतान हो गए!'' चेहरे पर मुसकराहट हँसने की सीमा तक फैल गई।

''पापा, यू नो, आंटी को आपकी रॉटरी-क्लब वाली स्पीच बहुत पसंद आई।''

मि. सेन ख़ामोश हो गए। उनके व्यवहार ने ऐसा आभास दिया कि इस बात

में उनकी विशेष दिलचस्पी नहीं। लेकिन कनखी आँखों से राजीव की तरफ़ देखते रहे। राजीव बताता रहा, ''लौटने पर ममी से पुछवा दूँगा, मैंने उनको बताया था। आंटी इतना पढ़-लिखकर भी एकदम 'आर्थोडोक्स' हैं। इट इज़ ओनली ड्यू टू यू कि वे मुझे अपनी बेटी के साथ 'कंबाइंड-स्टडी' के लिए एलाऊ कर देती हैं। शी ऑलवेज कीप्स ऐन आई।'' अंतिम वाक्य उसने बड़े धीरे से कहा।

''इसका मतलब, शी इज़ ए गुड मदर।'' मि. सेन एकाएक अनमने हो गए। लेकिन तुरंत सँभलकर बोले, ''मैं खुद तुम्हें फ़ाइनल में किसी और लड़की के साथ पढ़ने की इज़ाजत न देता। मुझे अपनी बात याद है—आ वाज़ जस्ट टू लूज़ माई पोज़ीशन इन एम.ए., बाल-बाल बच गया। ख़ैर, वह सब तो था ही। जब तुमने मुझसे कहा था—मैं मिसेज़ जोशी से सलाह करने गया था। अब भी पूछताछ रखता हूँ।''

''यू आर डेंजरस पापा! आपको क्या पता चलता है…?'' क्षण भर को राजीव का चेहरा तन गया, उसकी आँखें आशंका से भर गईं।

''पढ़ते कम हो, बातें ज़्यादा करते हो।'' कहकर मि. सेन हँस दिए। राजीव के चेहरे पर फिर खुलापन आ गया। उसने गरदन को झटका देते हुए प्रतिवाद किया, ''नो पापा, आप मज़ाक कर रहे हैं—वी आर टू सीरियस।'' 'टू' को ज़रा खींचकर बोला।

''प्रूव इट।''

''ठीक है, आई विल…''

राजीव उठ खड़ा हुआ। मि. सेन ने एक बार उसे उठते हुए देखा, फिर अपनी घड़ी की ओर देखकर कहा, ''अब तो लंच के बाद ही पढ़ोगे?'' राजीव ने गरदन हिला दी।

''तो बैठो!''

राजीव पुनः बैठ गया। मि. सेन की नज़र अपनी उँगलियों में दबे सिगार पर चली गई। उन्होंने तुरंत जलाकर ज़ोर का एक कश लगाया।

धूप सहन से सरककर बरांडे में आ गई थी और उन दोनों के पाँव धूप की उस चादर के नीचे दब गए थे।

राजीव ने मि. सेन की ओर देखकर पूछा, ''पापा, डोंट यू थिंक—हिंदुस्तानी औरतें कितनी भी 'एडवांस' हों, पर अपनी ग्रोन-अप लड़कियों के बारे में भी एक्स्ट्रा-कॉन्शस रहती हैं, एज़ इफ़ दे आर शुगर क्यूब्स।''

मि. सेन ने राजीव की ओर बड़े ग़ौर से देखा, 'हूँ' करके रह गए। बात आते-

आते होंठों से लौट गई। फिर मूड बदलकर बोले, ''इसमें क्या बात है, मदर्स लव देयर डॉटर्स मोर।''

राजीव के चेहरे पर शैतानी भरा भाव चमका। गरदन नीची करके हल्का सा मुसकराया। बेटे को मुसकराता हुआ देख मि. सेन थोड़ा गंभीर हो गए।

''तुम समझते हो, मिसेज़ जोशी बैकवर्ड हैं—शी इज़ डेफ़िनेटली डिगनिफ़ाइड एंड रिफ़ाइंड लेडी। तुम्हारे क्लास में इतने लड़के थे, बट शी एलाउड यू ओनली टू स्टडी विद हर डॉटर—उनमें आदमी को पहचानने की अद्‌भुत शक्ति है।''

पिता के एकाएक गंभीर हो जाने से राजीव के चेहरे पर असंतुलन आ गया। सफ़ाई देने की मुद्रा में बोला, ''पापा, मैं आंटी को ब्लेम थोड़े ही कर रहा हूँ। वे मुझे भी उतना ही मानती हैं, कई लोगों ने हम दोनों को लेकर उनसे कुछ कहा-सुना भी, उन्होंने उन लोगों को बहुत सही जवाब दिया। राजीव इज़ ए सन ऑफ़ ए वेरी डिसिप्लिंड फ़ादर।''

आख़िरी वाक्य सुनकर मि. सेन मुसकरा दिए। अपने पापा की मुसकराहट देखकर राजीव का चेहरा भी निखर आया।

मि. सेन उठ खड़े हुए और धुआँ छोड़ते हुए उसके बीच से चहलकदमी करने लगे।

राजीव ने धीरे से कहा, ''पापा, फाइंड टाइम टु कॉल ऑन नीनाज़ फ़ादर।'' वे अधबीच में ही राजीव की ओर घूमकर उसके चेहरे का भाव आँकने का प्रयत्न करने लगे। फिर बोले, ''कई बार मैं तुम्हें ड्रॉप करने गया हूँ, लेकिन ही इज़ आलवेज़ आउट। इस बार मैं उनसे टाइम लेकर मिलने जाऊँगा।''

''आप देखेंगे, ही ओनली स्माइल्स।'' सुनकर सेन साहब भी मुसकराए।

''एक रोज़ आंटी चाय पर आपकी बड़ी तारीफ़ कर रही थीं, तो भी अंकल मुसकरा रहे थे।''

''मुसकरा रहे थे!'' मि. सेन ने झटके के साथ पूछा।

''हाँ, दरअसल उनकी दो आदतें हैं—मुसकराते रहना और हिंदी में बोलना।'' अंतिम शब्दों के साथ उसके चेहरे पर हँसी भी आ गई।

मि. सेन ने प्रतिवाद के रूप में कहा, ''मुसकराता तो मैं भी हूँ,··· तुम मेरे बारे में भी इसी तरह की बातें करते होगे?''

''नो पापा, मुसकराती तो आंटी भी हैं, बट शी इज़ मच मोर फ़ारवर्ड। ऐसे ही आप भी—आप स्मोक करते हैं, हाई सोसाइटीज में मूव करते हैं। अंकल दफ़्तर से लौटते हैं और बस···। आंटी इज़ सो स्मार्ट कि उनका लेज़ी होना अखर जाता

है। आंटी आपकी मिसाल दे-देकर अंकल को हमेशा प्रोवोक करती हैं, ही इज़ इम्यून।'' मि. सेन के चेहरे पर खिला-खिलापन आ गया था।

थोड़ा सोचने की मुद्रा बनाकर उन्होंने कहा, ''इसमें कोई शक नहीं, लेडीज़ हैव इम्मेंस पावर ऑफ़ एडजस्टमेंट विद मेन···'' तुरंत अपनी बात बीच में तोड़कर बोले, ''हाँ, तुम्हें शाम-वाम को तो उधर नहीं जाना?'' यह पूछते समय उनके चेहरे से लगा, अब वे गंभीर बात करना चाहते हैं।

राजीव ने भी सोचते हुए जवाब दिया, ''एक-दो टॉपिक्स डिसकस तो करना चाहता हूँ, लेकिन···।''

''लेकिन क्या? अगर करने हैं तो कर लेने चाहिए, फिर क्या इम्तहान के दिनों में करोगे? शाम को जाना है, तो जाकर अब नहा-धो लो, लंच लेकर थोड़ा आराम करना, फिर पढ़-पढ़ाकर शाम को वहीं चले जाना।'' रुककर फिर बोले, ''हो सका तो मैं भी चला चलूँगा, नीना के फ़ादर से मिलना हो जाएगा।'' राजीव ने तिरछी नज़र से पापा को देखा। धीमा सा मुसकरा दिया।

मि. सेन के चेहरे पर काफ़ी खुलापन था। उठते समय उन्होंने अधपिए सिगार को ऐसा उछाला कि दूर आकर गिरा। उनके कमरे में चले जाने पर राजीव किताबें इकट्ठी करने लगा था। साथ-साथ हल्की सी सीटी भी बजाता जा रहा था। किताबें इकट्ठी करके क्षण भर के लिए उसने कुछ सोचा, फिर मि. सेन के दफ़्तर में फ़ोन करने के लिए चला गया।

''इट इज़ टू वन फ़ाइव थ्री—राजीव हियर?''

......

''हैलो आंटीजी, नीना है?''

......

''नहा रही है।''

......

''मैं तो बहुत नरवस हूँ, दिमाग़ से सबकुछ उड़ गया, आप ही बताइए, क्या करूँ? पापा कहते रहते हैं, नीना इज़ डॉटर ऑफ़ ए ब्रिलियंट मदर।''

......

''हँसी की बात नहीं, आंटी! मैं भी पापा से यही कहता हूँ, आई एम ऑलसो ए सन ऑफ़ ए टॉपर, रिकॉर्ड तोड़नेवाले का बेटा हूँ। बट पापा हैज़ डेवलप्ड इन्फ़ीरिऑरिटी।''

......

''कम-से-कम आप उस पर अपनी 'ब्रिलियंसी' का और पापा के रेकॉर्ड ब्रेक करने का रोब ग़ालिब तो नहीं करतीं।''

...

''मम्मी तो अपनी फ्रेंड की डॉक्टर की शादी में गई हैं।''

......

''कल लौटेंगी।''

......

''खाना तो नौकर बनाएगा ही।''

......

''आप पापा से बात कर लीजिए, ही इज़ वेरी पर्टीकुलर एबाउट ऑल दैट।''

......

''होल्ड कीजिए, मैं बुलाता हूँ।''

राजीव ने वहीं से चिल्लाकर कहा, ''पापा, योर फ़ोन।''

मि. सेन आधे चेहरे पर साबुन लगाए चले आए। थोड़ा झुँझलाते हुए पूछा, ''किसका फ़ोन है?''

''आंटीज़ी फ़ोन···मैं दे रहा हूँ।''

मि. सेन ने रिसीवर हाथ में ले लिया, ''सेन स्पीकिंग, कहिए क्या आज्ञा है?''

......

''अरे आप किस तकल्लुफ़ में पड़ गईं, नौकर तो बनाएगा ही, कल वाइफ़ आ जाएँगी।''

......

''अच्छा, भाई साहब भी नहीं हैं। इट इज़ कॉल्ड लक मिसेज़ जोशी, मैं राजीव से कह रहा था, शाम को जोशी साहब से मिलने मैं भी चलूँगा। किसी ऐसे रोज़ रखिए जब भाई साहब भी हों।''

......

''हा, हा, हा···'' कुछ देर तक मि. सेन हँसते रहे, फिर बोले, ''यह अच्छा कहा, मेरी 'वाइफ़' नहीं, आपके 'हस्बेंड' नहीं, आप भी खूब 'विटी' हैं!''

......

''ऑल राइट, जैसा आपका हुक्म! बच्चों का थोड़ा नुकसान होगा।''

......

"हा, हा, हा!" मि. सेन फिर हँसने लगे।

......

"अच्छा तो शाम को मुलाकात होगी, चियर्स।"

मि. सेन रिसीवर रखने लगे तो राजीव ने उनके हाथ से रिसीवर ले लिया।

"आंटी, ज़रा नीना को बुलवा दीजिए, 'टॉपिक' के बारे में पूछना है।"

......

"हलो नीना, क्या हाल है, घोट डाला?"

......

"ह्वाट! मैंने फ़ोन नहीं किया, तुम तो कर सकती थीं। उस रोज़ आंटी ने कुछ कहा तो नहीं।"

......

"मैं तो डर रहा था, इसीलिए फ़ोन नहीं किया था।"

......

"बोलती क्यों नहीं?"

......

"पढ़ लिया! क्या पढ़ लिया? मैं पूछ कुछ रहा हूँ, तुम जवाब कुछ दे रही हो। आंटी खड़ी हैं। ओह, योर मम्मी हैज़ इनवाइटेड माई पापा! आज शाम को मज़ा रहेगा।" अंतिम वाक्य उसने आवाज़ को धीमा करके कहा।

......

"शेक्सपियर भी।" दोहराकर वह ज़ोर से हँसा। 'डरपोक' कहकर रिसीवर रख दिया। मुँह चिढ़ाकर सीटी बजाता हुआ अपने कमरे में चला गया।

□

मि. सेन काला सूट पहने ड्राइंग-रूम में चहलकदमी कर रहे थे। रोशनी का प्रत्येक उपकरण दीवार के अंदर था, आभास-स्वरूप हल्का-हल्का प्रकाश कमरे में फैला था। शायद सर्दी के कारण सिगार का धुआँ धीरे-धीरे ऊपर उठ रहा था, रंग भी अधिक सफ़ेद था।

टहलते-टहलते उन्होंने पुकारा, "राजीव मेक हेस्ट, आठ बज रहे हैं, मिसेज़ जोशी का फ़ोन भी एक बार आ चुका है।"

राजीव कोट की ऊपरवाली जेब में रूमाल लगाता हुआ कमरे से निकल आया, "रेडी पापा, लाइए 'की', मोटर निकाल दूँ।"

मि. सेन ने राजीव को ऊपर से नीचे तक देखा। चेहरे पर आया ठहराव हिल गया। हँसते हुए बोले, "लुकिंग स्मार्ट…"

राजीव ने थोड़े बचपने के साथ हँसकर तुरंत कहा, "बट नॉट मोर दैन यू।"

मि. सेन क्षण भर को अस्थिर हो गए, पर तुरंत ही हँसने लगे। "आई एम ओल्ड मैन नाउ।" उनके चेहरे का पॉलिशपन उभर आया।

राजीव कार चला रहा था। मि. सेन सिगार पी रहे थे। धुआँ शीशे के अंदर से गुज़र रहा था।

नीना के घर पहुँचकर राजीव ने ज़ोर से हॉर्न बजाया। मिसेज़ जोशी और नीना बाहर निकल आईं। राजीव ने उतरते ही कहा, "आंटीजी! योर गेस्ट इज़ हियर।" और नीना की ओर पकड़ती नज़रों से देखा। चारों-ड्राइंग रूम में जाकर बैठ गए।

मि. सेन ने कहा, "देखिए मिसेज़ जोशी, भाई साहब की कमी कितनी अखर रही है, आज भी नहीं हैं… ।"

"अरे तो क्या हुआ, भाई साहब के आने पर दोबारा सही। मैंने तो आपको फ़ोन पर सब समझा दिया था।" सेन साहब और मिसेज़ जोशी दोनों एक साथ हँस दिए। राजीव नीची गरदन करके मुसकराता रहा।

"आप जानते नहीं, माई हस्बेंड इज़ आफ़ुली लेजी लाइक सरपेंट, वे हिलना-डुलना पसंद नहीं करते।" इस बात पर सब लोगों ने कहकहा लगाया।

नीना तुरंत बोली, "मम्मी, आप पिताजी के लिए ऐसी ही बातें करती हैं। आख़िर दिन भर काम करने के बाद ही इज़ टायर्ड।"

मिसेज़ जोशी हँसी, "देखा आपने, अपने पापा की कैसी तरफ़दारी करती है। अंकल दफ़्तर नहीं जाते, फिर भी इतने क्लब्स के मेंबर हैं, पब्लिक वर्क करते हैं। तुम्हारे पिताजी…" कहकर मिसेज़ जोशी ने होंठ बिचका दिए।

मि. सेन ने नीना की तरफ़ देखा, वह भी मुसकरा रही थी। सब लोग खाने के लिए उठ गए।

खाना खाने के बाद ड्राइंग-रूम में लौटने पर राजीव ने दबी नज़र से नीना की तरफ़ देखा। नीना के होंठ हल्के से फैल गए। लेकिन उन्हें पुनः बैठते देख मिसेज़ जोशी ने टोक दिया, "उस वक्त तो फ़ोन पर ही शेक्सपियर, मिल्टन बखाने जा रहे थे…" मि. सेन की ओर देखकर बोलीं, "बोथ आर फ़ॉण्ड ऑफ़ टॉक्स।"

राजीव के चेहरे पर खिंचाव आ गया। मि. सेन ने भी मिसेज़ जोशी की हाँ-में-हाँ मिला दी, "आंटी ठीक तो कह रही हैं, जो कुछ डिसकस करना हो, कर लो। लौटना भी तो है।" बाहर निकलते समय मिसेज़ जोशी को कहते हुए सुना,

''राजीव इज़ टू सेंसिटिव-बट ए गुड ब्वॉय।'' दोनों एक-दूसरे की तरफ़ देखकर मुसकरा दिए और कमरे में जाकर ज़ोर-ज़ोर से हँसते रहे।

कुछ देर शांति का खासा वातावरण रहा। मि. सेन अपने दोनों हाथों की मुट्ठियों को एक के आगे एक रखकर फूँक मारने लगे। उनकी नज़र मिसेज़ जोशी के कंधों पर से फिसलकर ज़मीन में लोप हो गई। कुरसी पर रखे मिसेज़ जोशी के हाथों की उँगलियाँ बारी-बारी से हिलकर वातावरण में छोटी-छोटी लकीरें खींच रही थीं।

मिसेज़ जोशी एकाएक उठ खड़ी हुईं, ''यहाँ काफ़ी ठंड है, आइए 'बेड-रूम' में बैठें, वहाँ हीटर भी है।''

मि. सेन के चेहरे पर झिझक का हल्का सा भाव आया, पर वे उनके पीछे-पीछे चल दिए। उन दोनों के उठकर चलने से कमरे में व्याप्त प्रकाश का पूरा सम्मोहन छिन्न-भिन्न हो गया। दूसरे कमरे की ओर बढ़ते हुए मि. सेन ने ग़ौर किया, मिसेज़ जोशी की परछाईं उनकी परछाईं से लंबी और अधिक गाढ़ी है।

मि. सेन पलंग के बराबर पड़ी आरामकुरसी पर बैठ गए। मिसेज़ जोशी ने पलंग के तकिए का सहारा ले लिया। सेन का चेहरा नरम था। दो-तीन अलग-अलग भाव आँखों के कोओं, होंठों की कोर और माथे की सलवटों में थे। मिसेज़ जोशी ने उनके चेहरे पर से नज़र हटानी चाही।

□

राजीव एकाएक कमरे में दाख़िल हुआ। सेन साहब के अधफैले पाँव एकाएक सिमट गए और मिसेज़ जोशी की तकिए से टिकी पीठ सीधी हो गई। वे जेब से सिगार निकालकर जलाने लगे। राजीव जल्दी से बोल गया, ''पापा, अभी आप बैठेंगे या चलेंगे—बैठें तो मैं एक टॉपिक और निबटा लूँ।''

मि. सेन हकला से गए। मिसेज़ जोशी ने उनके चेहरे पर नज़र डालते हुए कहा, ''पापा से तो जब तुम कहोगे, चल देंगे; मगर डिसकस करना हो तो कर डालो। इम्तहान की रात तक तुम लोग इसी तरह भागते-दौड़ते रहोगे, हाई टाइम नाउ।''

''इट विल टेक एट लीस्ट हाफ़ एन आवर मोर…''

''ठीक है।'' सुनकर राजीव उसी झटके के साथ बाहर हो गया।

नीना के कमरे में पहुँचकर उसने ज़ोर से कहा, ''अपनी किताब निकालो, आधा घंटा है। पापा इज़ वेटिंग, हम लोग जल्दी-जल्दी डिसकस कर डालें।'' कहते समय वह मुसकरा रहा था।

''मैंने तो अभी ठीक तरह पढ़ा भी नहीं।'' नीना ने भी ज़रा ज़ोर से ज़वाब दिया। वह होंठ दबाकर मुसकरा रही थी।

''अच्छा तो लाओ मैं पॉइंट नोट किए देता हूँ, फिर डिसकस कर दूँगा।'' राजीव दाँत भींचकर हँसता, बिना आवाज़ किए लंबे-लंबे क़दम रखता, नीना के पास जा खड़ा हुआ।

राजीव की आँख की पुतलियाँ पिघलती गईं। वह नीना को अपने बहुत निकट ले आया।

वह फुसफुसाई, ''मम्मी!''

होंठों में हल्के से कंपन के साथ राजीव ने कहा, ''दे टू आर बिज़ी!''

□

नया चश्मा

सीढ़ियों पर चढ़ते हुए शिवजी भाई ने अपनी जेबें टटोलीं।

"ओह!" अनायास मुँह से निकला।

"अगर किसी ने टोक दिया?"

पौने आठ बज चुके थे। आठ बजे मुख्यमंत्री ने चाय पर बुलाया था। टैक्सी द्वारा भी विधायक-निवास तक जाने और चिट लेकर आने में आधा घंटे से कम लगनेवाला नहीं था। वे सीढ़ियों पर चढ़ते गए। बरामदे में जितनी कुरसियाँ थीं, सब भरी हुई थीं। उतने ही लोग खड़े हुए नज़र आ रहे थे। अधिकतर खड़े लोगों में बड़े-बड़े अधिकारी थे। बैठे हुए विधायक या अन्य लोग, समाजसेवी और नेता थे। वे लोग मुख्यमंत्री के बरामदे में बैठकर अपने को सरकारी और वेतनभोगी कर्मचारियों से श्रेष्ठ समझ रहे थे।

शिवजी भाई ने एक नज़र इधर-उधर डाली और अपने को एक अजीब सी घबराहट की स्थिति में महसूस किया। चिट न लेकर आने की बात अपनी सबसे बड़ी भूल नज़र आने लगी। मुख्यमंत्री का पी.ए., जो कई बार मुख्यमंत्री से मिलने में बाधक बन चुका था (बल्कि उनके साथ अशिष्टतापूर्ण बरताव किया था), उनकी ही दिशा में आ रहा था। क्षण भर के लिए वे सोच गए—मुख्यमंत्री से मिलने पर अवश्य ही वह उसकी शिकायत करेंगे। लेकिन एक दूसरे विचार ने उन्हें तुरंत ही समझा दिया, यह पी.ए. नाम का जीव आज भी उन्हें अंदर जाने से रोक देगा।

उन्होंने अपने कान कमज़ोर कुत्ते की तरह दबा लेना उचित समझा, लेकिन उनके जनता द्वारा चुने गए 'विधायक' ने उन्हें उसी क्षण फटकार दिया। उन्हें अपने ऊपर आश्चर्य हुआ, जो आदमी विधानसभा में बड़े-बड़े नेताओं की सिट्टी-पिट्टी गुम कर सकता है, वह एक अदना पी.ए. से क्यों दब रहा है? पी.ए. के

निकट आ जाने पर शिवजी भाई अपनी गरदन जरा सीधी करके खड़े हो गए और कनखियों से देखने लगे—'वह क्या करता है!' पी.ए. बड़ी नम्रता और आज्ञाकारिता का भाव लिये उन्हीं के पास आ रहा था। पी.ए. के चेहरे पर इस अपरिचित भाव को देखकर शिवजी भाई आश्चर्यचकित थे। अनंत चेहरे···! पी.ए. ने निकट आकर बड़े विनीत स्वर में कहा, ''मुख्यमंत्रीजी आपका ही इंतज़ार कर रहे हैं।''

शिवजी भाई ने बड़ी उदासीन दृष्टि से उसकी ओर देखा और बिना कुछ कहे उसके साथ चल दिए। हालाँकि शिवजी भाई इस बार भी यही सोचना चाहते थे कि वे इस पी.ए. की ज़रूर शिकायत करेंगे।

एक और विचार भी उन्हें अपनी ओर खींच रहा था। वे मुख्यमंत्री के पास जाने से पहले इस बात का अंदाज़ लगा लेना चाहते थे, आख़िर शिवजी भाई को चाय पर क्यों बुलाया गया है। इससे पहले मुख्यमंत्री ने उन्हें ज़रा भी 'लिफ़्ट' नहीं दी थी। जहाँ तक वे सोच पा रहे थे, मुख्यमंत्री ने सरकारी प्रस्ताव के विरुद्ध दिए गए भाषण पर फटकारने के लिए बुलाया है, कहेंगे 'बेहतर हो, आप पार्टी छोड़ दें!' इस बात का उत्तर उन्होंने सोच लिया था।

बरामदे के बाद गैलरी थी। गैलरी में कारपेट बिछा था। चलते समय उनके और पी.ए. के क़दमों की आवाज़ बिल्कुल नहीं हो रही थी। यह बात उन्हें पसंद आई थी। दरअसल, विधायक-निवास में उनका कमरा ऐसी जगह था, जब भी कोई आता-जाता था तो उनके कमरे के सामने ज़रूर ताल ठोंकी जाती थी। बहुत व्यवधान होता था। उन्होंने सोचा, ' विधायक-निवास' के बरामदे और गैलरियों में भी अगर कारपेट नहीं तो टाट ही बिछवा दिए जाने चाहिए। वे गैलरी पार कर ड्राइंग-रूम में आ गए थे। इससे पूर्व उन्हें कभी ड्राइंग-रूम में आने का मौक़ा नहीं मिला था। एक-दो बार कभी आए भी तो ऑफ़िस से ही लौट गए थे। उन्होंने ड्राइंग-रूम पर खुलकर नज़र डाली। सामने दो बड़े-बड़े नेताओं के 'पेंटेड' चित्र थे। नए डिज़ाइनवाले हरे रंग के सोफे थे। मुख्यमंत्री के बृहत् व्यक्तित्व के अनुकूल एक कालीन सारे फ़र्श को ढके हुए था। एक कोने में रखी छोटी सी मेज़ पर सूखे नारियल पर बना हुआ एक 'साहब' था। उसके मुँह में वजूद से भी लंबी सिगरेट दबी थी। उसको देखकर शिवजी भाई के चेहरे पर मुसकराहट आ गई। 'अच्छा साहब यहाँ बैठा है···' कमरा कोने में खड़े पेपर मैशी के लैंप की मद्धिम रोशनी में पूरी तरह डूबा हुआ था। एक बरामदा था। उसमें हरे मख़मल से मढ़ा एक दीवान रखा था। उस पर मुख्यमंत्री के घर की कोई महिला बैठी कुछ काम कर रही थी। बिला वजह उन्हें अपनी पत्नी का ख़याल हो आया। उसके बाद कुछ सीढ़ियाँ

उतरकर एक लॉन था। लॉन के बीचोबीच एक कुरसी पर मुख्यमंत्री बैठे धूप ले रहे थे। एक व्यक्ति उनके पाँव छूकर विदा हो रहा था। शिवजी भाई ने पैर छूते हुए आदमी को देखकर कड़वा सा मुँह बनाया।

पी.ए. ने दो डग आगे बढ़कर मुख्यमंत्री के कान के पास मुँह ले जाकर धीरे से कुछ कहा। मुख्यमंत्री खड़े हो गए, 'आइए, आइए' कहते हुए एक कदम आगे बढ़ हाथ मिलाते हुए बोले, "मैं आप ही का इंतज़ार कर रहा था। आपकी कलवाली स्पीच सुनकर बड़ी प्रसन्नता हुई। कोई तो मिला स्पष्ट कहनेवाला! बाक़ी सब तो हाथ उठानेवाले हैं।"

शिवजी भाई ने अपनी आँखों को छोटी करके, नज़र को नुकीली बनाने की कोशिश करते हुए उनकी तरफ़ देखा। मुख्यमंत्री की सफ़ेद और घनी मूँछों के नीचे बड़ी सरल और निश्छल मुसकान दिखलाई पड़ी। वे उत्तर में 'धन्यवाद' ही कर पाए। उन्होंने एक बार फिर सोचना चाहा, 'कलवाली बात की तो मुख्यमंत्री तारीफ़ ही कर रहे हैं, इसके अतिरिक्त और क्या बात हो सकती है?' लेकिन उस बात की गहराई तक पहुँचने का उन्हें अवसर नहीं मिला। चलते-चलते मुख्यमंत्री कह रहे थे, "मैंने अपने आठ वर्षों के मुख्यमंत्री-काल में देखा है—ज़्यादातर विधायक विधान-भवन में स्वप्न लेकर आते हैं। आप तो जानते ही हैं, स्वप्न सँजोनेवाला आदमी बड़ा ही कायर होता है। सत्यता से अधिक अपने स्वप्नों से मोह होता है न! आप जैसे व्यक्ति को न कोई लालच है न स्वप्न है, आप सच्चाई के अधिक निकट हैं।" और हें-हें करके ज़ोर से हँस दिए।

"मैंने कभी आपको किसी काम के लिए कहते हुए नहीं सुना। और लोग मेरी जान खाए रहते हैं। ये परमिट, वो एजेंसी...और न जाने क्या-क्या! रात मैं यही सोच रहा था कि आप कितने सच्चे व्यक्ति हैं।"

डाइनिंग-रूम आ गया था। वरदी से लैस बैरे ने दरवाज़ा खोल दिया। शिवजी भाई की नज़र उस समय डाइनिंग-रूम की मेज़, कुरसियों और सजावट की ओर नहीं थी। फ्रिज का दरवाज़ा बंद होने की आवाज़ से वे चौंक गए। न जाने उन्हें कैसे ख़याल हुआ—कमरे में कार आ गई है।

मुख्यमंत्री के बीचवाली कुरसी पर बैठ जाने पर शिवजी भाई दो-तीन कुरसी छोड़कर बैठे। बड़ी बेतकल्लुफी से मुख्यमंत्री ने कहा, "एसेंबली में तो आप हमसे दूर रहते ही हैं, यहाँ तो नज़दीक आकर बैठिए।" शिवजी भाई और निकट सरक आए।

बैरे ने चाय बनाने के लिए केतली उठाई तो मुख्यमंत्री ने उसके हाथ से ले

ली, स्वयं शिवजी भाई के प्याले में उँड़ेलने लगे। शिवजी भाई ने यह कहकर विरोध करना चाहा, "आप इतना शर्मिंदा क्यों कर रहे हैं?" मुख्यमंत्री की मुसकराहट में वह सबकुछ डूब गया। वे सब चीज़ें अपने हाथ से उठा-उठाकर शिवजी भाई की प्लेट में रख रहे थे। शिवजी भाई को लग रहा था, उनके हाथ-पाँव जम गए हैं। एक नया विश्वास और उनके मन में जन्म ले रहा था, मुख्यमंत्री अपने प्रति सच्चे और ईमानदार हैं। जो कुछ भी उनके बारे में भला-बुरा बाहर है, वह अंडे का खोल है।

मुख्यमंत्री ने अपने लिए दूसरा प्याला बनाते हुए कहा, "मैं आपसे कुछ ज़रूरी बातें भी करना चाहता था।" शिवजी भाई की आँखों में एक प्रश्नसूचक उतर आया। उन्होंने मन-ही-मन एक बार और उस बात का अंदाज़ लगाने का प्रयत्न किया, जो न जाने किस रूप में उनके सामने आनेवाली थी। मुख्यमंत्री ने 'साल्टो' बिस्कुट मुँह में रखा और चाय का घूँट भर लिया। उसी समय उनकी दृष्टि शिवजी भाई की प्लेट पर गई। शिवजी भाई ने अभी तक बहुत कम खाया था। वे तुरंत बोले, "अरे, आप तो कुछ ले ही नहीं रहे हैं।"

"जी नहीं, मैं तो बराबर ले रहा हूँ।"

मुख्यमंत्री ने शिवजी भाई की बात की बिना परवाह किए बहुत सी गरम पकौड़ियाँ उनकी प्लेट में और डाल दीं। शिवजी भाई बराबर उनके चेहरे की ओर उत्सुकतापूर्वक देखे जा रहे थे। मुख्यमंत्री ने अपने मुँह में भी एक पकौड़ी रखते हुए उनकी ओर देखकर गंभीरतापूर्वक कहा, "कैबिनेट में एक-दो लोग और लेना चाहता हूँ।"

शिवजी भाई ने खुले शब्दों में इस बात का समर्थन किया, "यह तो आपने ठीक ही सोचा। आप पर काफ़ी ज़ोर पड़ रहा है—कई विभाग देखने पड़ते हैं।" उस बात का बिना कोई उत्तर दिए मुख्यमंत्री सेब काटने लगे और शिवजी भाई चुप होकर उनके उत्तर की प्रतीक्षा करने लगे। एक फाँक उनको देकर और दूसरी अपने मुँह में रखते हुए बोले, "आप ही किसी का नाम बताइए। मैं चाहता हूँ, कोई स्वतंत्र आदमी हो। 'हाँ' में 'हाँ' मिलानेवाले तो बहुत हैं।"

शिवजी भाई इस बात की सलाह देने के लिए तैयार होकर नहीं आए थे। वैसे भी इस सवाल ने उन्हें ऐसा कर दिया था, चौराहे पर पहुँचकर जैसे रास्ता भूल गए हों। क्षणभर में वह सोच गए—मुख्यमंत्री के विश्वास को ठेस पहुँचाना ठीक नहीं। उन्होंने दो ऐसे व्यक्तियों के नाम तुरंत ले दिए, जो मुख्यमंत्री की 'गुड-बुक्स' में थे। उनके इस प्रस्ताव से मुख्यमंत्री कुछ इस तरह गंभीर हो गए, जैसे शिवजी भाई

के मुँह से यह सब सुनने की आशा न हो। शिवजी भाई को लगा, किसी की नई कार का दरवाज़ा खोलते हुए उनके हाथ से हैंडल टूट गया है। एक बार उन्होंने उस परिस्थिति से समझौता करने की कोशिश की, लेकिन मुख्यमंत्री की इस हल्की सी प्रतिक्रिया ने उनके दिमाग़ को अव्यवस्थित सा कर दिया—''मैं आपसे यह आशा नहीं रखता था कि आप मुझे ये नाम गिना देंगे। आप जैसे व्यक्ति से तो मुझे यही आशा थी कि मेरे सहयोग के लिए आप स्वयं आगे आएँगे। आप अपने को दूसरे से हीन क्यों समझते हैं?''

फिर बोले, ''अच्छा, अगर मैं आपसे ही अनुरोध करूँ तो···''

शिवजी भाई को लगा, वे एक ऐसी कुरसी पर आ बैठे हैं, जो उनके बैठते ही तेज़ी से गोलाकार घूमने लगी है। क्षण भर के लिए रुककर उन्होंने मुख्यमंत्री के संबंध में सोचना चाहा, ''महान् से भी कुछ अधिक है।'' लेकिन मुख्यमंत्री के इस प्रश्न ने—'आपने जवाब नहीं दिया'—उनके विचारों की शृंखला को बीच ही में रोक दिया।

''जी, मैं क्या कह सकता हूँ!'' उनके मुँह से एकाएक निकल पड़ा। मुख्यमंत्री ने मुसकराते हुए कहा, ''तो ठीक है,··· फिर कुछ न कहिए। आप स्वतंत्र प्रकार के व्यक्ति हैं, कभी बाद में कहें, मैं मिनिस्ट्री वगैरह के चक्कर में नहीं पड़ना चाहता। मेरे ही ऊपर बात आएगी।''

शिवजी भाई यंत्रवत् उठ खड़े हुए। उन्होंने सोचना चाहा, 'मुख्यमंत्री के चरण छूना ठीक होगा।' लेकिन कुछ भी सोच पाने के पहले ही झुक गए। मुख्यमंत्री ने उन्हें ऊपर ही रोक लिया; मुसकरा दिए। फिर मुख्यमंत्री शिवजी भाई को डाइनिंग-रूम के दरवाज़े तक छोड़ने आए।

विदा देते हुए मुख्यमंत्री ने शिवजी भाई के कंधे पर हाथ रखकर बड़ी गंभीरतापूर्वक कहा, ''आज श्रममंत्री के विरुद्ध जो 'सेंसरमोशन' आ रहा है···संयम रखिएगा, वैसे मैं जानता हूँ, आप जैसे सत्यनिष्ठ व्यक्ति के लिए तटस्थ रहना कठिन होगा। लेकिन···'' आखिरी शब्द कहकर वे क्षण भर के लिए रुक गए, फिर बोले, ''मेरे लिए भी पार्टी को समझना कठिन हो जाएगा।''

शिवजी भाई डाइनिंग-रूम से गुज़रे तो उन्होंने ड्राइंग-रूम को बड़े ग़ौर से देखा। उसका रंग उन्हें बहुत पसंद आया। अपने ड्राइंग-रूम में उन्होंने ऐसा ही रंग कराने का निश्चय किया।

कालीन और सोफ़े, अर्थमंत्री के ड्राइंग रूम में अधिक सुंदर थे। किसी ने बताया था, स्विट्जरलैंड से बनकर आए हैं। सोचकर हल्का सा मुसकरा दिए।

रोशनी का इंतज़ाम मुख्यमंत्री के ड्राइंग-रूम में अच्छा नहीं था। उनको ऐसा 'लाइटिंग-अरेंजमेंट' ज़्यादा पसंद था, जिसमें एक भी बल्ब या ट्यूब बाहर नहीं दिखलाई पड़ता···सब दीवार के अंदर फिट रहते हैं।

बाहर बरामदे में और लोग भी आ गए थे। क्षण भर के लिए ठिठककर एक नज़र डाली। उन्हें महसूस हुआ, सब लोग उनकी तरफ़ उत्सुकतापूर्वक देख रहे हैं। कुछ ने उन्हें नमस्कार भी किया। शिवजी भाई को संदेह हुआ, 'कहीं इन लोगों को मालूम तो नहीं हो गया?' वे जल्दी-जल्दी सीढ़ियों से उतरते गए।

छोटे ने पूछा, "तुम देश को टुकड़ों में क्यों बाँटना चाहते हो?"

···लंबे व्यक्ति ने बड़ी मुश्किल से उसकी ओर देखकर फूहड़ सी गाली दी, "तिया की घोड़ी—तुम ना ऽ ही समझोगे। मैं उसको बेस बनाना चाहता हूँ।" अंतिम बात उसने गोपनीयता बनाए रखते हुए कही थी।

कुछ रुककर बोला था, "इट इज़ पॉलिटिक्स···यू आर चाइल्ड।"

"किसी से कहना मत—तुमा'रा भी ख़याल रखूँगा··· ।"

बची हुई मुँह में उँड़ेलकर छोटेवाले की ओर देखता हुआ बुदबुदाया, "अगर सिलेक्शन नहीं हुआ···तो···तुम सरकार के पास जाकर कह देना,··· मुझे पकड़कर ले जाएगी···मिनिस्टर··· बना देगी।" उसके चेहरे पर कई रेखाएँ एक साथ इकट्ठी हो गईं। होंठ सिकुड़ गए।

धीरे-धीरे चेहरे की रेखाओं को कम करता हुआ बोला, "मेरी कुंडली में डिक्टेटर का योग है—हिटलर-मुसोलिनी··· । इन सालों को तो बंद कर दूँगा—हाथ जोड़ेंगे, माफ़ी माँगेंगे।" हा-हा हँसने लगा।

"तब इनका बाप सिलेक्शन करेगा, नहीं तो सालों को डिसमिस-डिसमिस-डिस··· ।" छोटा उसके हर व्यवहार को बड़े ग़ौर से देख रहा था।

उसने अपनी केतली का ढक्कन उठाकर देखा। कॉफ़ी बाकी थी। वह एक प्याला और बनाकर पीने लगा।

लंबे व्यक्ति की गरदन एक ओर लुढ़की हुई थी। कुछ देर बाद फिर उसने आँखें खोलीं। उसे कॉफ़ी पीते हुए देखकर बोला, "देखो, मज़ा आया। हाँऽ, प्याले में ही पियो—किसी को शक नाईं होगा।"

"आऽब, तुम मेरी कैबिनेट में लिये जा सकते हो—माई मिनिस्टर!" उसने पीठ पीछे टिका ली।

बराबरवाले कैबिन में बैठे हुए लोग उठने लगे थे। खटपट की आवाज़ हो रही थी। छोटे व्यक्ति ने धीरे से कहा, "चलो, दस बज गए।"

''नाऽहीं, मुझे इंटरव्यू में बैठना है—आई विल सी—दैट बगर डायरेक्टर इज़ नॉट सिलेक्टेड।'' लंबा व्यक्ति एकाएक नाराज़ हो गया था।

बिजली आ गई। दीवार पर बनी ढापू-ढापू आकृतियाँ गायब हो गईं। लंबे ने चारों तरफ़ देखा और धीरे से बोला, ''चलोऽऽ।''

रास्ते में लंबा व्यक्ति धीरे से बोला, ''शायद मैं बहुत पी गया हूँ—अब इंटरव्यू कैसे दूँगा—तुम साथ चलना।''

थोड़ी देर बाद फिर कहा, ''मेरी तरफ़ से माफी माँग लेना—डायरेक्टर कहता था, तुम इर्रेसपोंसिबल हो।''

छोटे व्यक्ति के कंधे से सिर टिकाकर लंबा व्यक्ति सिसकने लगा।

□

परछाइयाँ

वह बाज़ार गई हुई थी। आँगन में बैठकर मैं उसकी प्रतीक्षा कर रहा था। हमेशा की तरह आज भी लग रहा था, मेरा घर किसी पहाड़ी पर है। ऊँट की काठी सी सामनेवाले होटल की छत के सिवाय बाकी सबकुछ अन-हुआ सा था।

अँधेरा भगोड़े विद्यार्थियों की तरह पीछे के दरवाज़े से दबे पाँव क्लास में घुस जाने का प्रयत्न कर रहा था। उसके लौटने में अभी आधा घंटा शेष था। सात बजे तक लौट आने के लिए कह गई थी।

मैंने आकाश की ओर देखा। शाम अब अपने असली रंगों में प्रकट होने लगी थी। इस बीच 'उसका' आना मुझे इस तरह महसूस होता रहा था, कोई पंद्रह-सोलह साल का लड़का पहली बार बंदूक चलाने के बहुत पहले से ही उसका धड़का महसूस करता है। कुंडी का खटक जाना, पदचाप और हुमकती साँसें, जाते समय वह इन सबको मेरे पास छोड़ गई थी।

सुबह गाड़ी से उतरकर जब वह आई थी, मैं बाहर आँगन में ही बैठा सुबह के आने और रात के जाने का मिलान कर रहा था। पीपल का एक नया पत्ता किरण के साथ खेलने में बेख़बर था, कभी-कभी उसका अक्स मेरी आँखों में भी गड़ जाता था। उस समय भी मेरे दिमाग़ में उसके आने की बात थी।

□

उसके आने में देर होती जा रही थी। खुले में बैठे-बैठे मुझे ठंड लगने लगी थी। मैं कुरसी से उठा और नंगे तलवों को मोड़कर हिलता-डुलता अंदर कमरे में चला आया। कमरे में अभी भी अँधेरा था। वहाँ पर रखे शीशे, पीतल और चाँदी के 'शो-पीस' इक्के-दुक्के प्रतिक्रियावादियों की तरह अँधेरे की सत्ता का विरोध कर रहे थे। बत्ती जला दी। कमरे में रखी अंधकारमयी वस्तुएँ तो खिल ही उठीं, उन शो-पीसों को भी प्रकाश के थोड़े-थोड़े कण मिल गए। सबसे अधिक वे ही चमकने लगे। मैं बड़ी कुरसी पर बैठ गया और पाँव फैलाकर दिमाग़ को आराम

देने की कोशिश करने लगा। दिमाग़ पूरी बर्थ ख़ाली छोड़कर कोने में सिकुड़कर बैठा यही सोचने में लगा था—'सफ़र में आराम कहाँ!'

'क्या उसका रात में यहाँ रहना ठीक होगा?' इस प्रश्न ने मेरे हृदय को छू दिया। मुझे डर था, कहीं सब भावावेशों को इकट्ठा करके वह मुझसे झगड़ना न शुरू कर दे। लेकिन यह जानकर आश्चर्य हुआ, कभी-कभी हृदय भी दिमाग़ की तरह ही व्यवहार करता है।

मैंने दिमाग़ के इस बचकाने सवाल को अनसुना कर दिया था। दस रोज़ पहले जब उसका ख़त आया था, अमुक तारीख को पहुँच रही हूँ, तो दिमाग़ ने इस सवाल पर बहुत ठंडी तरह सोचा था। जैसे वह सवाल सड़क पर पड़ी लावारिस लाश हो। लेकिन अब उसके आ जाने पर इस तरह के सवाल उठाए जाने को मैंने अव्यवस्था उत्पन्न करनेवाला दुर्भावनापूर्ण प्रयत्न ही समझा।

□

दरवाज़े पर रिक्शा रुका। रुकने का झटका मेरे पूरे शरीर को महसूस हुआ। रिक्शा से उतरते हुए उसकी पिंडलियाँ ट्यूब लाइट्स सी दिखलाई पड़ती हैं। मुझे लगा, जैसे भूले हुए समीकरण का सूत्र मिल गया है। लेकिन उस समीकरण को इस समय दोहराना उचित न समझकर, मन को विरलता में भटकने के लिए छोड़ दिया।

फैले हुए पाँव सिकोड़ लिये, लेकिन खड़े होने पर महसूस किया कि पैरों में जूता नहीं है। इस बार तलवों को सिकोड़कर अपाहिजों की तरह चलना मुझे रुचिकर नहीं लगा। कुंडी लगातार खटखटाई जाती रही। मेरा नौकर पीछे रसोई में खाना बना रहा था। मैंने उसे पुकारा, "देखो, कौन है?" सिकुड़े हुए तलवे पुनः फैला दिए। उस समय कुरसी पर बैठे रहना ठीक वैसा ही लग रहा था, जैसे हवाई ज़हाज़ में पहली बार बैठने पर उड़ान से पहले लगता है। कुंडी खुलने की आवाज़ आई, वहीं बैठे-बैठे मैंने महसूस किया, कुंडी खुलकर निर्जीव सी लटक गई है और लगातार हिल रही है।

वह बाहर से ही चहकती हुई अंदर आई, "मुझे थोड़ी देर हो गई, उन्हें उन्नाबी रंग पसंद है न—इस रंग की ऊन बड़ी मुश्किल से मिली।" वह मेरे बिल्कुल सामने आ खड़ी हुई, पूछा, "तुम अकेले बैठे क्या कर रहे हो?" मुँह से अनायास निकल पड़ा, "इंतज़ार।"

मैंने देखा उसके होंठों पर छलकती हुई हँसी सहमकर ठिठक गई है। अपने उन शब्दों को मन-ही-मन दोहराकर देखा भी, ऐसा कुछ भी नहीं कहा गया था,

जिससे उसकी मुसकराहट सहम जाए।

यह सब ठीक इसी तरह हुआ, जैसे मशीन की गड़बड़ी के कारण सिनेमा का कोई दृश्य परदे पर कुछ अधिक देर ठहर जाता है। वह फिर हँसने और चहकने लगी, ''दरअसल मुझे रुक जाना पड़ा—वैसे मैं जल्दी भी आ सकती थी। सोचा, तुम इतनी देर में नहा-धोकर ताज़ा हो लोगे।''

'ताज़ा' शब्द के साथ ही उसके होंठों पर एक विस्तृत मुसकराहट फैल गई थी।

जब वह यह सब कहती जा रही थी, मैं उसके चेहरे को बड़े धैर्य के साथ देख रहा था। उसके चेहरे पर एक परछाईं और थी, जिसे मैं पहचान नहीं पा रहा था। बीच-बीच में उसने कई बार अपने 'उन' का भी उल्लेख किया। उसका 'उन' कहना धूप की भाँति ही मुझे सूर्य की उपस्थिति का एहसास करा रहा था। मैं उसके हिलते हुए होंठों को बड़े ग़ौर से देख रहा था, एक सुर्ख़ कागज़ का गुलाब कटा हुआ था। मेरे मन में एक सवाल उठा, सोचा पूछूँ, 'इन रंगों से रँगकर उसने मुस्कराहट की वास्तविकता क्यों नष्ट कर दी?' यह मेरा विषय नहीं था। अब तो मैं सिर्फ़ इतना ही कह सकता था, तुम्हारी साड़ी अच्छी है या जो सामान वह खरीदकर लाई थी, तटस्थ भाव से उसकी प्रशंसा कर सकता था। वह अपने पति के लिए लाई हुई ऊन का बंडल खोल रही थी। वह चाहती थी, उसके पति की ऊन के बारे में मैं अपनी भी राय दूँ। लेकिन उसके पति और अपने बीच के भेद को मैं उतना ही समझ रहा था, जितना यह जानता था कि उन्नाबी रंग मैं जीवन-पर्यंत पसंद नहीं कर सकता। बंडल के खुल जाने के बाद मेरे लिए दो बातें कहनी आवश्यक थीं—एक, बड़ा अच्छा रंग है और दूसरी—बनकर सुंदर लगेगा।

ऊन की कई गुच्छियाँ उसने मेरे सामने रख दीं। मैंने बिना छुए ही पहली बात कह दी, ''बड़ा अच्छा रंग है।''

''तुम्हें भी अब यह रंग पसंद आने लगा?'' कहकर मेरी ओर उसने ग़ौर से देखा। मैंने अपनी नज़रें दूसरी तरफ़ घुमा दीं। वह फिर बोली, ''लगता है, अंदर से सब मर्द एक ही रंग पसंद करते हैं।''

मैंने जवाब देने की बात सोची। उस जवाबी हमले का कोई फ़ायदा न समझकर चुप हो गया। मुझे ख़याल आया, ऊन को छूकर देखने के बाद दूसरी बात भी कह दी जाए। एक गुच्छी छूकर कह दिया, ''बनकर अच्छा लगेगा।'' उसने ऊन की उन गुच्छियों को एक के ऊपर एक रखकर बाँधना शुरू कर दिया। गाँठ बाँधती हुई उसकी पतली और लंबी उँगलियों को मैं देखता रहा, वे अच्छी लग रही थीं। एक

बंडल और खोला। उस बंडल का एक गोला मेरे हाथ में पकड़ाकर पूछा, "यह ऊन कैसा है?" वह मेरे जवाब की आँखों से प्रतीक्षा करने लगी।

"यह ऊन...!" मैंने थोड़ा खींचकर कहा। कुछ देर तक उलटता-पलटता रहा। प्रश्नवाचक रूप में ही अपनी राय दी, "उन्नाबी रंग के सामने यह रंग 'एक्स' यानी अवकाश प्राप्त सा नहीं लगता?" उसकी आँखें छोटी-छोटी मछलियों की तरह डुबकी लगाकर गहरे चली गई थीं। समझ नहीं सका, मेरे इस उत्तर की उस पर क्या प्रतिक्रिया हुई। बिना निगाह देखे किसी आदमी के चेहरे से कुछ जानना, मात्र शरीर के स्पर्श से तापमान (टेंपरेचर) की डिग्री का अंदाज़ा लगाना है। एक उसाँस मैंने ज़रूर सुनी। उसे सुनकर मुझे भय हो गया। मेरे इस कमरे में अब यह उसाँस सदा-सदा के लिए बस जाएगी।

कुछ रुककर उसने सीधा सवाल किया, "पहले तो यह रंग तुम्हें पसंद था।"

मैं हँस दिया। जाने क्यों मेरे मुँह से भी एक साँस निकल गई। लेकिन मेरी उसाँस का अर्थ केवल इतना ही था, जैसे कई छोटी-छोटी उसाँसों के बाद एक लंबी साँस लेकर छोड़ देने से कुछ आराम मिलता है। उसने मशीनों पर सँवारे गए उन गोलों को फिर से बाँध दिया और कपड़े बदलने चली गई। मैंने अपने दोनों फैले हुए पाँवों को सिकोड़कर कुरसी पर रख लिया और पैरों की उँगलियों को मलकर खून का दौरा तेज़ करने लगा।

कपड़े बदलकर जब बाहर आई तो उसने बिना बाँह के ब्लाउज़ की जगह बाँह वाला ब्लाउज़ पहना हुआ था। उसकी ढकी हुई बाँहें देखकर मुझे एक तरह की असुविधा का सा आभास हो रहा था। उसने मेरी नज़रों और अपने अंतस के बीच ब्लाउज़ की बाँहों को ला खड़ा किया था। हालाँकि पहले मैंने ही कई बार उसके बिना बाँह का ब्लाउज़ पहनने पर आपत्ति की थी।

अंदर कमरे से निकलकर बाहर आते हुए क्षण भर के लिए वह उस कमरे में ठिठकी, फिर मुझ पर उचटती हुई नज़र डालकर बाहर चली गई। उसके जाने के लगभग दस मिनट बाद तक गुसलख़ाने का नल खुला रहा। पानी की धार मेरे मन में बिना वजह एक ईर्ष्या का सा भाव उत्पन्न करती रही। लौटकर आई तो उसका चेहरा काफ़ी साफ़ धुला हुआ था। होंठों पर बना कागज़ का सुर्ख़ गुलाब भी अब नहीं रहा था, लेकिन वहाँ पर एक अनपहचाने रंग की परछाईं अभी शेष थी। उसके होंठों के कोने थोड़े से गह गए थे। वह तख्त पर आकर बैठ गई और बाकी सामान भी तख़्त पर सजाने लगी। बंडलों में बँधा बहुत सा सामान दिखाना अभी शेष था।

मुझे अचानक ध्यान आया, ऑफिस से लौटने के बाद से ही मैं अपनी पैंट की बेल्ट पेट पर से ढीली किए कुरसी पर बैठा हूँ। पाँव तक नंगे हैं। नौकर को पुकारा। फिर याद आया—काफ़ी देर पहले नौकर चाय लगाने के लिए पूछने आया था। मैंने यही कहा था, ''बीबीजी को आ जाने दो।''

नौकर फिर आकर खड़ा हो गया। फिर चाय के लिए तकाजा करने आ गया। लेकिन मुझे ध्यान आया कि मैंने ही उसे चप्पल लाने के लिए पुकारा है, चप्पल लाने के लिए कहते समय मैंने उससे चाय लगा देने के लिए भो कह दिया। वह चप्पल रख गया और मेरे पाँव, जो कुरसी पर सिकुड़े हुए ही रखे थे, चप्पल में आकर फैल गए।

चप्पल पहनकर उठते हुए देखा, वह तख्त पर सामान फैलाकर मेरी तरफ़ देख रही है। ज़्यादातर मर्दाना सामान था। हर चीज़ के दो-दो अदद थे। नाइट सूट के लिए दो टुकड़े, टेरिवूल सूटिंग के दो पीस, टाई और पिन दो-दो। मैंने जाते-जाते टाईपिन उठाकर देखा। वह चमचमा रहा था, उसके पीछे की डंडी काफ़ी नुकीली थी।

''बड़ा सुंदर है,'' कहकर पिन रख दिया और दोनों पैरों से लँगड़ाता हुआ सा बाहर चला गया।

मैं भी नल के नीचे खड़ा काफ़ी देर तक हाथ-पाँव धोता रहा। मैंने सोचा—इस समय शायद वह भी कमरे में बैठी मेरी ही तरह पानी का गिरना महसूस कर रही होगी। पानी की धार ज़मीन से टकरा-टकराकर फुलझड़ियाँ छोड़ रही थी। गुसलखाने से निकलने पर महसूस हुआ शरीर पर रखा थकन का पहाड़ कुछ घुला है। कमरे में लौटकर मैंने बातों को दूसरे ढंग से शुरू करने का प्रयत्न किया। उससे मज़ाक किया, ''वाह भाई, यह तो बिल्कुल उलटी रीति है। दुनिया में पत्नियों को प्रसन्न करने के लिए पति तोहफ़े लाते हैं, और यहाँ...'' बात मैंने मुसकराकर अधूरी छोड़ दी।

वह हँस दी। उसकी यह हँसी मुझे किसी पहली हँसी की प्रतिध्वनि सी लगी। वह सामान को दो बंडलों में बाँध रही थी। मैंने फिर अपने पाँव ऊपर रख लिए और उसके पति के बारे में पूछने लगा, ''एक्जीक्यूटिव इंजीनियर होने में कितने साल लग जाएँगे?''

''मालूम नहीं।'' कहकर उसने बात समाप्त कर दी।

मैंने दूसरा सवाल किया, ''उनको भी साथ ले आती तो मिलना हो जाता। तुम्हारी शादी में आना चाहकर भी न आ सका।'' बात का अंतिम अंश सुनकर

उसने मेरी तरफ़ कुछ इस तरह देखा, जैसे मुखबिर के ग़लत बयान देने पर पुलिसवाले देखते हैं। मुझे विश्वास हो गया, अब फूँक मारने से राख अपने ऊपर ही आएगी।

□

नौकर आकर चाय रख गया था। साबूदाने की गरम कचरियाँ अब भी चटक रही थीं। चाय उसने ही बनाई। दूध चलनी में छानकर डालने पर भी फुटकियाँ ऊपर तैर आई थीं।

"शायद दूध फट गया!" मैंने चाय का प्याला उठाकर ध्यान से देखते हुए कहा।

"नहीं—अभी नहीं फटा। लेकिन इसी तरह रखा रहता तो छेना बन गया होता।" वह मुसकरा दी।

हम दोनों चुपचाप चाय पीते रहे। बीच-बीच में न जाने मुझे क्या होता था, मैं होंठों को भींचकर ज़ोर की आवाज़ के साथ सिप करता था। होंठों के बीच की जगह कम हो जाने के कारण एक घूँट से भी कम चाय मुँह में जाती थी। वह पूरे-पूरे घूँट भर रही थी। बीच में चाय निगलने की 'गटक' भी सुनाई पड़ जाती थी। मैंने उससे कचरी लेने का आग्रह किया। वह गला साफ़ करती हुई बोली, "शायद तुम मुझसे मेहमान के स्तर पर व्यवहार कर रहे हो।" वह हँस दी, "क्या खाना खिलाने का इरादा नहीं?"

मैंने घड़ी में देखा, लगभग साढ़े आठ हो रहे थे। एक प्याला खत्म करके दोबारा चाय नहीं बनाई। नौकर को आवाज़ दी, वह आकर बरतन ले गया। मेज़ ख़ाली हो गई।

उसने एक बंडल उठाकर धीरे से पूछा, "इसे कहाँ रखूँ?"

"क्या तुम्हारे बक्स में नहीं आ रहा, मेरी अटैची ले जाओ।"

क्षण भर को वह ठिठक गई, जैसे उसकी बेइज़्ज़ती कर दी गई हो। मैंने पूछा "क्यों?"

"ये कपड़े तुम्हारे लिए हैं।" कहकर उसका चेहरा फ्लैश बल्ब की तरह चमका।

लेकिन बुझनेवाली प्रतिक्रिया मेरे चेहरे पर हुई, पर मुसकराते हुए कहा, "विवाह-शादी पर बड़े घरों में पुराने आदमियों को पाग दिया जाता है।"

बिना कुछ बोले सब सामान समेटकर वह अंदर चली गई। बड़ी ज़ोर से बक्स का पल्ला बंद होने की आवाज़ आई। उसके बाद मुझे लगता रहा, उस पूरे घर में व्याप्त शांति ने मुझे भी अपने में घोल लिया है। कमरे की दीवारें आईने के

प्रतिबिंबों की तरह घट-बढ़ रही थीं।

□

घंटे भर बाद जब हम लोग खाने पर बैठे, वह अधिक ताज़ा हो गई। उसकी आँखों में खास तरह की तरलता थी। आँखों के नीचे एक तरह का भराव नज़र आ रहा था, जैसे 'ब्यूटी-स्लीप' लेकर उठी हो। उसके वस्त्र चटकीले थे, हँसी में पहाड़ों की गुफाओं तक को गुँजा देने की सामर्थ्य थी। बीच-बीच में अपने पति की कुछ आदतों के बारे में उसी तरह मज़ाक करती थी, जैसे किसी अच्छे 'बॉस' की आदतों के बारे में मातहत किया करते हैं। मैं देख रहा था, पति की बातें करते समय कभी वह पेंग बढ़ाकर उनके पास पहुँच जाती है और कभी चम्मच और प्लेटों की तरह खाने की मेज़ पर आ सजती है। बीच-बीच में मुझे सामने बैठा देखकर वह मुझ पर भी व्यंग्य कर देती थी, "अभी भी तुमने मिर्च खानी शुरू नहीं की।" फिर उसे प्याज़ की बात याद आ जाती थी, "वैसे-के-वैसे ही बने हो, प्याज़ भी नहीं।" ऐसे मौकों पर मेरे मुँह से निकल जाता था, "हाँ, अभी तक तो वैसा ही हूँ।"

खाना खाने के बाद हम लोग सड़क पर निकल आए। हम दोनों ही अपने को एक अजीब भूमिका में महसूस कर रहे थे। लग रहा था, हम दोनों की जगह सड़क पर दौड़नेवाली मोटरें और चलनेवाले रिक्शे ही बतिया रहे हैं। पेड़ों के साये सद्य:स्नात महिलाओं के खुले सिरों की भाँति झुके हुए थे। सड़कों और सहायक सड़कों का जाल निमंत्रण देता सा महसूस हो रहा था : 'सब राहें खुली हैं।' सड़कों के बारे में अपनी यह प्रतिक्रिया मैंने उससे भी कही, वह ख़ामोश चलती रही। मैंने देखा कहीं- कहीं पर उसकी परछाईं उससे लंबी हो जाती है और कहीं उसी के पैरों तले दब जाती है। जहाँ से हम लौटे, वहाँ काफ़ी सूना था। लौटने के लिए घूमते समय मेरा हाथ उसके हाथ से टकरा गया। चूड़ियाँ छनक गईं। फिर हम समानांतर लौटते रहे।

घर के दरवाज़े पर आकर मैंने देखा, उसका चेहरा कुम्हलाया हुआ है। वह कमरे में जाकर बड़ीवाली कुरसी पर बैठ गई और अपनी साड़ी को समेटकर घुटने मोड़ लिये। उसके पाँवों पर आलता लगा हुआ था, चलकर आने के कारण उन पर धूल बैठ गई थी। वह पीछे को सिर लटकाकर आँख बंद किए बैठी रही। सामने का पल्ला नीचे खिसक आया। मुझे लगा, मैं फिर उसके निर्वसन अंतस से उसी तरह जुड़ गया हूँ, जैसे ब्लाउज़ को बाँहों के द्वारा अलग कर दिया गया था।

थोड़ी देर बाद उसने आँखें खोलीं, मेरी तरफ़ देखा और मुसकरा दी।

उसने अपने शरीर को तोड़ना शुरू कर दिया। मैंने सोचा, उसे नींद आ रही है, अत: नौकर को आवाज़ देकर अंदरवाले कमरे में बिस्तर लगा देने के लिए कहा। उस समय तो वह ख़ामोश रही, उसका चेहरा देखकर लगा—इकट्ठी की गई मुसकराहटें एकाएक चुक गई हैं। नौकर के चले जाने के बाद उसने मुझसे पूछा, "यदि तुम्हें असुविधा हो तो मैं किसी होटल में चली जाती हूँ।" इन शब्दों के साथ ही उसकी आँखों में हार मानने से पहलेवाली प्रतिक्रिया उभर आई। फिर उसने बच्चों की भाँति जिद करते हुए कहा, "मैं भी इसी कमरे में रहूँगी।" मैंने उसका बिस्तर भी अपने कमरे में ही लगवा लिया।

लगभग ग्यारह बजे जब लेटा तो लगा, अभी भी बड़ीवाली कुरसी पर पाँव सिकोड़े ही बैठा हुआ हूँ। वह ठोड़ी के बल मेरी तरफ़ चेहरा किए उलटी लेटी थी। शायद वह अब फिर बातें करने के मूड में आ गई थी।

"कभी तुम उधर आओ, तो उनसे मिलकर बहुत प्रसन्न होगे—वे भी तुमसे मिलना चाहते हैं। उन्हें मैंने तुम्हारा परिचय दे दिया है।"

अंतिम वाक्य से मैं चौंक उठा। मेरे मुँह से निकल गया, "पूरा?" इस बात का उसने कोई जवाब नहीं दिया।

मैं फिर अपनी निगाहों के बल कमरे की दीवारों पर चहलकदमी करने लगा। एक-दो जगह से दीवार फूल आई थी। बचपन में इस तरह फूली हुई दीवारों पर मुक्का मारकर पटकाने में मुझे बड़ा मज़ा आता था। उसी समय उठकर दीवार के फूले हुए उन स्थलों को पटका देने का मन हुआ। ख़याल आया, दीवारों में भद्दापन आ जाएगा।

"वे मेरे बिना बिल्कुल नहीं रह सकते। अगले दिन लौट आने के लिए कई बार वचन भरवाकर आने दिया है।"

मैंने उसकी बात पर कोई आपत्ति नहीं की, बल्कि कहा, "तो फिर कल ही लौट जाना। सुबह ही रिजर्वेशन करा दूँगा।"

वह फिर चुप हो गई। कुछ देर बाद उसने बिजली बुझाने के लिए पूछा। मैंने अनमने ढंग से 'हूँ' कर दिया। उसने रोशनी बंद कर दी। मुझे लगा, कमरे की दीवारें धीरे-धीरे अंतर्धान होती जा रही हैं।

"उनका कहना है—तुम्हें अपने व्यक्तिगत संबंध रखने की पूरी छूट है। जब मैंने उन्हें तुम्हारे बारे में बताया, बचपन से हम लोग साथ-साथ पढ़े-लिखे और बड़े हुए हैं तो वे हँसकर चुप हो गए। तुम्हारे बारे में अकसर पूछते रहते हैं।" वह यह सब कह रही थी, मेरी नज़र आकाश पर थी। "वे कई बार कह चुके हैं—

'लो-नेक' पहना करो। इससे फिगर बनती है। बड़ी मुश्किल से बिना बाँह के ब्लाउज़ से समझौता कर पाई हूँ। वे तो चाहते हैं स्कर्ट भी पहना करूँ।''

''हाँ, पहनना चाहिए।''

कुछ देर तक ख़ामोशी रबड़ की तरह खिंची रही।

''उन्होंने गैस ले दी है, काफ़ी आराम हो गया।''

''गैस! अच्छी चीज़ है—बर्तन काले नहीं होते।'' लगा कहीं पास ही गैस का सिलिंडर खुल गया है और सू-सू की आवाज़ कमरे में भरती जा रही है। मैंने जल्दी से उठकर बत्ती जला दी, महसूस करना चाहा, आवाज़ धीरे-धीरे बाहर निकल रही है।

□

निमंत्रण

मानिकटाला 'साहब' का पी.ए. (यानी वैयक्तिक सहायक) अखबार पढ़कर सुना रहा था। पहले अंग्रेज़ी में पढ़ता, फिर उसका हिंदी में अनुवाद करता था। मानिकटाला ऑफिस में ही आरामकुरसी (रिटायरिंग चेयर) पर बैठे समयांतर से पाइप का धुआँ छोड़ रहे थे। धुआँ उनके चेहरे पर से पारदर्शक कपड़े सा फिसलकर पी.ए. के सिर पर से गुजरते-गुजरते और अधिक पारदर्शक हो जाता था।

मानिकटाला ने पाइप हाथ में लेकर भीगे हुए कौओंवाली आँखों से उसकी ओर देखते हुए कहा, "लोकल न्यूज़वाला पेज पढ़ो।" पी.ए. धीरे से 'जी' कहकर स्थानीय-समाचारवाला पृष्ठ निकालने लगा। मानिकटाला मुँह में पाइप लगाकर पुनः फूँकने लगे, लेकिन वह बुझ गया था। इस बीच स्थानीय समाचारवाला पृष्ठ निकालकर पी.ए. ने पढ़ना शुरू कर दिया था।

'...शाम को छह बजे सनातन धर्म कॉलेज का वार्षिक अधिवेशन। उद्घाटन प्रमुख उद्योगपति लाला रामदीन करेंगे...' मानिकटाला ने पाइप भरते हुए उसकी ओर बिना देखे पूछा, "अंग्रेज़ी में भी 'प्रमुख' ही लिखा है?"

"जी..." कहकर वह अगले समाचार पर आ गया। 'हँड़िया महल्ले की समाज कल्याण समिति का चुनाव जिला हरिजन एवं कल्याण अधिकारी की देखरेख में आज दोपहर को तीन बजे होगा...।'

'...एक सभा में कलक्टर साहब ने भाषण देते हुए काला-बाज़ारी बंद करने की अपील की और उन्होंने साफ़-साफ़ शब्दों में चेतावनी दी, ऐसा न करने पर कानूनी काररवाई की जाएगी, सरकार का रुख इस बारे में बड़ा सख्त है।' मानिकटाला सुनकर मुसकराए और शब्दों को खींचते हुए बोले, "अच्छाऽऽ" फिर रुककर पूछा, "और कोई खास बात?"

पी.ए. ने पूरे पृष्ठ को जल्दी-जल्दी देखकर बताया, "आज शाम को छह बजे उद्योगमंत्री इंजीनियरिंग कॉलेज में नई वर्कशॉप का उद्घाटन करेंगे।"

मानिकटाला पाइप को जलाते-जलाते रुक गए, उसकी ओर देखते हुए, बोले, ''उद्योग मंत्री···तुम्हारा मतलब इंडस्ट्री मिनिस्टर··· ।''

''जी···'' कहकर पढ़ने के लिए वह अगली पंक्तियाँ खोजने लगा।

''स्टेट···या···?'' उसने अखबार पर ही गरदन झुकाए उत्तर दिया, ''सेंट्रल''। मानिकटाला झटके के साथ कुरसी से उठ खड़े हुए और 'ऑफिस चेयर' पर जा बैठे। पी.ए. खिसककर उनकी मेज़ के पास चला गया। मानिकटाला स्वयं ही बड़बड़ाए, 'सेंट्रल मिनिस्टर ऑफ़ इंडस्ट्रीज़···मिस्टर थमैया', लेकिन पी.ए. को अपनी ओर देखते हुए पाकर बोले, ''थमैया अपना दोस्त है···खैर, कब आएँगे?''

वह उद्योगमंत्री का प्रोग्राम पढ़ने लगा, ''पाँच बजे हवाई अड्डे पर स्वागत, वहाँ से सीधे सर्किट हाउस, आधा घंटे ठहरकर इंजीनियरिंग कॉलेज। रात को वहीं अपरइंडिया से वापसी।''

''डिपार्चर किस समय?'' पी.ए. ने मानिकटाला की ओर देखा, अपनी बात धीरे से दोहरा दी, 'अपर इंडिया से वापसी···?' अंत में 'यानी डिपार्चर' और जोड़ दिया।

मानिकटाला ने इधर-उधर देखा। उनका पाइप आरामकुरसी के हत्थे पर रखा गया। उसने झट से उठाकर उनके सामने रख दिया। वे उसे पिन से कुरेदने लगे। दियासलाई जलाई और तंबाकू जलाने के लिए छोटे-छोटे कश खींचने लगे। दियासलाई की रोशनी में उनका चेहरा थोड़ा विकृत हो गया, उनकी नाक के नथुने तक खिंचकर लंबे हो गए। इतनी देर तक की ख़ामोशी के बाद कमरे में सिगार का धुआँ हिलता हुआ नज़र आया।

पाइप में दम लगाकर उन्होंने फिर 'हूँ' की और पी.ए. से पूछा, ''इंजीनियरिंग कॉलेज से कोई 'इनवीटेशन' आया?''

''जी नहीं।''

''आया ज़रूर होगा। तुम लोगों को कुछ पता नहीं रहता, खेतान को टेलीफ़ोन करो।'' मानिकटाला ये सब एक साँस में कह गए थे।

''जनरल मैनेजर साहब को?''

''हाँ भई, और क्या मालिक साहब को! तुम बात को जल्दी क्यों नहीं समझते?''

टेलीफ़ोन पी.ए. के कमरे में था और 'एक्सटेंशन' मानिकटाला साहब की मेज़ पर। मात्र वे बात करते थे। फ़ोन करने के लिए पी.ए. अपने कमरे में चला गया। मानिकटाला ने अपनी कुरसी पर बैठे-बैठे चारों तरफ़ घूमना शुरू कर दिया।

सामने की रोशनी दीवार पर उनके भिन्न-भिन्न पोज बनाने लगी। जब 'साइड पोज' आता था, व्यक्ति का आभास देने लगता था। पीठ आते ही आकृति सपाट हो जाती थी।

पी.ए. ने आकर बताया, "खेतान साहब उद्योग-निदेशालय की किसी मीटिंग में गए हैं।" मानिकटाला ने कुरसी का आधा चक्कर पूरा करते हुए कहा, "थमैया ने मुझे नहीं लिखा। वैसे जब मैं दिल्ली जाता हूँ, कई बार मैं भी उसे सूचित नहीं कर पाता। उसकी भी मुझसे यही शिकायत रहती है।" वह चुपचाप खड़ा सुनता रहा।

"अच्छा डी.एम. को फ़ोन करो—थमैया साहब से भेंट हो सकेगी।" वह फिर फ़ोन करने के लिए चल दिया, लेकिन मानिकटाला साहब ने बीच ही में से बुलाकर कहा, "डी.एम. को नहीं···। खेतान के बारे में पूछो—जब आए मुझसे फौरन बात करे। पी.ए. खेतान के बारे में मालूम करने चला गया। मानिकटाला ने अंतरंग फ़ोन का बजर दबाकर पुनः कहा, "खेतान न आया हो तो पोद्दार से बात कराओ।"

जब पोद्दार फ़ोन पर आए तो मानिकटाला ने पहले ही पूछा, "खेतान कहाँ है?" और बिना उसका जवाब सुने कहते गए, "मीटिंग में तुम नहीं जा सकते थे। जब देखो गायब, आए तो मुझसे फौरन बात करे।" रिसीवर रख दिया। रखने के तुरंत बाद ही उन्होंने फिर पोद्दार से बात कराने के लिए पी.ए. को कहा। लेकिन बात करते समय पी.ए. का वहाँ खड़ा रहना उन्हें संभवतः ठीक नहीं लगा। उन्होंने कुछ इसी तरह उसकी ओर देखा था। वह चुपचाप अपने कमरे में चला गया और मेन फ़ोन का रिसीवर उठाकर उनकी बातें सुनने लगा। मानिकटाला ने छूटते ही पोद्दार को डाँटना शुरू कर दिया था, "तुम लोग क्या करते हो···हजार दो-दो हजार इसीलिए मिलता है। कुरसियाँ तोड़ो और गाड़ियों पर दौड़ो। इंजीनियरिंग कॉलेज तक ने सेंट्रल मिनिस्टर ऑफ़ इंडस्ट्रीज़ को बुला लिया, तुम लोग उन्हें फैक्टरी में बुलाकर चाय भी नहीं पिला सकते।" कुछ रुककर उन्होंने फिर कहना शुरू किया—

"···खेतान को इसी समय मीटिंग में जाना था? तुम जाओ डी.एम. के पास। मिनिस्टर 'एयरोड्राम' से आकर सीधे हमारी फैक्टरी में चाय पी सकते हैं। हमारा गेस्ट हाउस उनके सर्किट हाउस से 'फॉर बेटर' होगा। वैसे थमैया मेरे दोस्त हैं। मैं बिना किसी से कहे-सुने भी उन्हें एयरोड्राम से सीधे पकड़कर ला सकता हूँ। लेकिन फैक्टरी का मामला है, आप लोगों को खुद 'अरेंज' करना होगा।"

बात खत्म होने पर पोद्दार ने बिना कोई तर्क दिए 'अभी जाता हूँ' कहकर रिसीवर रख दिया, पी.ए. ने भी।

मानिकटाला अपने हाथों को आँखों के सामने करके देखने लगे। उनकी उँगलियाँ लाल रंग से भरी नायलान की लंबी और छोटी-छोटी थैलियाँ लग रही थीं। आँखों के सामने से हाथ हटाकर उन्होंने अपना पाइप पुन: जला लिया और भिन्न-भिन्न मुद्राएँ बनाकर धुआँ फूँकने लगे। उनका मुँह काफ़ी गोल हो जाता था, कभी होंठ एक ओर से छोटी मछली के होंठों की तरह बक-बक खुलते-बंद होते रहते थे या फिर सीटी बजाने की मुद्रा में गोल होकर सामने की ओर धुएँ की धार छोड़ने लगते थे। एक-दो बार धुएँ को मुँह में बंद करके नाक से निकालने का प्रयत्न भी किया।

अचानक उनका मुँह भावहीन हो उठा और अंतरंग फ़ोन का बजर बजाकर उन्होंने तुरंत पी.ए. को बुलाया। वह चिराग के गुलाम की तरह उपस्थित हो गया।

''हाँ देखो, जरा म्योर मिलवाले रायसाहब से बात कराओ।''

राय साहब स्वयं बोल रहे थे। मानिकटाला ने बड़ा उलाहना देते हुए कहा, ''रायसाहब! यह ज़रूर है आप बड़े 'इंडस्ट्रियललिस्ट' (उद्योगपति) हैं...कभी-कभी तो दर्शन होने ही चाहिए। आप कृपा न करें, हमें ही याद कर लिया करें।''

......

''हाँ, ज़रा जयपुरवाले प्लांट में बिज़ी था, रोज़-रोज़ दिल्ली... । इसीलिए मैं भी नहीं मिल सका।''

......

''शाम को तो आप इंजीनियरिंग कॉलेज में जा रहे होंगे। आज सुबह ही थमैया का भी फ़ोन आया था।''

......

''नहीं, मैंने तो माफी माँग ली। बोर्ड ऑफ़ डायरेक्टर्स की मीटिंग है।''

......

''हाँ-आँ, अगर कैंसिल हो गई तो शायद आ जाऊँ...सुबह प्रिंसिपल भी कह रहे थे।''

......

''देखिए! अच्छा नमस्कार!''

फ़ोन रखकर मानिकटाला साहब का चेहरा खिंची प्रत्यंचा सा हो गया था। उन्होंने केडिया फ्लोर मिल्स से भी बात की, ''कहिए क्या हालचाल हैं केडियाजी!

मुलाक़ात ही नहीं होती?''

......

''क्या बताऊँ, आजकल इन मिनिस्टरों के मारे भी नाकों दम है। रोज़ कोई-न-कोई आया रहता है। आने से पहले फ़ोन कर देते हैं, आज थमैया आ रहे हैं, उनसे पहले साहब बहादुर का फ़ोन आ गया…।''

......

''वहाँ पर भेंट होनी तो मुश्किल है। शाम को हमारे यहाँ भी बोर्ड की मीटिंग है, फिर भी कोशिश करूँगा।''

......

''अच्छा।'' मानिकटाला ने जल्दी से रिसीवर रख दिया।

इन दोनों से बात करने के बाद उन्होंने फिर खेतान को दिखवाया। उस समय उनका चेहरा टूटे प्याले सा लग रहा था। खेतान तब तक भी नहीं लौटे थे। मानिकटाला ने नाराज़ होकर अपने पी.ए. से कहा, ''वहीं पर टेलीफ़ोन करो और कहो, फौरन चला आए…भाड़ में गई मीटिंग-शीटिंग!''

लेकिन उसने आकर बताया, ''वे वहाँ से घंटा भर पहले चल दिए।'' मानिकटाला साहब एकाएक नाराज़ हो उठे, ''अपनी बीवी के पास गया होगा…दफ़्तर में मन नहीं लगता। तनख्वाह कंपनी देती है, नौकरी अपनी बीवियों की करते हैं…स्सा…'' पी.ए. को सामने देखकर उन्होंने गाली पूरी नहीं की, बात को सँभालते हुए कहा, ''पोद्दार से पूछो, डी.एम. ने क्या कहा?''

लेकिन पोद्दार भी तब तक नहीं लौटे थे। मानिकटाला का गुस्सा फिर उभर आया, ''यह भी ग़ायब हो गया…घर जाकर सीरा (शीरा) चाट रहा होगा।''

पी.ए. ने बाहर से आकर बताया, ''खेतान साहब आ गए।''

मानिकटाला गंभीर होकर अपना पाइप कुरेदने लगे थे। माथे पर सलवटों का त्रिपुंड्र बरक़रार था। खेतान आकर एक ओर खड़े हो गए।

''कहाँ थे?''

''कोटा अलाटमेंट मीटिंग थी।'' खेतान थोड़ा मुसकराए।

''पोद्दार नहीं जा सकता था…मिस्टर थमैया इंजीनियरिंग कॉलेज में आ रहे हैं, तुम गायब हो।''

मानिकटाला की बात खेतान की समझ में नहीं आई। उनके मुँह से अनभिज्ञता मिश्रित आश्चर्य के स्वर में यह निकला, ''जी…!''

''जी-जी क्या करता है? अपने बाप थमैया को नहीं जानता? जनरल मैनेजर्स

इतने होशियार होते हैं। मैनेजिंग डायरेक्टर्स को जरा भी परेशानी नहीं होती। खुद ध्यान रखते हैं, किससे क्या काम है, किस तरह निकल सकता है।···तुम्हारे होते हुए भी मुझे इंजीनियरिंग कॉलिज से इन्वीटेशन तक नहीं आया। आटे की चक्कीवालों तक को बुलाया गया है।···सब एकदम नालायक।''

''मैं अभी देखता हूँ, वहाँ न जाता तो कोटा कट गया होता। सब दस गुना हो गया।''

मानिकटाला के चेहरे का खिंचाव कुछ ढीला हुआ, ''हाँ-हाँ, वह भी ज़रूरी है, लेकिन यह काम भी कम ज़रूरी नहीं। मैंने पोद्दार को डी.एम. के पास भेजा था, थमैया फैक्टरी में चाय ले लें।''

''मैं अभी पूछता हूँ।'' कहकर खेतान पी.ए. के कमरे में पोद्दार से बात करने चले आए। लेकिन लौटकर डरते-डरते बताया, ''डी.एम. ने कहा है कि मिनिस्टर साहब का आदेश है, बिना उनकी आज्ञा के कोई प्रोग्राम न रखा जाए।''

''जब आप लोग डी.एम. से इतना सा 'फ़ेवर' नहीं ले सकते, मिनिस्टर से तो क्या लेंगे, ज़रा प्रिंसिपल से बात करो—शाम और रात के डिनर का इन्वीटेशन···?''

खेतान बाहर गए तो उन्होंने पी.ए. को पीछे दौड़ाकर फिर बुलाया, '' 'डोनेशन' (दान) वगैरह की बात आए तो···बीस-पच्चीस हजार की कोई बात नहीं। इस तरह की इंस्टीट्यूसनों (इन्सटीट्यूशंस) को सहायता देना तो हमारा धर्म है।'' थोड़ा और निकट बुलाकर धीरे से कहा, ''इस बात को थमैया के सामने 'अनाउंस' कर दें। हो सके तो मेरे हाथ से उनके हाथों में ही दिलवा दें। ज़्यादा की बात हो तो भी देख लेना।''

खेतान ने कुछ कहना चाहा, लेकिन हाँ-में-हाँ, मिलाकर बिना कुछ कहे चले गए।

□

खेतान के चले जाने के बाद मानिकटाला ने फिर सिगार सुलगा लिया। कुछ ऐसे बैठ गए कि नतीजा सुनना अभी शेष हो। मेज़ पर रखे 'ग्लास लैब' में उनकी हर हरकत नोट हो रही थी। धुआँ तक उसके अंदर हिलता महसूस होता था। कभी-कभी जब वे मेज़ पर झुक जाते थे तो लोहे का ठोस सिर उसके अंदर उतरता महसूस होने लगता था। उनके हाथ का पंजा उस पर फैलकर रहस्यात्मक ढंग से हटता था।

उनकी भौंहें तनने लगती थीं, तुरंत बाद ही चेहरे पर एक स्निग्ध सा भाव आने लगता था। धीरे-धीरे चेहरा शांत होते-होते बिल्कुल भावशून्य सा हो जाता था, पाइप

जलाने के लिए दियासलाई टटोलने लगते थे।

उन्होंने अंतरंग फ़ोन से पी.ए. को फिर बुलाया। जब वह आकर खड़ा हुआ तो क्षण भर मानिकटाला शून्य दृष्टि से उसे देखते रहे। फिर एकाएक तेज़ आवाज़ में कहा, ''प्रिंसिपल को फ़ोन करो, कहना, आपसे मानिकटाला ग्रुप के चेयरमैन बात करना चाहते हैं।''

कुछ रुककर फिर कहा, ''सब ठीक तरह बता देना।''

उन्होंने फिर उसे वापस बुला लिया, ''अच्छा रहने दो, खेतान खुद बात कर लेगा।''

पी.ए. अगले आदेश की प्रतीक्षा में खड़ा रहा। मानिकटाला पहले तो चुप रहे, फिर एकदम डाँटते हुए बोले, ''जाओ…अरे भाई जाओ भी!'' उसने धीरे से पूछा, ''सर फ़ाइलें?''

''फ़ाइलें…'' उन्होंने अर्थहीनता के साथ दोहराया, फिर कहा, ''अच्छा फ़ाइलें…हूँ, ले जाओ।'' लेकिन उसे फ़ाइलें लेते जाते हुए देखकर आप-ही-आप कहने लगे, ''किसने कहा फ़ाइलें लाने को, तुम्हें खुद नहीं सूझता, मैं कितना बिजी हूँ? खेतान को फ़ोन करो।''

पी.ए. के कमरे में पहुँचने के पहले से ही घंटी बज रही थी। उसने रिसीवर उठाया, ''ओह खेतान साहब, साहब को बताइए। मैं देता हूँ, होल्ड कीजिए।''

रिसीवर हाथ में लेते ही मानिकटाला साहब ने कई सवाल कर दिए, ''कितना डोनेशन तय हुआ…एनाउंस करेंगे या मेरे हाथ से दिलवाएँगे?''

……

''सरकारी इंस्टीट्यूशन (इन्स्टीट्यूशन) होने से डोनेशन क्यों नहीं लेंगे? इलेक्शन के दिनों में सरकारवाले चंदा खुद नहीं माँगने जाते। मैं थमैया से ही बात करूँगा…इन्वीटेशन का क्या हुआ?''

……

''निमंत्रण-निमंत्रण क्या लगा रखा है, सीधा 'इन्वीटेशन' कहो।''

……

''क्या खत्म हो गए, कम छपवाए थे?''

……

''ज़बानी इन्वीटेशन भी कोई इन्वीटेशन होता है? प्रिंसिपल से कह देना कि हम इस तरह नहीं जाते। चक्कीवालों तक को तो इन्वीटेशन गया है। तुम लोग कुछ

नहीं कर सकते, बस बातें बनाना जानते हो। प्रिंसिपल को यह भी बता देना, थमैया मेरे 'पर्सनल' दोस्त हैं।'' मानिकटाला झटके के साथ उठ खड़े हुए। उनके उठने के बाद कुरसी लगभग चौथाई वृत्त घूमकर रुक गई। उन्होंने कमर पर हाथ रखकर कमरे की लंबाई के दो चक्कर लगाए और स्वयं पी.ए. के कमरे में जाकर प्रिंसिपल का नंबर मिलाया।

......

''गुड मॉर्निंग प्रिंसिपल साहब! मानिकटाला मानिकटालॉज का चेयरमैन। सुबह थमैया ने फ़ोन किया था, मैंने सोचा आपसे पूछ लूँ। सब ठीक है न?''

......

''पहले तो यही सोचा था, थमैया से कह दूँ। प्रिंसिपल साहब ने मुझे तो याद किया ही नहीं, लेकिन फिर यही ध्यान आया, आपसे बाद में निबट लेंगे, एक शहर का मामला है, बाहरवालों को क्यों बताया जाए?''

......

''कोई बात नहीं, यह तो होता ही रहता है। मैं बुरा मानता तो आपको फ़ोन क्यों करता?''

......

''आपने तो मेरे साथ एक और ज़्यादती की है! मैं बच्चों के लिए डोनेशन देना चाहता था, आपने इनकार कर दिया।''

......

''समझता हूँ, समझता हूँ। इसीलिए तो चुप हो गया। लेकिन थमैया से आपको कहना होगा, डोनेशन के लिए आपने ही मना किया है। नहीं तो मैं उनसे झूठा बनूँगा, दोस्ती का मामला है।''

......

''ज़रूर...ज़रूर आऊँगा। हालाँकि मुझे बोर्ड की मीटिंग कैंसिल करनी पड़ेगी, लेकिन खैर! आप अपना वायदा याद रखिएगा।''

......

''थैंक्यू!'' लंबा सा कहा।

रिसीवर रखते समय मानिकटाला की नज़र पी.ए. की नज़रों से टकराई, उसकी आँखों में एक सुपरिचितता उभर आई थी। उसे देखकर मानिकटाला की नजरें पनियाले जानवर की तरह गोता लगा गईं।

□

रिश्ता

मनकी ने गैरिज का दरवाज़ा खोला। टीन का था। काफ़ी आवाज़ हुई। दाहिने हाथ चूल्हा था। अधबुझे कोयले थे। चूल्हे के चारों ओर एक छोटा सा बुझता हुआ 'प्रभामंडल' बना था। अंदर आकर मनकी ने कुंडी चढ़ा ली। सामने की ओर देखते हुए बोली, ''सो गया रे?''

''ना ऽऽ हीं तो!'' लेटा हुआ लड़का उठ बैठा।

''रोटी बना ली?''

लड़के ने अलसाए स्वर में कहा, ''बना ऽऽ ली।'' आगे बढ़ते हुए मनकी का पाँव पतीली से टकरा गया। तुरंत बोली, ''तुझे कब अकल आएगी रे, पतीली बीच ही में डाल रखी है।''

''दीया जला दूँ, माँ?''

''जला दे ना, पूछ क्या रहा है!'' मनकी भच्च से ज़मीन पर बैठ गई।

लड़के ने दीया जला दिया। कमरा चौड़ा हो गया। मनकी ने बेटे की तरफ़ देखा। लंबा बाँस सा पाहुँचा फटा जाँघिया पहने खड़ा था। मनकी ने उस पर नज़र डाली, मुसकराकर बोली, ''कमबख्त, इसे ढक तो लिया कर। बोतल सी लटकाए घूमता रहता है।'' उसने ज़मीन में पड़ी अपनी माँ की काली कीचट धोती उठाकर लपेट ली, बोला, ''बस!''

मनकी हँस दी, ''पूरा मरद हो गया। यह भी माँ को ही बताना पड़ेगा, कहाँ ढकना चाहिए, कहाँ उघाड़ना!''

लड़के ने धीरे से पूछा, ''रोटी दे दूँ?''

''यह भी कोई पूछने की बात है, आँतें सुकड़ गईं। ला जल्दी।''

मैले कपड़े में लिपटी रोटियाँ रकाबी में रखकर माँ के सामने सरका दीं। ठोकर लग जाने से तिरछी पतीली भी सीधी करके सामने रख दी। माँ ने उस हल्की

सी रोशनी में पतीली के अंदर झाँककर देखना चाहा। धीरे 'पे बोली, 'हल्दी कम डा ऽऽ ली दीखे!'

लड़का चुपचाप बैठा रहा। मनकी ने अपने पल्ले से मिठाई की दो-तीन डलियाँ निकालकर रोटियों पर रख लीं। रोटी को पीपी बनाकर कुतर-कुतरकर मिठाई के साथ खाती रही। कभी-कभी दाल से भी लगा लेती थी। लड़का बराबर उसके मुँह की ओर देख रहा था। थोड़ी देर बाद बोला, "माँ, तूने दाल तो खाई नहीं। मैंने तो दाल तेरे मारे कम ली थी।"

मुँह का टुकड़ा निगलकर मनकी बोली, "क्या खाऊँ, इसमें हल्दी तक तो डाली नहीं। मुझे घास-पात अच्छा नहीं लगता। वो तो डाक्टराइन के नौकर ने दो लड्डू दे दिए थे, काम चल गया।" बचा हुआ लड्डू मुँह में रखते समय क्षण भर को झिझकी, फिर रख गई। लोटे से गटर-गटर पानी पीकर हँसते हुए कहा, "डाक्टराइन बाहर गई है, वो साला खूब खिलाता-पिलाता है।"

उठते समय ज़ोर से डकार ली। बंद दरवाज़े के पास बैठकर हाथ धोए। बैठे-बैठे वहीं पेशाब कर दिया। लड़का लेट गया था। मनकी ने अपनी धोती निकालकर खूँटी पर टाँग दी। फटा हुआ सा ढीला-ढाला ब्लाउज़ भी उतारकर धोती के ऊपर रख दिया। कुछ देर तक दोनों हाथों से अपनी छाती मलती रही। बाद में कपड़ा ओढ़कर लेट गई।

"अरे गिरधारी, दीया तो बुझाया ही नहीं। ज़रा बुझा दे।"

गिरधारी कुछ देर बाद उठा, फूँक मारकर दीया बुझा दिया। मनकी ने तुरंत टोका, "अरे कमबख्त! फूँक मारकर दीया बुझाते हैं कहीं। कुछ तो अकल सीख ले, धक्के खाता फिरेगा।" गिरधारी बिना कुछ जवाब दिए चुपचाप जाकर लेट गया। चूल्हे के कोयले बुझने लगे थे। सामने बिजली का खंभा था। उसकी रोशनी किवाड़ों के नीचे से होकर अंदर पहुँच रही थी। जिस स्थान पर मनकी ने हाथ धोकर पेशाब किया था, अभी भी गीला था।

"माँ, क्या हुआ?' गिरधारी ने हठात् पूछा। मनकी चौंक सी गई, बोली, 'कहो का?"

"उसी रामतीरथ का?"

मनकी हँस दी, "अरे, उसका क्या होना था! मैं ही तैयार नहीं। कहता है, तेरे इतने बड़े लड़के को नहीं रखूँगा।" गिरधारी चुप हो गया। कुछ देर बाद मनकी ने ही कहा, 'मैंने तो कह दिया, तो जा मुझे और बहुत॰॰!"

"अब तू उसके साथ नहीं रहेगी?" गिरधारी के स्वर में उत्सुकता थी।

"जाएगा कहाँ हरामी, फिर आएगा।" मनकी ज़ोर-ज़ोर से हँसने लगी। उजाला मिले अँधेरे में मनकी का हँसना टिकता सा लगा। हँस-हँसाकर मनकी चुप हो गई।

गिरधारी ने फिर धीरे से पूछा, "कल तू चाँदी की तगड़ी का ज़िक्र कर रही थी न?"

"रखेगा तो देगा। सवा सौ कमाता है हर महीने। कल को मर गया, अपना धन तो छाती तले रहेगा। तेरा बाप मरा, बरतन मलती घूम रही हूँ। सब खा-पीकर बराबर कर देता था।" हँसकर बोली, "चाँदी की तगड़ी तो बुड्ढा भी देने को तैयार है। पर रामतीरथ जवान है।" मनकी की हँसी रोके नहीं रुक रही थी। उसका इस तरह हँसना औचकता उत्पन्न कर रहा था।

"कौन बुड्ढा?"

मनकी का हँसना फिर चालू हो गया। बड़ी मुश्किल से बता पाई, "अरे, वही डॉक्टराइन का नौकर बारू। कबर में पैर लटका रखे हैं। दुबारा विधवा करने के चक्कर में है हरामी। उससे तो मैंने सोने की तगड़ी माँगी है।"

"दे दे तो अच्छा है।" गिरधारी के कहने में अर्थहीनता अधिक थी।

"बड़ा आया देनेवाला! पाँच तोले की भी बनवानी पड़ गई तो लिल्लाम हो जाएगा साला।" गिरधारी चुप हो गया। मनकी थोड़ी देर तो दाँत फाड़ती रही, फिर वह भी चुप हो गई। दूसरी तरफ़ करवट बदली तो गिरधारी ने पूछा, "माँ, तू सो गई?"

"नहीं।"

कुछ ठहरकर गिरधारी ने अपनी बात कही, "वो रामतीरथ मुझे नहीं रखना चाहता?"

मनकी उसकी ओर पलट गई। अँधेरे में अपने बेटे की शक्ल देखने की कोशिश की। वह चुपचाप लेटा था। समझाने के ढंग से बोली, "उस ससुरे के भी तो दो बच्चे हैं। कहता है, तेरा बेटा इतना बड़ा तो हो गया, कब तक उसकी सँभाल करती रहेगी। तू मर जाएगी, तब कौन करने आएगा?"

गिरधारी ने धीरे से हूँ करके कहा, "तो माँ, तू चली जा।"

मनकी काफ़ी देर तक ख़ामोश लेटी रही। फिर धीरे से पुकारा, "गिरधारी, ठंड लग रही होगी, पास को सरक आ, बेटा!"

गिरधारी खिसक आया। नज़दीक खींचकर पीठ पर हाथ फेरते हुए कहा, "उसके घर में बैठ जाने से तुझे कपड़ा-मिल में नौकरी मिल जाएगी। ब्याह-काज

भी हो जाएगा। मुझ कलमुँही के साथ तुझे कौन पूछेगा!'' कुछ रुककर कहा, ''कल दुपहरी में उससे तय कर लूँगी। बारू ने रोटी पै बुलाया है। रामतीरथ भी आएगा। तू भी डॉक्टराइन के घर आ जाना, वहीं खाना!''

गिरधारी ने भयभीत स्वर में पूछा, ''डाक्टराइन?''

''अरे, वो तो चार-पाँच रोज़ से दौरे पर गई है।''

गिरधारी पूछते हुए हिचक रहा था, ''बुड्ढे ने रामतीरथ को भी बुलाया है।''

''रामतीरथ बुड्ढे का ही दोस्त तो है। वह कहता है, या तो मेरे घर रह या रामतीरथ के। दोनों की मिलीभगत है।'' मनकी हँसने लगी।

गिरधारी सरककर अपनी जगह चला गया। मनकी ने करवट बदल ली।

थोड़ी देर बाद उसकी नाक बजने लगी। गिरधारी चुपचाप उठा। दरवाज़े की कुंडी खोली। कुंडी टीन के किवाड़ से टकराकर टन्न से बोली। मनकी ने नींद में ही पूछा, ''क्या है?''

''कुछ नहीं, पिसाब करने जा रहा था।''

''यहीं बैठ के मूत ले न, बाहर कहाँ जाएगा।''

गिरधारी ने कहा ''अच्छा!'' पहले वहीं बैठने को हुआ, फिर बाहर चला गया। खड़े होकर पेशाब करते समय वह एकटक आसमान की तरफ़ देख रहा था। बाद में भी कुछ देर वहीं खड़ा रहा। लौटते समय कुंडी खड़कने पर भी मनकी नहीं जागी।

□

गिरधारी डॉक्टराइन के घर पहुँचा। घर चारों ओर से बंद था। सब तरफ़ चक्कर लगाकर वह पिछले दरवाज़े के पास बैठ गया। अंदर से मिली-जुली आवाज़ें आ रही थीं। उसने कान लगाकर सुनना चाहा। मनकी की आवाज़ थी, ''हट, सारा मज़ा लूटे ले रहा है, पहले करार कर!''

गिरधारी ने कान के बजाय आँख दरार में लगा दी। माँ नंगी लेटी थी। एक बार आँख हटाकर इधर-उधर देखा। दुबारा फिर अंदर झाँकने लगा। कुछ देर तक गिरधारी का शरीर थरथराता रहा। एक हाथ टाँगों के बीच देकर वह उकड़ू बैठ गया।

रामतीरथ मनकी से चिपटा था। बूढ़ा खड़ा उन दोनों को ग़ौर से देख रहा था। एकाएक मनकी ने रामतीरथ को ढकेल दिया। उसका कहना जारी था—''सरियत मंजूर हो तो आगे बढ़।''

लेटी हुई मनकी आधी उठ गई। मुसकराकर बोली, ''दोनों बातें होंगी। तगड़ी

तू अकेला दे या···" बारू की तरफ़ देखकर मुसकराई, "तुम दोनों मिलकर, इस बेचारे बारू को क्यों हलाल करता है! इसके बस का क्या है? लुगाई तो तेरी ही रहूँगी।"

बारू एक झटके में सीधा होकर झपटता हुआ आया और नामरजाद नंगा हो गया, "क्या कहती है? मेरे बस का कुछ नहीं, ले, देख!" वह मनकी से चिपट गया। बुरी तरह हाँफने लगा। मनकी बारू के सिर पर हाथ फेर-फेरकर हँसने लगी। गिरधारी के होंठ भी हल्के से फैल गए। रामतीरथ खड़ा था। नंगेपन ने उसे एकदम बदल दिया था। रामतीरथ ने बारू को हटाना चाहा। उसने मनकी को बच्चे की तरह कसकर पकड़ लिया। एक ज़ोर के झटके के साथ बारू दूसरी तरफ़ लुढ़क गया। ज़मीन पर गिरने से बारू की साँस उखड़ गई।

रामतीरथ मनकी से चिपटने की कोशिश कर रहा था। मनकी ने एक के ऊपर दूसरी टाँग रखकर कस ली। मनकी ने उसी स्थिति में लेटे-लेटे कहा, "पहले बात तय कर। मुझे दूसरा आदमी मिल रहा है। डेढ़ सेर की तगड़ी देगा। तेरे से प्यार-मोहब्बत है, इसीलिए सेर भर की माँग रही हूँ।" हँसकर बोली, "मेरी बकरी को तो खून चाहिए। तू नहीं, तेरा भाईबंद सही। मैं डॉक्टराइन नहीं, दबाकर रखूँ।"

रामतीरथ उसकी बातों की ओर बिल्कुल ध्यान नहीं दे रहा था। घुटनों के बल बैठकर उसकी टाँगें अलग करने का प्रयत्न कर रहा था। कभी-कभी आँखों में खुशामद का भाव लाकर मनकी की ओर देख लेता था। तनाव धीरे-धीरे बढ़ रहा था। बारू उठकर खड़ा हो गया। उसका नंगापन उन दोनों के नंगेपन से बहुत भिन्न था।

रामतीरथ के काफ़ी ज़ोर आज़माइश कर लेने पर मनकी हँस दी, "तूने क्या मुझे सहरी समझ रखा है? यही दो टाँगें हैं—ताला है न चाबी। बता, तैयार है?" बारू उसी नंगी हालत में उन दोनों के पास आकर खड़ा हो गया। झुककर कुछ देखने लगा। रामतीरथ ने कहा, "तू जा यहाँ से। तेरे किए, धरे तो कुछ हुआ नहीं"

बारू बिगड़कर बोला, "साले! नीच, उल्लू-खाड़ा मचा रखा है। तू तो जवान है, तेरे से ही क्या बाल टेढ़ा हो गया। निकलो यहाँ से, नहीं तो मैं दरवाज़ा खोलता हूँ।" बारू एक-एक शब्द बड़ी मुश्किल से कह पा रहा था। धोती लपेटते हुए भी बकता जा रहा था—"किसी का तो कुछ बिगड़ेगा नहीं। मेरी नौकरी चली जाएगी। ये साली, हरामजादी, छिनाल···!" बूढ़े के जबड़े कस गए।

मनकी ने बारू की तरफ़ देखकर झटके के साथ कहा, "चुप्प कर, बके जा रहा है।" फिर रामतीरथ से बोली, "जल्दी बोल, गिरधारी आता होगा। मैं कपड़े

पहनूँ।'' रामतीरथ के हाथ मनकी की जाँघ पर रखे-रखे ढीले पड़ गए थे। आँखें बुझने लगी थीं। वह ठंडा होता जा रहा था। उसने धीरे से कहा, ''गिरधारी को रख लूँगा।'' गिरधारी दूसरी तरफ़ देखने लगा।

मनकी ने तुरंत पूछा, ''और तगड़ी?''

रामतीरथ ने रुआँसा होकर कहा, ''ज़ालिम, कुछ तो सोच। छोटे-छोटे बच्चे हैं। घरवाली मरी थी, उसी का कर्ज़ा नहीं उतरा।'' रामतीरथ का शरीर लटकने लगा था।

''तू जान!'' मनकी उठकर बैठ गई। उसका मुँह रामतीरथ के मुँह के पास आ गया। रामतीरथ ने एक बार उसकी ओर देखा, फिर बैठी हुई मनकी के ऊपरी भाग को दोनों बाँहों में कस लिया। मनकी ने पीठ पीछे टिके दोनों हाथों से रामतीरथ को पीछे ढकेलते हुए कहा, ''मुफ़्ती-मुफ़्ती इज़्ज़त लेना चाहता है। मेरा बच्चा नहीं, तेरे ही बच्चे हैं। हठ परे।''

रामतीरथ ने ज़ोर-ज़बरदस्ती करनी चाही। मनकी तुरंत बोली, ''हटता है या शोर मचाऊँ! मेरा बच्चा कमअक्ला है तो उसे ज़हर दे दूँ। उसके आगे-पीछे भी न सोचूँ?''

गिरधारी बंद दरवाज़े के अंदर घुसा जा रहा था। उसका चेहरा खिंच गया था। बराबर वाले घर की कुंडी खुलने की आवाज़ सुनकर गिरधारी सकपका गया। दरार पर से नज़र हटाकर इधर-उधर देखने लगा। अपने आपको एक कोने में इकट्ठा कर लिया। घर से एक महिला निकल रही थी। गिरधारी को कोने में सिकुड़ा देखकर पास चली आई। बिल्कुल सिर पर खड़े होकर पूछा, ''यहाँ क्यों बैठा है?''

गिरधारी ने हकलाते हुए कहा, ''मेरी माँ अंदर है।''

''कौन माँ!''

''यहाँ बर्तन माँजती है।''

''मनकी?''

''जी।''

महिला नाराज़ हो गई, ''तो यहाँ से क्या ताक-झाँक कर रहा है, दरवाज़ा क्यों नहीं खुलवाता?'' वह डरा हुआ सा उसी तरह बैठा रहा। महिला फिर बोली, ''अरे! बैठा क्या है, दरवाज़ा खटखटा। डॉक्टर गई हुई हैं—घर में चोरी हो गई तो कौन ज़िम्मेदार होगा। वो बूढ़ा कहाँ गया?''

गिरधारी ने चुप रहकर धीरे से कहा, ''अंदर।'' उसकी नज़रें ज़मीन में गड़ी

हुई थीं। उस महिला को गुस्सा आ गया, ''तू पागल है क्या रे, दरवाज़ा क्यों नहीं खुलवाता? या अपने घर जा। चोरों की तरह यहाँ क्यों बैठा है?''

उसी घर से एक आदमी और निकल आया। उसने वहीं से उस महिला को पुकारा, ''चलो जी!'' वह महिला उस आदमी के साथ चली गई। महिला के चले जाने के कुछ देर बाद तक वह उसी तरह भयभीत इधर-उधर देखता रहा। उस दरार पर फिर आँख लगाकर झाँका। बूढ़ा उन दोनों के ऊपर झुका हुआ था। अपने शरीर को झटका दे-देकर हुमक रहा था।

एकाएक बूढ़ा चिल्लाया, ''निकलो यहाँ से, बदमासी फैला रखी है। बेसरम कहीं के!'' रामतीरथ और मनकी ने जवाब नहीं दिया। बुड्ढे ने झुककर ग़ौर से देखा। ज़ोर से चिल्लाया, ''मैं दरवाज़ा खोलता हूँ।'' वह मुँह से कह रहा था।

गिरधारी दरवाज़े से हटकर दूसरी ओर खड़ा हो गया। उसका चेहरा बहुत अधिक धूप में रहने के बाद थका-थका सा हो गया था। उसके वहाँ से हटने के दो मिनट बाद दरवाज़ा खुल गया। मनकी धोती ठीक कर रही थी।

गिरधारी को दरवाज़े के सामने खड़े देखकर बारू ने कहा, ''देखी अपनी माँ की करतूत?''

मनकी नाराज़ हो गई, ''सरम नहीं बुड्ढे! क्या करतूत दिखाता है माँ की? हरामज़ादा!'' गिरधारी की तरफ़ देखकर पूछा, ''कब आया रे तू?''

''अभी।'' गिरधारी के चेहरे पर टूटेपन का भाव था।

''उस चुड़ैल से ज़बान क्यों लड़ा रहा था? साली पागल है।'' रामतीरथ बाहर निकल आया। गिरधारी को ग़ौर से देखने लगा। गिरधारी ने उन तीनों में से किसी की ओर नहीं देखा।

मनकी ने झिड़कते हुए कहा, ''चल, रोटी खा! फिर बरतनों पर हाथ फेरना, सुबह से थक गई हूँ।''

बारू तुरंत बोला, ''यहाँ नहीं है रोटी-वोटी बदमासों के वास्ते। सरम ना लिहाज!''

रामतीरथ बीच में बोला, ''काहे टाँय-टाँय लगाई है? इसमें किसी का क्या दोस! तुझे मना तो नहीं किया था।''

इस बार गिरधारी ने बारी-बारी से तीनों की तरफ़ देखा। माँ का चेहरा विकृत हो गया था। बारू की तरफ़ वह उसी तरह देख रही थी, जैसे कुछ देर पहले गिरधारी की तरफ़ देखा था। मनकी ने गिरधारी से कहा, ''चल अंदर, यहाँ क्या टुकुर-टुकुर मुँह देख रहा है!''

गिरधारी अंदर गया तो रामतीरथ ने कहा, ''आज तूने ठौर मार डाला, अब चख-चख कर रहा है।''

मनकी के चेहरे पर हल्की सी मुसकराहट आ गई, ''मैं नहीं मरी!''

बारू सनसना उठा, ''मेरी तरफ़ से चाहे जो मरे, मेरे चालीस रुपए रख दो। रुपए चट करते बखत नहीं देखा था मैं बुड्ढा हूँ।'' बारू कमर सीधी करके मनकी की तरफ़ लपका। मनकी खिस्स से हँस दी। वह और नाराज़ हो गया। बुलंद आवाज़ में बोला, ''हँसती क्या है, तेरा सौदा चाहे जैसा तय हो गया हो, बिना चालीस धरवाए जाने नहीं दूँगा। अपने इस धग्गड़ से कह। तुझे तीन पाव की तगड़ी देगा, मेरे चालीस नहीं दे सकता।'' बारू बार-बार नीचे के लटकते होंठ को ऊपरवाले होंठ से सँभालता जा रहा था।

मनकी हँसकर बोली, ''अकल के दुसमन, शोर क्यों मचाता है! तेरी ही नौकरी जाएगी। वो तो बेचारी डॉक्टराइन रखे हुए हैं, औरों के लिए तो तू कौड़ी को भी भारी।''

गिरधारी अंदर के आँगन में चुपचाप खड़ा इन्हीं लोगों की ओर देख रहा था। बारू की साँस फिर उखड़ने लगी। वह अंदर चला गया। चुपचाप एक कोने में बैठकर साँस जमाने का प्रयत्न करने लगा। मनकी रसोई से थाली लगा लाई। गिरधारी के सामने थाली में खाना आता देखकर बारू ने चिल्लाकर कहा, ''इस साले पगलैट को थाली में खाना देगी—हाथ पर दे, हाथ पर।''

मनकी ने उसकी बात की ओर ध्यान नहीं दिया। अंदर चली गई। गिरधारी ने बूढ़े पर एक नज़र डाली और खाना शुरू कर दिया। मनकी ने एक कटोरी में बची-खुची खीर लाकर बूढ़े के हाथ पर रख दी। खीर लेते हुए बूढ़े ने मुसकराकर रामतीरथ की ओर देखा। अपने वास्ते वह चावलों का भिगोना ले आई। उसमें कुछ चावल बच गए थे। बची-खुची दाल, सब्जी सब एक साथ भिगोने में उलट ली और खाने लगी। रामतीरथ ने हँसते हुए कहा, ''सबको देगी, मैं ही रह जाऊँगा तेरे राज में।''

मनकी हँस दी, ''तुम क्यों रह जाओगे?'' फैली टाँगों के बीच रखे भिगोने की तरफ़ इशारा करके कहा, ''तुम भी आ जाओ।'' बूढ़ा खीर खा चुका था। हँसकर बोला, ''जा, तू जा। तेरी जगह वहीं है, रामतीरथ!''

रामतीरथ हँसता रहा, जवाब नहीं दिया। उसी भगोने में वह भी खाने लगा।

गिरधारी खा चुका था और अब उन तीनों की ओर देख रहा था।

मनकी ने उसे ख़ाली बैठे देख तुरंत कहा, ''अरे बैठा क्या है, बरतनों पर हाथ फेर दे।''

वह बर्तन इकट्ठे करने लगा।

मनकी हँसकर बोली, 'देखा, मेरा बेटा, कैसा राजाराम सा है! कान हिलाना नहीं जानता।' रामतीरथ ने गिरधारी की तरफ़ देखा। गिरधारी गर्दन नीची किए बर्तन मल रहा था।

बारू उन दोनों के पास आकर बैठ गया। समझाते हुए कहा, "देखो, अब तुम दोनों का मामला तय हो गया, मेरे चालीस रुपए दे दो।"

रामतीरथ ने मनकी से कहा, 'बता, तुझे तगड़ी दूँ, तेरा बेटा रखूँ या कर्ज़ा चुकाऊँ?"

मनकी हँस दी, "तुम किसकी बातों में आते हो! मेरा क्या कसूर, इस पर कुछ हुआ ही नहीं!"

बारू बिगड़ गया, "पैसा मैं दूँ, मज़ा और लें।"

मनकी ने बारू को झिड़क दिया, "चल हरामी, पास में कुछ है भी!"

"निकल यहाँ से नीच जात!' बारू मनकी का हाथ पकड़कर धक्का देने के लिए लपका। रामतीरथ ने भी बारू की ओर हाथ बढ़ाया। मनकी ने पहले ही उसे धकेल दिया, "हट परे, कबर में पैर लटका रखे हैं; औरतबाजी के चक्कर में घूमता है। मुँह से झाग निकलने लगते हैं।"

गिरधारी बरतन धो रहा था। रुककर उन लोगों की ओर देखने लगा। मनकी ने गिरधारी को डाँटते हुए कहा, "चल उठ यहाँ से, इस साले के साथ भलाई करो, बुराई गले पड़ती है।"

"आने दे मेम साहब को! साली जब बिमार पड़ी थी, कीड़े पड़ गए थे। मैंने ही मेम साहब से कहकर इलाज कराया था। अब हम बुराई करते हैं। आने दे, न झोंटा पकड़कर निकलवाया।"

"कर लेना जो हो। मैं नहीं कहूँगी, चालीस रुपए देकर अपनी माँ के साथ··· हाँ ऽऽ!"

मनकी रामतीरथ का हाथ पकड़कर बाहर निकल गई। मनकी के हाथ पकड़ लेने से रामतीरथ का चेहरा गद्‌गदायमान हो आया। वह उसके पीछे-पीछे चला गया। रामतीरथ को बाहर छोड़कर मनकी दुबारा आई। गिरधारी से बोली, "चल रे, उठ यहाँ से।" कहती हुई फिर बाहर निकल गई। गिरधारी बरतन धोता-पोंछता रहा। बरतनों को पूरी तरह से निपटाकर और बारू को 'काका राम-राम' कहकर बाहर निकला। मनकी और रामतीरथ चले गए थे।

गिरधारी के चले जाने पर बूढ़े ने दरवाज़ा बंद कर लिया। दीवार से पीठ

टिकाकर चुपचाप बैठ गया।

□

मनकी लौटी तो गिरधारी चूल्हे के सामने पलौथी लगाए बैठा था। वह प्यार से उसके बराबर बैठ गई।

उसकी ओर बिना देखे गिरधारी ने पूछा, "रोटी?"

"ना ऽऽ हीं, भूख नहीं!" कहकर मनकी हँस दी। गिरधारी चुपचाप बैठा रहा। थोड़ी देर बाद वहाँ से उठकर दीये के पास जा बैठा।

मनकी हँसकर बोली, "अरे गिरधारी! अच्छा हुआ, आज डॉक्टराइन हमारे जाने के बाद आई, नहीं तो कच्चा खा जाती। वो बुड्ढा तो गया था काम से।"

गिरधारी ने धीरे से 'हूँ ऽऽ' किया। मनकी ने उसकी ओर देखा; बोली, "बुढ़ऊ ने उससे मेरी शिकायत कर दी, ये चालीस रुपए नहीं देती। मैंने साफ़-साफ़ कह दिया—कैसे रुपए?"

"माँ, तू दुपहर कहाँ चली गई थी?"

मनकी क्षण भर के लिए गंभीर हुई, फिर हँसकर बोली, "वे बाज़ार ले गए थे।" कहकर उसने पुनः पहलेवाली बात शुरू कर दी, "वो बात तो बीच ही में रह गई। मैंने उल्टे बुड्ढे की ऐसी-तैसी कर दी। सब साफ़-साफ़ कह दिया··· !"

"माँ, इस गठरी में क्या है?"

"अरे, मैं तो भूल ही गई, तेरे बाप ने कपड़े खरीदवाकर दिए हैं। मुझ पर बड़े नाराज़ थे, ऐसे सीधे लड़के को तूने ही बावला बना रखा है, फटे हुए कपड़े पहने घूमता है।" मनकी ने गिरधारी की तरफ़ देखा। गिरधारी अपना फटा हुआ जाँघिया ठीक करने में लगा था। मनकी गठरी खोलने लगी। उसमें जाँघिया, बनियान और कमीज़ थे।

हाथ में कपड़े उठाकर मनकी ने कहा, "देख, तेरे बाप ने कितने अच्छे कपड़े खरीदकर दिए हैं।"

गिरधारी ने कपड़ों को एक नज़र देखा, चुपचाप बैठा रहा।

'क्यों, पसंद नहीं आए?' मनकी की आवाज़ तेज़ हो गई थी।

गिरधारी ने उतनी ही धीमी आवाज़ में कहा, 'ठीक तो है।'

'तो ले, पहनकर दिखा।'

गिरधारी पहले अपनी माँ की तरफ़ देखता रहा, धीरे से बोला, "टाँग दे।"

मनकी ने कुछ बोलना चाहा, पर बोली नहीं। चुपचाप उठकर चली गई। चूल्हे से कोयले निकालकर बुझाने लगी। कोयले बुझाकर बरतन माँजने बैठ गई।

गिरधारी ने कहा, 'सुबह माँज दूँगा।'

"नहीं, मैं ही हाथ फेरे देती हूँ।" रुककर बोली, "सुबह वे ताँगा लेकर आएँगे, बखत नहीं रहेगा।"

"अच्छा ऽऽ।" कहकर गिरधारी उठा नहीं। कुछ देर बाद पूछा, "दे दी तगड़ी?"

"कल देंगे।"

मनकी फिर हँसने लगी, 'आज उस लड़की को खूब पिटवाया। देख रही थी, मेरी बात मानते हैं या नहीं? जरा सी, पोतड़े सूखे नहीं, आँख लड़ाती है। मैंने उनसे कह दिया—मेरे सामने आँख-नाक लड़ाई तो बोटी-बोटी काट दूँगी। कभी कहो सौतेली माँ है! साली मुझसे पूछती थी—हमारे घर क्यों आई? लौंडा तो घुग्घू सा बना बैठा रहा।"

गिरधारी लेट गया। बरतन मलने की आवाज़ आती रही। थोड़ी देर बाद उठकर जाँघिया सँभालता बाहर चल दिया। मनकी ने देखा, कुछ बोली नहीं। पुलिया पर जाकर बैठ जाने पर मनकी ने उचककर देखा। एकदम सीधा बैठा था, खंभे की रोशनी उसके बदन पर पड़ रही थी।

मनकी कुछ देर तक खड़ी देखती रही, फिर ज़ोर से पुकारा, 'अरे गिरधारी, वहाँ क्यों बैठा है? चल घर में आ, और बड़बड़ाती रही, 'नंग-धड़ंग बैठा है सूअर, बैल-का-बैल हो गया।"

गिरधारी चुपचाप बैठा रहा। उसने दुबारा पुकारा। इस बार वह बिना इधर-उधर देखे उठा। सीधा घर की तरफ़ चल दिया और आकर दरवाज़े पर खड़ा हो गया। मनकी ने पूछा, "क्या हुआ, उठकर क्यों चला गया था?"

"वैसे ही।"

मनकी बड़बड़ाई, "अभी कौन गरमी हो रही है! इतना बड़ा हो गया, अपना भी ख़याल नहीं रख सकता?"

गिरधारी अंदर जाकर लेट गया। मनकी ने पुनः कहा, "सो जा पड़कर; सुबह सामान बाँधकर चलना है। वहाँ रहकर मकान-मालकिन की बेगार करनी पड़ती है। किराया नहीं लेती तो क्या! अपना नौकर ही समझ लिया है। अपने घर में आराम से रहेंगे। मैंने डॉक्टराइन को भी जवाब दे दिया। समझा न बूझा, डाँटने लगीं, जैसे मैं उसकी कंपोटर हूँ।"

गिरधारी की ओर से किसी प्रकार का उत्तर न सुन पूछा, "सो गया?"

"नहीं तो।"

"हाँ न हूँ, मुरदा सा पड़ा है। अपने बाप के साथ ऐसा करेगा…।" बात बदलकर बोली, "उनके साथ ऐसा मत करना, मेरा तो कुछ नहीं।"

गिरधारी ने बिल्कुल स्थिर भाव से पहली बात का अब जवाब दिया, "अच्छा तो है।" और करवट बदल ली।

काम-धाम निबटाकर मनकी भी लेट गई। काफ़ी देर तक दोनों के बीच ख़ामोशी रही। मनकी ने समझा, गिरधारी को नींद आ गई है। उसने दूसरी ओर करवट ले ली। गिरधारी ने आँखें खोलकर माँ की तरफ़ देखा। उसकी पीठ पूरी तरह नंगी थी। उसने हाथ बढ़ाया, फिर पीछे हटा लिया।

"माँ…" गिरधारी के मुँह से एकाएक निकला। मनकी चौंक सी गई। करवट बदलकर पूछा, "तू जगा है रे? मैं तो समझी सो गया।"

गिरधारी चुप रहा।

"क्या बात थी, बोलता क्यों नहीं?"

वह चुप रहा।

मनकी ने दुबारा पूछा, "अरे बोल! क्या बात थी?"

"डॉक्टराइन ने तो ब्याह नहीं किया?" गिरधारी के पूछने पर मनकी क्षण भर चुप रही। वह भी अपनी माँ के जवाब का इंतज़ार करता रहा।

"इन लोगों का क्या ब्याह…।" कहकर मनकी भद्दी तरह हँस दी।

मनकी के हठात् हँस देने पर गिरधारी ने झुककर माँ को देखना चाहा। वह ज़ोर-ज़ोर से हँसी की आवाज़ पैदा कर रही थी। वह पुनः लेट गया।

"क्यों पूछ रहा है रे, तू करेगा उससे ब्याह?" मनकी का हँसना फिर चालू हो गया।

"मोटर-कार में घुमाया करेगी। अब अकड़ती है। हमें भी तब सुख हो जाएगा! सासजी-सासजी कहती घूमा करेगी।" सबकुछ हँस-हँसकर कहे जा रही थी। कुछ रुककर समझाने के अंदाज़ में गिरधारी से फिर कहा, "ये लोग ब्याह-ब्याह में विश्वास नहीं करतीं।"

गिरधारी ने धीरे से पूछा, "माँ, दरवाज़ा बंद कर दूँ?"

मनकी हँसती-हँसती रुक गई, "मैं किए देती हूँ।"

गिरधारी अपना जाँघिया सँभालता हुआ उठा। दरवाज़ा बंद कर आया। मनकी ने कहा, "अब सो जा, सुबह जल्दी उठना है।" गिरधारी चुपचाप लेटा रहा। थोड़ी देर बाद उसे लगा—मनकी जाग रही है। उसने धीमी आवाज़ में कहा, "सो गई, माँ?"

"सो रही हूँ।"

"माँ, वे किस बखत आएँगे?"

"कौन?"

"वे..." थोड़ा रुककर कहा, "रामतीरथ।"

"अब तू उन्हें बाबू कहा करना, समझा।"

गिरधारी ने जवाब नहीं दिया। थोड़ी देर बाद मनकी स्वयं ही बोली, "सुबह सात-आठ बजे तक आ जाएँगे।" गिरधारी ने 'हूँ' कर दिया। उसके हुँकारा भर देने पर मनकी निश्चिंत हो गई। थोड़ी देर बाद खर्राटे भरने लगी। गिरधारी धीरे से उठा, दरवाजे तक गया। चुपचाप खड़ा रहकर लौट आया। सीधा अपनी जगह पर न जाकर माँ के ऊपर झुक गया। मनकी की छाती से कपड़ा सरक गया था। वह देखता रहा, फिर अपनी जगह आकर लेट गया। मनकी के खर्राटे बढ़ते जा रहे थे।

□

और दिनों की बनिस्बत मनकी ज़रा जल्दी उठी। गिरधारी पहले ही उठ गया था। माँ का सब सामान एक जगह इकट्ठा कर दिया था। निश्चिंतता के साथ बैठा मनकी के उठने की प्रतीक्षा कर रहा था। अभी तक उसने नए कपड़े नहीं बदले थे। पुराना ही जाँघिया पहने था। लंबा बनियान पहने होने से नंगापन कुछ ढका हुआ था।

मनकी उठकर मिनटों में नहा-धो आई। गिरधारी उसी तरह बुत बना बैठा रहा। मनकी को कहना पड़ा, "अरे बेटा, बिना कहे क्या कोई काम ही नहीं होगा! जा, नहा-धो ले। तेरे बाबू आते होंगे।"

गिरधारी ने मनकी की तरफ़ देखा। वह बाल बाह रही थी। अभी तक रातवाला ही पेटीकोट पहने थी, झनेना। सब झाँक रहा था। गिरधारी ने नज़र हटा ली। ब्लाउज़ देखने लगा। ब्लाउज़ हमेशा की तरह ढीला नहीं था। आस्तीनों से निकली बाँहें उसे अच्छी लग रही थीं। बाल-वाल बना लेने के बाद मनकी ने गिरधारी से कहा, "जा, तू बाहर चला जा, कपड़े बदल लूँ।"

गिरधारी बाहर चला गया। मनकी ने रातवाली पोटली से साड़ी, पेटीकोट निकालकर पहने। बिंदी लगाकर माँग भरी। पुड़िया में छिपाकर रखा पाउडर चेहरे पर लगाया। नई चप्पल पहनीं। तैयार-वैयार होकर शीशा देखा और हल्का सा मुसकरा दी।

गिरधारी आया, तब भी वह मुसकरा रही थी। गिरधारी ने कनखी से उसे देखा। वह तुरंत बोली, "ओ गिरधारी, बता तो, मैं कैसी लग रही हूँ?"

गिरधारी ने सरसरी नज़र डाली, धीरे से कहा "अच्छी...।" मनकी हँस दी।

गिरधारी साफ़ा उठाकर नहाने जाने लगा। मनकी ने तुरंत टोका, ''अपने कपड़े तो लेता जा, इन फटुल्ले कपड़ों को ही पहनेगा?''

गिरधारी ने एक बार टँगे हुए कपड़ों को देखा। फिर खूँटी से उतारकर साथ लेता गया।

□

गिरधारी नहा-धोकर नए कपड़े पहने लौटा। रामतीरथ ताँगा लेकर आ गया था। लगभग सब सामान रामतीरथ और ताँगेवाले ने मिलकर चढ़ा लिया था। मनकी बहू की तरह धीमे-धीमे बोलकर सामान बताती जा रही थी।

गिरधारी को देखते ही रामतीरथ ने कहा, ''अभी तक तैयार नहीं हुआ बे!''

गिरधारी चुपचाप खड़ा रहा। कुछ सामान अभी भी नीचे रह गया था। मनकी ने रामतीरथ को पास बुलाकर कहा, ''तुम गिरधारी को रिक्शा के पैसे दे दो, बाकी सामान वह लेता आएगा।''

रामतीरथ को बात अधिक पसंद नहीं आई। समझाते हुए कहा, ''अरे, यह खुद ही आ जाए तो ग़नीमत है। सामान तो सब ताँगे पर ही लद जाएगा। घर इसने देखा ही है। पैदल चला आएगा।''

मनकी ने गिरधारी की ओर देखा। वह गरदन झुकाए चुपचाप खड़ा था।

रामतीरथ ने ताँगेवाले से कहा, ''चलो जी···'' ताँगा चल दिया। मनकी ने पुनः गिरधारी की तरफ़ देखा। उसकी नज़र ताँगे के पहिए पर थी।

ताँगा चले जाने के बाद गिरधारी ने एक चक्कर गैरिज़ का लगाया। नए कपड़े उतारे और पुराना जाँघिया पहनकर ज़मीन पर लेट गया।

□

चिमनी

चूँकि मेरा घर एक औद्योगिक नगर में मिलों की चिमनियों के ठीक नीचे है, पुरवैया के दिन कोयला झर-झर झरा करता है। पहले दो-तीन चिमनियाँ थीं, अब छह-सात चिमनियाँ हो गईं। इन चिमनियों को देखकर ख़ुशी तो होती है कि मुल्क आर्थिक दृष्टि से आगे बढ़ रहा है, लेकिन वह ख़ुशी उस कोयले के नीचे दब जाती है। उनमें से तीन-चार चिमनियाँ सरकारी प्रतिष्ठान की हैं। इसलिए कुछ कहते नहीं बनता। जब कहा जाता है तो सिर्फ़ गाली!

"अस्साली सरकार! दूसरी फ़ैक्टरियों के लिए क़ायदा बनाती घूमती है, चिमनियों में फ़िल्टर लगाएँ और अपने···अपना डंडा अपने ही करती है। बड़ी हरामी चीज़ है।"

कोयला उगलती हुई चिमनियों के बारे में मुझे अब महसूस होने लगा : इनमें काम-धाम कुछ खास नहीं होता, बस कोयला खाया और धुआँ उगला जाता है। यह बात मैंने कभी किसी से नहीं कही। लेकिन यह ज़रूर है कि ख़ुशहाली कहीं नज़र नहीं आती। धुआँ भरता जा रहा है और कोयला झरता जा रहा है।

खैर, मेरी और दिवाकर की मुलाकात इसी संदर्भ में हुई थी। लोग तो उसे पहले भी जानते रहे होंगे, लेकिन मैंने उसे अब जाना। वह भी उसके ख़राब दिनों में। दुनियादारी के ख़याल से यह बात ग़ैर-मुनासिब है। आदमी को उसके अच्छे दिनों में ही जानना चाहिए। बुरे दिनों में जानने का कोई मतलब नहीं होता। सिद्धांत भी यही है—घिरे हुए दिनों में आदमी को अनजाना क़रार दे दिया जाता है।

वह दाढ़ी बढ़ाए, पेंट पहने, पेंट पर काली टाई वेल्ट की जगह बाँधे खड़ा था। वह इन सबको यूनीफ़ॉर्म की तरह पहने हुए था। मैं दफ़्तर से लौटा था और सीढ़ी पर चढ़ रहा था। वह सामनेवाले इंस्टीट्यूट की दीवार के नीचे खड़ा चिमनी के धुएँ की तरफ़ देख रहा था। उसने मुझे पुकारा, "मैन!"

यह एक नाग़वार संबोधन था। मैंने घूमकर देखा। वह माथे पर सलवटें डाले मेरी तरफ़ देख रहा था। उसने मेरी तरफ़ इशारा करते हुए कहा, "कम हियर!"

चूँकि मैं एक दब्बू आदमी हूँ, नाग़वार होने के बावजूद मैं उस तक चला गया। उसने पूछा, "डू यू नो मी?"

मैंने गरदन हिला दी।

वह बोला, "दिस इज़ दिवाकर पंडित।"

उसकी बात का जवाब न देकर मैंने कहा, "आइए, घर चलकर बातें करें।"

"नो, मैं किसी के घर नहीं जाता।"

"हम लोग यहाँ कब तक खड़े रहेंगे! कोयला भी गिर रहा है।"

"डोंट यू नो अबाउट मी?"

"हम लोग परिचित हो जाएँगे। आइए, वहीं बैठें।"

वह मेरी तरफ़ देखता रहा, फिर बोला, "आई म नॉट ए गुड मैन।"

उसका इतनी सरलता से यह कह देना रील 'कट' कर देना था। सब चित्र वहीं-के-वहीं रुक गए। मुझे अज़सरेनौ रील चलानी पड़ी। मैंने फिर भी कहा, "आइए!"

वह ज़ोर से बोला, "नो, नेक्स्ट टू इंपॉसिबल!"

एक मिनट ख़ामोश रहा। फिर मैंने कहा, "आप ऊपर की तरफ़ न देखिए, आँख में कोयला गिर जाएगा। आँख में गिरा हुआ कोयला बहुत करकता है।"

"यू नो, आई हेव नो आइज़।"

यह एक दूसरी बात उसने कही थी। इस बार मैंने उसकी तरफ़ ग़ौर से देखा। वह भी मुझे देख रहा था। अपने आप ही बोला, "आई इनहेल, आई स्मेल, आई टच ऐंड फ़ील···वट आई हेव नो आइज़।" फिर वह हँस दिया, "आप लोगों के पास आँखें हैं···कोयले से परेशानी होती होगी। जब मैंने रिज़ाइन नहीं किया था, अगर तब आपने कहा होता तो मैं चिमनियों को उखड़वाकर गंगा में डलवा देता। इतने बड़े मुल्क में चार-छह चिमनियों का क्या पता चलता है। गंगा के जल में वे पाक साफ़ हो जातीं।"

मैं दिवाकर पंडित की तरफ़ एकटक देख रहा था। वह फिर हँसा, "यू डोंट नो, आई वाज एस एस पी पुलिस विद इम्मेंस पॉवर्स···"

मैंने काफ़ी मुलायमियत के साथ कहा, "यहाँ खड़े रहना अच्छा नहीं लगता, चलिए, बैठकर बातें करें।"

"आई टोल्ड यू मैन, आई एम नॉट ए गुड मैन···ए डिबॉच! आई हेट दिस होम बिज़नेस। आई हेव नो होम ऑफ़ माई ओन। तुम कभी डिबॉच या विकेड नहीं रहे हो। दिस इज़ एन एक्सपीरिएंस इन इट-सेल्फ़। इट मेक्स ए मैन रिचर।"

वह फिर आसमान की तरफ़ देखने लगा, क्योंकि अँधेरा होने लगा था और आसमान भी ज़मीन की तरह स्याह पड़ गया था। इससे धुएँ का रंग काफ़ी उजला लग रहा था।

मैंने फिर उसे देखने से रोका।

वह नाराज़ हो गया, "अगर तुम मेरे अंडर सब-इंस्पेक्टर होते तो मैं तुम्हें सस्पैंड कर देता। आई टोल्ड यू, आई हेव नो आइज। जिनको तुम आँखें कहते हो...आई कंसीडर देम सिंपली होल्स...इट मींस यू विल नेम ऑल दीज़ होल्स ऑफ़ माई बॉडी एज़ आइज़। दीज़ होल्स ओनली एक्सक्रीट..."

कहकर वह ज़ोर से हँस दिया।

मेरे दिमाग़ में एक और रील चालू हो गई थी। वह अपनी बातों से पीसा की मीनार बनता जा रहा था। मैंने उससे पीछा छुड़ाने के लिए कहा, "अच्छा, तो चलूँ।"

"व्हाई? आर यू एफ्रेड ऑफ़ मी? आई हेव नेवर बीन ए होमो।" कहकर वह प्रसन्न होता हुआ मालूम दिया। उसने मेरे कंधे पर हाथ रखना चाहा। मैं पीछे हट गया, वह एकाएक घूमा और चल दिया।

□

घर एकदम ख़ाली था। सब शाम 'सेलीब्रेट' करने बाहर निकल गए थे। ख़ाली घर काफ़ी देर तक मुलायम सा मालूम पड़ता रहा। घर की यह ख़ामोशी छुट्टी के दिनवाले दफ़्तर की ख़ामोशी से मिलती-जुलती महसूस हो रही थी। घर हमेशा मुझे छुट्टी के बाद का दफ़्तर लगता है। दोनों बातें एक के बाद एक मेरे दिमाग़ में आईं। फिर मेरा दिमाग़ एकपक्षीय हो गया और सिर्फ़ ख़ामोशी के बारे में सोचने लगा। पहली बात मेरे दिमाग़ में आई—किसी तरह की भी आवाज़ ख़ामोशी को और गहरा कर देती है। कभी-कभी वह ख़ुद बोलती हुई सी मालूम देती है। यह बात मुझे इसलिए महसूस हुई कि शायद बराबरवाले कमरे में नौकर के हाथ से ताली का गुच्छा गिरा था। ऐसी ख़ामोशी में अगर धमाका हो जाए तो चीज़ें बहुत ऊपर जाकर परिंदों के परों की तरह बहुत धीरे-धीरे नीचे आएँ।

कभी मुझे दिवाकर पंडित का ध्यान आता था। फिर मैं अपने रिटायर होनेवाले बॉस के बारे में सोचने लगता था। चूँकि हमारा विभाग ऑटोनॉमस है, इसलिए एक बॉस तीन वर्ष के लिए आता है। जब एक बॉस जाता है, तो मुझे लगता है, बॉटलपाम की एक पत्ती जो सूखती जा रही थी, गिर गई। एक बॉस के बाद दूसरा आ रहा था तो मुझे अनुभव हो रहा था, अब अगले दिन की पौ फट रही है। न जाने क्यों, मुझे लगा कि ऐसे अहसास के बारे में दिवाकर की भी राय ले लेनी चाहिए थी। वह क्या

कहता है? हो सकता था कि वह कोई नई बात जोड़ देता; जैसी उसने अपने और अपनी आँखों के बारे में कही थी।

मैं बिस्तर पर लेट गया। सुस्ताने की कोशिश करने लगा। मुझे लगा, सुस्ताना कोई आसान बात नहीं। बॉस का नयापन भयभीत कर रहा था। साथ-ही-साथ दिवाकर द्वारा दिया गया आँखों का विवरण मन में घृणा भर रहा था। वह घृणा अंदर-ही-अंदर घर की ख़ामोशी की तरह बैठती जा रही थी। मैंने अपने आपको टटोला; कहीं लेटा-लेटा गंदा तो नहीं हो गया हूँ। हर गुंजायश की जगह देखी। मुझे लेटे-लेटे लगा, उठकर दिवाकर को देखना चाहिए, कहीं फिर तो नहीं आ खड़ा हुआ। लेकिन मेरी पीठ स्टिफ़ हो गई थी। लेटकर उठना मुझे अजीब सा लग रहा था। मैं लेटा ही रहा। उठना तब पड़ा, जब सब लोग लौटे और शोर कमरे में कीलों की तरह उभरने को हुआ। बच्चे नए तरीके से बोल रहे थे। उनका बोलना मुझे उलझा-उलझा लग रहा था।

मैंने पूछा, ''किसके साथ आए?''

''मामू चाचा के साथ।''

''कहाँ हैं मामू चाचा?''

''आ रहे हैं। किसी से बात कर रहे हैं।''

बड़ी बेटी की बात पर छोटी बेटी ने कहा, ''पापा, वह आदमी 'बाबा' है। चाचा को पकड़कर ले जाएगा।'' बताते हुए उसकी आँखें गोल हो गई थीं।

मुझे डर हुआ, कहीं वही तो नहीं। कहीं मामू को सीढ़ियों पर चढ़ते देखकर उसने पुकारा हो—'ओ मैन!' और वह उसे भी वही सब बातें बता रहा हो। लेकिन मामू मेरी तरह नहीं। वह उसे डपट देगा। वह बेकार की बातों में नहीं पड़ता। खिड़की से झाँककर देखा। मामू सीढ़ी पर चढ़ रहा था। वह खल्वाट चाँद का आदमी है। बाहर की रोशनी जली थी। इसलिए सीढ़ियों पर चढ़ते हुए मामू की चाँद पर रोशनी पारे की तरह हिल रही थी। मैं लेट गया। लेटने पर बच्चों का शोर दीवान पर हर जगह उभरता महसूस होने लगा। मैंने शोर बंद करने के लिए कहना चाहा। आख़िरकार मुझे यही लगा कि शोर को रोकने में यहाँ भी मैं उतना ही मजबूर हूँ, जितना दफ़्तर में ज़ोर-ज़ोर से चिल्लाते हुए एक नाराज़ आदमी के सामने हो जाता हूँ। मैं सुनता रहा। आँखें और बंद कर लीं। सबकुछ और ठीक तरह सुनाई पड़ने लगा। मैं बराबर इसी आशा में था, मामू के आने पर अपने आप परिवर्तन आ जाएगा। आँखें बंद करके मैं दूसरे सीन की तैयारी में लग गया था।

मामू आया तो परिवर्तन की शुरुआत हुई। मैंने उससे पूछा, ''कोयला अब भी झर रहा है?''

मामू ने झटके के साथ कहा, "हुम्!"

उसके 'हुम्' करने से ही मुझे लगा, इसके आने पर भी परिवर्तन की कोई बात नहीं बनेगी। दरअसल, उसे मैं खुली हुई फ़ाइल की तरह इस्तेमाल करना चाहता था। दफ़्तर में यही करता था। ज़ोर-ज़ोर से बोलते हुए आदमी से निजात पाने के लिए फ़ाइल खोल लेता था। उसे देखकर मुझे साफ़ लगने लगा था कि वह खुली फ़ाइल बनने की जगह एक नाराज़ आदमी बनकर चिल्लाने लगेगा। यह अजीब संकट की स्थिति थी। मैं डर गया था। डरे हुए आदमी का हौसला ज़्यादा नहीं होता।

वह बोला, "तुमसे कई बार कह चुका, कहीं और घर ले लो। हर वक्त कोयला आता है। बच्चों की तंदुरुस्ती ख़राब हो रही है। भाभी बीमार रहने लगी···बुआ का स्वास्थ्य भी गड़बड़ चलता है। तुम्हें देखकर लगता ही है कि आज सोए तो कल भगवान् मालिक!" मैं समझ गया, वह वही दफ़्तरवाला नाराज़ आदमी है, जो जब देखो आकर बकवास करने लगता है। अपनी बड़ी बेटी को खुली फ़ाइल बनाना चाहा। उसे पुकारा। वह खेल में मस्त हो गई थी। वह 'आई पापा' कहकर गुडुप हो गई।

मुझे उसी से बोलना पड़ा, "एकदम से तुम्हें यह सब कैसे सूझ गया?"

"अभी एक आदमी की आँख में कोयला गिर गया, बड़ी मुश्किल से निकला।"

"कौन आदमी था?"

"मेरा एक पुराना क्लासफ़ेलो। पहले पुलिस में ऊँची पोजीशन पर था। बेचारा···।"

"कौन? दिवाकर पंडित!"

"तुम उसे कैसे जानते हो?"

"जानता हूँ···!"

"बताओ तो···आख़िर जानते कैसे हो? पहले तो कभी ज़िक्र नहीं किया।"

"तुम तो अकसर उसके बारे में ज़िक्र किया करते हो। उसे बहुत बड़ा जीनियस बताया करते हो। आज मुठभेड़ हो गई।"

"हाँ यार! देखो, क़िस्मत क्या चीज़ होती है। कितना ब्रिलियंट और क्या हालत हो गई। साला पी.सी.एस. में अच्छा-ख़ासा आ गया था। उसे झक थी आई.ए.एस. में बैठने की। आई.ए.एस. में तो नहीं आया, पर आई.पी.एस. में आ गया। बस वही उसके लिए सबसे बड़ी बदकिस्मती बन गई।"

मैं देख रहा था, मामू अब बोलते चले जाने की मुद्रा में है। वह कहता रहा, "पहले सुनते थे, फ़लाँ आदमी का सिर इतने का बिका था और फलाँ का इतने का।

सिर इसलिए बिकते थे कि मरने के बाद उनकी खोपड़ी खोलकर देखें कि ऐसी कौन सी नर्व है, जो उन्हें इतना बड़ा जीनियस बनाए हुए थी। दिवाकर के दिमाग़ को भी खोलकर देखना चाहिए। इसका दिमाग़ खोलने पर तो 'टू इन वन' हो जाएगा। यह तो पता चल ही जाएगा कि किस नर्व ने उसे उतना जीनियस बनाया। यह भी पता चल जाएगा कि किस नर्व ने उस जीनियस को ख़त्म करके पागल बना दिया।''

अब मेरा बोलने का वक्त आ गया था। मैंने मामू से कहा, ''मैं दफ़्तर से लौटा तो दिवाकर पंडित कोयले की तरफ़ गरदन उठाए टकटकी बाँधकर देख रहे थे। मुझे पुकारा, 'मैन! कम हियर!' यह एक अनजान और शरीफ़ आदमी के लिए अपमानजनक संबोधन था। पर मैं चला गया। मैंने उसे घर ल ने की कोशिश की तो उसने कहा, 'नो आ'म नॉट ए गुड मैन।' फिर अपने आप ही अपने को डिबॉच कहा। फिर बोला, 'आई हैव नो आइज़।' उसने मुझसे ऐसी बातें कीं कि मुझे पाँच मिनट में लगने लगा कि वह मेरा गला घोंट रहा है।''

मामू की बात सुनकर मुझे लगा, वह मुझे ढाढ़स बँधा रहा है; वह बोला, ''इसमें घबराने की बात नहीं। थोड़ा सिनिक है। जीनियस और सनक साथ-साथ चलते हैं। जब से मिसेज़ पंडित चली गईं, तब से वह खासतौर से इस तरह की बातें करने लगा। अभी मुझसे पैसे माँग रहा था। कह रहा था, आई.जी. का डिनर है। दरअसल, वह ठर्रा पीने लगा है। पहले सिगरेट भी नहीं पीता था।''

''तुमने दे दिए?''

''मैं गाड़ी से जैसे ही उतरा, दरवाज़े के पास आ खड़ा हुआ। बच्चों को तो मैंने भेज दिया, खुद बात करने लगा। उसने मुझे भी उसी तरह पुकारा, जैसे तुम्हें पुकारा था। फिर पूछा, 'हू आर यू?' चूँकि पुलिस में रहा है, इसलिए शेखी में आने की आदत है। जब मैंने गाली देकर कहा, 'अबे, मुझे नहीं पहचानता?' तो अंग्रेज़ी में कहा, 'मैं अब किसी को नहीं पहचानता...एंड नोबडी रिकग्नाइज़ेज़ मी।' मैं अपनी हिंदी पर उतर आया—अबे दिबु हरामी! तू हम पर चड्ढी गाँठना चाहता है।''

वह यह बात ऐसे बोल रहा था, जैसे अब रुकेगा नहीं। बिना रुके कहता गया, ''वह बोला, 'बीइंग एन.एस.एस.पी., आई हैव टू बी एबव एवरीथिंग। आई हैव टु वाच दी इंटरेस्ट ऑफ़ ऑल।' फिर तुम्हारे घर की तरफ़ इशारा करके बोला, 'दिस हुअर मैन इज़ सिक ऑफ़ कोल।' उसी समय दिवाकर की आँख में खट से कोयला गिर गया। बड़ी मुश्किल से निकाला। फिर बोला, 'यार मामू, एक रुपया दो। मेरी वाइफ़ पर्स लेती गई। यू नो, आई.जी. इज़ इन दी सिटी। उसका डिनर है।''

''तुम्हें रुपया दे देना चाहिए था।''

मेरी बात का वह कोई एक जवाब देना चाहता था। बच्चे कमरे में आ गए। अपना-अपना सामान दिखलाने लगे। उस सामान में सारी चीज़ें ऐसी थीं, जिनका ताल्लुक मुझसे बिल्कुल नहीं था। लेकिन मैं उन्हें उठाकर देखता था और रख देता था। बच्चे मेरे इस व्यवहार से थोड़ा आश्चर्यचकित थे। बड़ी बेटी ने उदास होकर पूछा, ''पापा, आपको अच्छी नहीं लगी?''

छोटी बेटी ने पीछे से दोनों हाथ गले में डालकर प्यार कर लिया और ख़ुश करने के लिए बोली, ''पापा!''

मुझे अपना व्यवहार तुरंत बदल देना पड़ा। फिर मैं एक-एक चीज़ को अजसरैनों उठाकर देखने लगा और हर एक के बारे में कुछ-न-कुछ कहने लगा, ''अरे, यह तो बहुत बढ़िया है···वाह भई वाह···एक दिन पापा को भी मँगा देना!'' बच्चों का आश्चर्य और क्षोभ कुछ नीचे आने लगा। धीरे-धीरे घुल गया। सामान दिखाकर वे लोग चले गए। फिर अपेक्षाकृत खामाशी छा गई। आवाज़ें बराबर के कमरे में स्थानांतरित हो गई थीं।

मैंने मामू से कहा, ''उसकी बातों से लगता है, उसने अपने बारे में बहुत सोचा है। लेकिन उसके पास कोई निष्कर्ष नहीं है। यह स्थिति बहुत दयनीय होती है। थोड़ी सी कुंठाएँ हैं, जिन्हें साथ लिये घूमा करता है।''

मामू कुछ बोला नहीं। मैंने ही कहा, ''एक बात समझ में नहीं आती। क्लर्क होता तो इतने फ्रस्ट्रेशन का जस्टिफ़िकेशन हो सकता था, लेकिन इतनी बड़ी पोस्ट पर रहा हुआ आदमी इतनी जल्दी घाट से लग गया। यह बात गले नहीं उतरती।''

मामू वैसे ही बातूनी है। इन बातों से उसमें बतास जगने लगा। वह बोला, ''लगता है, तुम्हारे गले का सुराख बहुत छोटा है। आजकल के जमाने में ऐसी कौन सी चीज़ है, जिसे लोग गले नहीं उतार लेते! जूता तक तो उतार ले जाते हैं।''

मुझे उसका 'लेफ़्ट हैंडेड ट्रीटमेंट' ज़्यादा पसंद नहीं आया। मैंने सोचा, मुझे ख़ामोश हो जाना चाहिए। मैं वैसे ही इस बात को मानता आया हूँ कि ख़ामोश रहकर बहुत सी चीज़ों से बचा जा सकता है। हालाँकि यह बात सिद्धांत मात्र ही है। इस जमाने में बचने की बात करना अनुभव के स्तर पर मूर्खता ज़्यादा है। मैंने उसके इस व्यवहार के बारे में अपने इस रिमार्क को बड़ी मुश्किल से रोका कि चाहे दोस्त हो या घरवाला, सब बाबू और सुपरिंटेंडेंट की नस्ल के होते जा रहे हैं।

मामू ने अपने आप ही कहा, ''लगता है, तुम्हें ताज्जुब हो रहा है। इसमें ताज़्ज़ुब की क्या बात है? तुम्हें ताज़्ज़ुब तो तब होना चाहिए था, जब जीनियस होते हुए भी वह मेरी तरह मोटर पर घूमता और पलौथी लगाकर दीवान पर बैठता

तथा अचरज भरी बातें करता।''

मैंने उसकी इस तरह की बातों से छुट्टी पाने के लिए कहा, ''जो हो, मुझे उससे क्या लेना-देना! इसी बात का अफसोस है कि एक आई.जी. होनेवाला आदमी आवारा हो गया।''

मामू को बात की गंभीरता का एकाएक एहसास हुआ। वह गंभीरता के साथ बोला, ''उसके दिमाग़ पर असली असर तब हुआ, जब उसकी बीवी उसे छोड़कर बच्चों के साथ अपने पीहर चली गई।''

मैं मुसकरा दिया। उसने देखा नहीं। अपनी बात कहता रहा, ''अब तो इसके पास पान खाने को भी पैसे नहीं। बीवी के चले जाने ने दिवाकर को ज़्यादा तोड़ा है। उसकी भी मजबूरी थी, ज़्यादा बरदाश्त नहीं कर सकती थी। बच्चों के ऊपर ख़राब असर पड़ रहा था। जाने से पहले वह कई दिन तक इसी संघर्ष में रही—जाए न जाए। फिर जी कड़ा करके जाना ही तय कर लिया। वह अब उससे ज़्यादा बरबाद नहीं होना चाहती थी, जितनी हो चुकी थी। एक दिन दिवाकर ठर्रा पीकर कह रहा था, 'तुम मुझे अपने घर ले चलो…तुमने उसे अपने घर में रखा हुआ है।' उस रोज़ मैंने उसे बहुत डाँटा। तब से मुझसे खिंचा-खिंचा रहता है।''

मेरी पत्नी अंदर आई, पूछा, ''चाय पिएँगे या कॉफ़ी?''

मैंने मामू की तरफ़ देखकर कहा, ''चाय!''

वह चली गई। मैंने मामू से पूछा, ''मुझे लगता है, दिवाकर भी कमज़ोर आदमी है, नहीं तो वह इतनी जल्दी न टूटता। नौकरीपेशा आदमी की नर्व मज़बूत होनी चाहिए। उसे लात खाने और पीठ थपथपाए जाने में ज़्यादा अंतर नहीं मानना चाहिए।'' यह बात मैं पता नहीं, किस मूड में कह गया। फ़ौरन ही मैं दूसरी बात पर आ गया, ''औरतों के बारे में मेरा दूसरा ख़याल है। वे या तो एंप्लायर होकर रहती हैं या एंप्लाई। उनमें समानता पर रहने का संस्कार नहीं होता।''

मामू मुझे उसी तरह ग़ौर से देख रहा था, जिस तरह मैं दिवाकर को बोलते हुए देखता रहा हूँगा।

मेरे चुप हो जाने के थोड़ी देर बाद वह बोला, ''तुम भी दिवाकर के पराए पर चलने की कोशिश कर रहे हो। इस बात का ज़िक्र मैं भाभी से ज़रूर करूँगा। बुआ तुम्हारे बारे में हमेशा कहती है कि तुम अपने ही नज़दीक सिमटते जा रहे हो। पहले हर चीज़ का अपने से रिश्ता आँकते हो। तुम्हारी यह कसौटी ग़लत है। ज़रूरी नहीं कि इस कसौटी के नतीजे सही ही हों।''

बाहर से ज़ोर से पुकारने की आवाज़ आई। मामू बोला, ''साला ठर्रा पीकर

आ गया है। मुझे पुकार रहा है। पीकर उसका मन होता है—वह कार तेज़ ड्राइव करे।''

वह उठकर बाहर गया। थोड़ी देर बाद ही आकर बोला, ''दिवाकर ही है। कार माँग रहा है। कह रहा है, बहुत दिन से दो काम नहीं किए, कार नहीं चलाई और किसी औरत के पास नहीं सोया।''

मैंने कार के बारे में ही कहा, ''कार मत देना।''

''यही मैं सोचता हूँ। हालाँकि ड्राइव करना बहुत अच्छा जानता है।''

''देख लो!''

मामू ख़ामोश होकर सोचने लगा। वह चबूतरे पर चढ़ आया था और धीरे-धीरे पुकार रहा था, ''मामू''सॉरी''मि. एम. सिंह!''

मैंने कहा, ''यहीं बुला लो।''

मामू ने बाहर निकलकर कहा, ''आ जाओ दिवाकर, यह मेरे बहुत नज़दीकी दोस्त का घर है। यू केन बी कंफर्टेबल हियर।''

वह खड़ा-खड़ा सोचता रहा। मामू ने कहा, ''अमा यार, आओ!''

वह बोला, ''आ'म थिंकिंग''आई थिंक आ'हैव टोल्ड हिम दैट आ'म नॉट ए गुड मैन। मैं याद कर रहा हूँ, मेरी डिबॉचरी का वक्त खत्म हुआ या नहीं? जब से मिसेज़ पंडित गईं, शराफत की परसेंटेज़ लो हो गई। बट आई प्रिज्यूम आ'म इस माई गुड स्प्रिट्स एट दिस टाइम। चौबीस घंटों में घंटा दो घंटा ही ऐसा होता है''व्हेन आ'म फ्री ऑफ़ माई इविल्स।''

मैंने बाहर निकलकर कहा, ''आइए, दिवाकर साहब! आपका ही घर है।''

उसने व्यंग्य के साथ दोहराया, ''घर!'' फिर बोला, ''टु माई माइंड ब्रोथल्स आर बैटर होम्स! देयर यू केन रियली रिलैक्स''।'' और हँस दिया।

पत्नी चाय लेकर आ गई थी। मैंने उन्हें चाय रखकर चले जाने का इशारा किया। दरवाज़े में घुसते हुए दिवाकर ने उन्हें ग़ौर से देखा। मैंने परिचय कराया, ''यह मेरी पत्नी है।''

उसके मुँह से कच्ची की दुर्गंध आ रही थी। उसने पत्नी की तरफ़ दुबारा देखा। फिर बड़ी लापरवाही से पूछा, ''आर यू श्योर?''

पत्नी नमस्कार करके अंदर चली गई। वह कुरसी पर आराम से बैठकर बोला, ''से ओनली वाइफ़''वाइफ़ इज़ ए पोर्टफोलियो नॉट ए रिलेशनशिप। एक औरत इस डेजिगनेशन को लेकर अपने को बहुत डिस्टिंग्विश्ड महसूस करती है।'' फिर हँसने लगा। दुर्गंध और ज़्यादा तेज़ हो गई।

उसने पैर फैला लिये और सिगरेट सुलगा ली। दो-तीन दम लगाने के बाद उसने कहा, ''मामू, तुमने मुझे कार नहीं दी। तुम समझते हो, मैं तुम्हारी गाड़ी को गंगा में गिरा देता। यू आर नॉट ए फ्रेंड बट ए माइज़र। भगवान् के लिए···डोंट मेक दिस फ्रैंडशिप ए पोर्टफोलियो!''

मामू ने पूछा, ''तुम कहाँ गए थे?''

''डिनर पर। आज शहर में आई.जी. का डिनर है।''

''तुम्हारा आई.जी. कच्ची पीता है?''

''अपना आई.जी. अब हम खुद हैं। हम चाहे अपना डिनर कच्ची से करें या पक्की से। यह हमारा डिस्क्रीशन है। यह हमारा कोलीग था। हम भी अब आई.जी. होता।''

''तुम कच्ची क्यों पीते हो?''

''मामू, यू डोंट नो हाऊ मच आ' हेव गल्पड इन! योर भाभी नोज़। तुम लोगों ने इतना पानी नहीं पिया, जितनी मैंने शराब पी है। यू कांट एस्केप इन पुलिस डिपार्टमेंट···।''

मैं उठकर अंदर चला गया। बच्चे परदे के पीछे से झाँक रहे थे।

छोटी बेटी ने कहा, ''पापा ये तो 'बाबा' है, आपको पकड़ लेगा।''

बड़ी बेटी ने जवाब दिया, ''नहीं, ये अंकल हैं। पापा के पास आए हैं।'' फिर मुझसे पूछा, ''ये अंकल कौन हैं पापा? हमारे स्कूल के सामने खड़े रहते हैं।''

मैं ख़ामोश ही बना रहा। थकान अनुभव कर रहा था। मेरी पत्नी भी सवालात करने के मूड में थी। मैं जवाब नहीं देना चाहता था। एक के बाद एक सवाल करते जाने की उनकी आदत काफ़ी पुरानी हो चुकी है। उनके बहुत से सवालों का जवाब काफ़ी व्यापक रूप से विचार करके ही देना संभव हो सकता है, जिससे पूरक प्रश्न की गुंजाइश न रह सके।

पत्नी शायद समझ गई थीं, इसलिए उन्होंने रोज़मर्रा की बात कही, ''आज बहुत कोयला गिर रहा है।'' कोयला गिरनेवाले दिन—यह बात हम सभी बारी-बारी से दोहराया करते हैं। चूँकि घर खुले नहीं होते, इसलिए यह बात कहकर हम बाहर कोयले में ही जा बैठते हैं। उन्होंने यह कहने के बाद और मेरी चुप्पी से आगे की स्थिति का अंदाज़ लगाने के बाद कहा, ''ऊपर के कमरे में पलंग न बिछवाकर बाहरवाले कमरे में ही पलंग बिछवाए जाएँ?''

''हाँ, ठीक है।'' जवाब देने के बाद सोचा, पहले मुझे हमेशा खुले आसमान के नीचे सोने की आदत थी। तारों को मैं इस तरह खँगाला करता था, जैसे भीड़ में

परिचितों की पहचान की जाती है। अब याद नहीं, बंद कमरों में कब से सोने और रहने का आदी हो गया हूँ। शायद जब से नौकरी की। जिस दहकानीपन से मैं खुलेपन का मुरीद था, उसी मुरदारी से अब बंद कमरों का आदी हूँ। यह सब मैं बात का जवाब देने के बाद महसूस करता रहा।

मैंने महसूस किया, बाहर के कमरे में गोलमाल हो रहा है। दिवाकर के हिंदी में कुछ वाक्य सुनाई पड़े, ''मामू, तुम क्या कहते हो कि मैं···तुम चूतिया शब्द का उपयोग नहीं करना चाहते। मैं तुम्हारे बिना कहे माने लेता हूँ कि मैं हूँ। इसलिए माने ले रहा हूँ, क्योंकि फ़ॉल आउट है। लेकिन मैं अभी भी मानता हूँ, अगर इनसान अपने आपको सीढ़ी के सबसे ऊँचे डंडे पर देखना चाहता है तो उसके पास रुपए और औरतों की इफ़रात होनी चाहिए। मैंने इस राज को उन्हीं लोगों से समझा था, जो उस वक्त ऊपर कतार बाँधे खड़े थे और एक-दूसरे को कुन्हिया रहे थे। लेकिन उन सबने मिलकर मुझे उस डंडे तक पहुँचने से पहले ही लात मार दी। अब मैं तुम्हारे सामने खड़ा हूँ। लेकिन मेरे नीचे टपक जाने से असलियत थोड़े ही काली पड़ गई।''

मैं बाहर की तरफ़ आने को मुड़ा तो मैंने सुना, दिवाकर मेरे बारे में चालू हो गया है, ''मैं तुम्हारे इस दोस्त की शक्ल देखकर समझ गया कि यह इनसान नौकरी-पेशा ज़रूर है, पर अभी नौकरी की कुंजी इसके हाथ नहीं लगी। अगर लग भी जाए तो यह इस तिलिस्म को तोड़ नहीं पाएगा। ही वांट्स टु मेंटेन हिज रिलेशनशिप विद एवरीवन फ्रॉम वाइफ़ टु हिज बॉस···इडियट!''

बाहर कमरे में आया तो वह काफ़ी उत्तेजित था। मुझे अपने चेहरे से उसकी बात की पीड़ा टपकती मालूम पड़ रही थी। मैं उसी तख्त पर फिर बैठ गया, जिसपर पहले बैठा था। मैं इसलिए चुप था कि उसने वे सब बातें मेरा नाम लेकर नहीं कही थीं। उसने अपनी फुकनी बाहर फेंक दी थी और मामू की तरफ़ इस तरह मुख़ातिब था कि कमरे में उन दोनों के सिवाय कोई और नहीं। वह मेरे बारे में मुझे अनुपस्थित मानकर सबकुछ कहता जा रहा था।

''जो बीवियों को अपनी ज़िंदगी का हिस्सा बनाना चाहते हैं, वे मूर्ख हैं, दे सफ़र फ्रॉम इडिपस कॉम्प्लेक्स। मादापन ज़्यादातर औरतों के चेहरे पर लिखा होता है।''

मैंने पूछा, ''मि. पंडित, आप इतने समझदार हैं, इतनी बातें समझते हैं, लेकिन इस सबके बावजूद आपने अपनी यह हालत क्यों हो जाने दी?'' मैंने अगला वाक्य अंग्रेजी में ही कहा, ''यू हैव सरेंडर्ड योरसेल्फ टु एन अनक्वालिफ़ाइड डिफ़ीट।''

यह बात मैंने उसे तकलीफ़ पहुँचाने के लिए कही थी। कहते हुए पूरी कोशिश की थी कि कहने के तौर-तरीके में आंतरिक उत्तेजना बिल्कुल न आए। मैं अपने मन की हालत जानता था। अपमान के एक निजी एहसास में डूबा था।

लेकिन मेरी बात पर वह हँस दिया। मुझे लगा, उसने मेरा रंग मुझ पर ही उड़ेल दिया है। वह उठकर मेरे पास आया और बोला, ''मैन यू डोंट नो मी। मुझे रुपए और औरत ने यहाँ तक पहुँचा दिया है, लेकिन दिस इज़ माई कनफर्म्ड फ़ेथ···कि ये मुझे ऊपर भी पहुँचा सकते थे। दिस इज़ ए मिस्टेक ऑफ़ कैलकुलेशन नॉट ऑफ़ दी मीडियम।''

उसने दूसरी फुकनी सुलगाई। मामू की तरफ़ देखा। हँसकर बोला, ''मैं जा रहा हूँ मि. मामू! अब मैं तुम्हारी कार नहीं लूँगा। आई.जी. चला गया होगा। मैं चाहता था, कार आई.जी. की कार के सामने ले जाकर रोक दूँ। वह मुझे कार चलाते हुए देखे। लेकिन छोड़ो···''

वह बाहर चला गया। एक ख़ामोशी मेरे और मामू के बीच ठहर गई। वह इतनी ख़ामोशी नहीं थी, जितनी कुछ सोच पाने या कह पाने की असमर्थता थी। औरतों के बारे में एक के बाद एक जो बातें वह कहता गया था, वे सब बातें धीरे-धीरे ग़ायब होती गई थीं। पर वह चेहरे के मादापनवाली बात उभरती आ रही थी। मुझे घबराहट होने लगी। मैंने घबराकर कहा, ''मामू, यह पागल है!''

मेरी असमर्थता टूटी तो मामू हँसा। उसकी हँसी से लगा, वह हँसता-हँसता मिमियाने लगा है। वह सोचकर बोला, ''नहीं यार, अभी नहीं। इसने पी.सी.एस. में टॉप किया था। फिर पी.सी.एस. छोड़कर आई.ए.एस. में बैठा। आई.पी.एस. में टॉप किया। इसकी बीवी बहुत बड़े घर की थी···अपने आप तो यह साधारण परिवार का है।''

पत्नी अंदर से आ गई। मामू की तरफ़ देखकर बोली, ''किस पागल को पकड़ लाए भाई साहब! मुँह से भभकारा आ रहा था। मुझे तो बहुत डर लगा। जिस तरह की बातें यह औरतों के बारे में कर रहा था···क्या इसके माँ-बहन नहीं हैं? इसे तो निकाल देना चाहिए था। भले घरों में जाकर इस तरह की बातें करनी चाहिए?''

मुझे लगा, सफ़ाई में कुछ बात कही जानी चाहिए। मैंने अपनी सफ़ाई दी, ''इसीलिए मैंने उससे पूछा था, इतने ही समझदार थे तो क्यों धूल चाटते फिर रहे हो? जवाब देते नहीं बना।''

पत्नी बोलीं, ''आप रहने दीजिए। ज़बान तो खुल नहीं रही थी उसके सामने। इस तरह की बातों में मरदों को मज़ा आता है। औरतों के पीछे चक्कर काटते हैं और

फिर उनके बारे में इस तरह की गंदी बातें करते हैं।''

मैं समझ गया, पत्नी ने सब बातें सुन ली हैं। वे इसीलिए एकाएक क्रांतिकारी हो गईं। यह उनके लिए निजी स्तर पर एक हादसा था। वे चैलेंज फेंकने की तरह बातें कर रही थीं। उनके इस तरह बात करने में मुझे छोटा बना देने का प्रयत्न ज़्यादा था। अगर मैंने दिवाकर को कहीं गरमा दिया होता तो पत्नी को इतनी बातें करने का मौक़ा न मिलता। लेकिन मैं टुंड्रा जैसी ठंडी नस्ल का आदमी हूँ। अपने को गरमाने का मौका हमेशा दूसरों के लिए छोड़ देता रहा हूँ।

मामू ने कहा, ''अरे छोड़िए, भाभी!''

''छोड़ने को मैं क्या पकड़ रही हूँ, लेकिन मैं आपको इतना दब्बू नहीं समझती थी।'' यह बात उन्होंने अपेक्षाकृत मुसकराकर कही। लेकिन उस मुसकराने से उनके आवेश में कोई खास कमी नहीं आई।

इसी तारतम्य में पूछा, ''कौन सज्जन थे ये?''

''एस.एस.पी. था।''

''अभी तो कोई ज़्यादा उम्र नहीं।''

''इस्तीफ़ा देना पड़ा—एक चक्कर में फँस गया था।''

''बेक़सूर थोड़े ही फँस गया होगा?''

मामू फिर हँसा, ''अरे, छोड़िए भी भाभी! तभी से इस बेचारे के दिमाग़ पर असर हो गया। हमारे साथ पढ़ता था।''

इस बात पर वे हँसी, ''दोस्तों का असर तो पड़ता ही होगा।''

मामू मेरी तरफ़ इशारा करके बोला, ''भाभी, हमारे ऊपर तो इनका असर है।''

''ईश्वर करे, इनका असर किसी पर न पड़े। ये तो मिट्टी के माधो हैं।''

मैं तुरंत बोला, ''अगर मिट्टी का माधो न होता तो तुम्हें बेसाख़्ता मुझे इस तरह डाँटने का मौका कैसे मिलता?''

''मैं डाँटती हूँ? बाहर के आदमी चाहे कुछ कह जाएँ। मैं ज़रा सा बोल दूँ तो डाँटना हो गया! देखा आपने, भाई साहब!''

मामू ने बात बदलने के लिए कहा, ''आप दिवाकर के बारे में पूरी बात सुन लेंगी तो आप समझेंगी कि यह कितनी दया का पात्र है। सिगरेट तक पीने को पैसा नहीं रहता। रात में आसपास के जंगलों से आए सियारों की तरह सड़क-सड़क टहला करता है। अगर पैसों और औरतों का चस्का न पड़ा होता तो यह आई.जी. हो गया होता। पुलिस के महकमे में यही दो चीज़ें पातालतोड़ कुआँ हैं।''

''मुझे यह सब न बताइए।'' पत्नी ने कुछ इस तरह कहा कि मामू झेंप सा

गया। मैं चक्की के पाटोंवाली चीज़ हो गया था। मन-ही-मन सोच रहा था, मामू को अब चला जाना चाहिए। मैं जानता था, दिवाकर पंडित मामू के चले जाने के बाद भी मौजूद रहेगा। दरअसल उपस्थित वह बाद में ही होगा। ऐसे लोग जहाँ जाते हैं, अपने आपको वहीं छोड़ आते हैं। मैं अपनी पत्नी का भय समझ रहा था। जब वह भयभीत होती हैं तो वाचाल हो जाती हैं। आक्रामक पोज़ीशन ले लेती हैं। दिवाकर के प्रकट होने से स्थिति नाजुक हो गई थी। मैं उस बात को समझ रहा था कि वे अंदर-ही-अंदर ख़तरा भोग रही हैं। कहीं मैं भी दिवाकर होने की स्थिति में न आ जाऊँ? मैं भी एक खासी बड़ी नौकरी करता हूँ। मैं इस अपने सोचने के विरोधाभास को काफ़ी देर तक भोगता रहा।

मामू उठता हुआ बोला, "अच्छा, तो बंदा चला! भाभी नाराज़ हैं, जब कोई गृहिणी नाराज़ होती है तो आकाश से पाताल तक सब चीज़ें घूमती नज़र आने लगती हैं।"

मैंने पत्नी की तरफ़ देखा। मुझे आश्चर्य हुआ। मेरी अपेक्षा के विरुद्ध वे खिल्ल करके हँस दीं।

मैंने पूछा, "और जब हँसती हैं···?"

वह हँसता हुआ ही बोला, "तो तूफ़ान सुई की नोक से निकल जाता है।"

मुझे ऐसा लगा, उसके हँसने की वजह से दिवाकर आ-आकर मिट गया। अब लगा, रात भर नहीं रहेगा। लेकिन मामू के जाते ही दिवाकर चिराग के जिन्न की तरह उभरने लगा। मैंने चाहा, पत्नी उसी तरह हँसने लगे। बच्चे चिल्लाने लगें। बुआ मेरी समीक्षा करने लगें। लेकिन मैंने महसूस किया, उस वक्त का हँसना उनका अस्थायी भाव था।

मैं चुपचाप लेट गया। लेटे-लेटे मुझे लगातार लगता रहा, एक उल्लू बोल रहा है। मुझे अपनी पत्नी के जगते रहने का एहसास था। मैंने कई बार सोचा कि पुकारूँ। शायद वह दिवाकर को हटाने में मदद करें। लेकिन चुप बना रहा।

सड़क पर गुजरते हुए दिवाकर अकसर दिमाग़ में रहता था। इसलिए नहीं कि मैं उससे मिलने को बहुत उत्सुक था या उसके बिना अपने को बेसहारा महसूस कर रहा था, बल्कि इसलिए कि मैं उससे बच सकूँ। घर में घुसते हुए तो मैं और सतर्क हो जाता था, कहीं वह धुएँ की तरफ़ देखता हुआ फिर न मिल जाए। लेकिन वह मुझे नहीं मिला। लेकिन उसकी उस अनुपस्थिति के बावजूद मैंने महसूस किया कि वह शहर के लोगों के लिए दिन-ब-दिन काफ़ी महत्त्वपूर्ण हो रहा है। जहाँ नौकरी-पेशा लोग प्रियदर्शिनी इंदिरा गांधी के शक्ति-संचय, जन-जागरण की बातें करते या

तरक्की-पसंद सोसाइटी की बातें करते, वहाँ दिवाकर की फुलझड़ी भी छूटती। उस दिन की भिड़ंत के बाद दिवाकर से एक तरह का ताल्लुक़ हो गया था। उसके सत्यों को मैं बहुत ध्यान से सुनता था। लोगों की बातों से मैंने यह अंदाज़ लगाया था कि वह एक पॉलिटिकल फिनोमिना की तरह है। उसको लेकर दो गुट और दो मत हैं।

एक दिन दफ़्तर में जत्ती आया, वह बाजोरियाज़ के यहाँ नौकरी की कोशिश में था। उसने बात तो श्रीमती इंदिरा गांधी से शुरू की थी। चूँकि वह असल घी को ही घी माननेवाला आदमी अपने को घोषित कर रहा था, इसलिए वह काफ़ी देर तक इंदिरा गांधी के प्रोग्रेसिविज्म को डालडा बताता रहा। दिवाकर का ज़िक्र भी आया।

दिवाकर के बारे में मैंने उसे आख़िर तक नहीं बताया कि मैं उसे जानता हूँ। वह बजोरियाज़ के बारे में बात करता-करता दिवाकर पर आ जाता था। दिवाकर की चर्चा को वह टेक की तरह इस्तेमाल कर रहा था। जैसे अखंड कीर्तन हो। उसकी बातें सुनकर अपने बारे में मुझे लगातार अनुभव हो रहा था कि मैं बातों को साफ़-साफ़ कह पाने में सर्वथा असमर्थ हूँ। वह जिस तरह इंदिरा गांधी के बारे में बात कर रहा था और जितना अधिक नौकरी पाने को उत्सुक था, उसे देखकर मेरे मन में निश्चित रूप से यह धारणा बनती जा रही थी कि उसमें निषेधात्मक प्रवृत्ति या कुंठा नहीं है। फिर भी मैं एक-दो सवाल पूछना चाहता था। उन सवालों को सुनकर उसके नाराज़ हो जाने की पूरी संभावना थी। लेकिन जब मैं उसकी बातें सुनता गया और कुछ कहा नहीं तो उसने आश्वस्त होकर दिवाकर की बात विस्तार से शुरू की, ''मि. डी.के. पंडित रिटायर्ड एस.एस.पी. के साथ आपकी इस सरकार ने क्या-क्या ज्यादती नहीं की! उन्होंने एक बदमाश दरोगा को मुअत्तल किया। आई.जी. तक उससे घबराते थे। फिर आई.जी. ने उसी दरोगा से मिलकर मि. पंडित को फाँस दिया। आज पागलों की तरह सड़कों पर घूमते हैं। कोई सुननेवाला नहीं। यह है आपकी प्रोग्रेसिव सरकार!''

उसने कुछ इस तरह से कहा, जैसे मैं सरकार का बहुत बड़ा पैरोकार हूँ। उसके चेहरे से बेचैनी मालूम पड़ने लगी। अपने आप ही बोला, ''लोग मि. पंडित के बारे में उल्टी-सीधी बातें करते हैं। उन्हें औरतों का शौक पड़ गया था, रुपया लेने लगे थे, अपने जूनियर्स को हैरस करते थे। लेकिन सरकार के इन साँड़ों से कोई कुछ नहीं कहता, जो हर खेत में मुँह मारते हैं। चाहे धान का हो या बरसीम का। इस सबका रास्ता एक ही है—खूनी क्रांति।''

मैंने फिर अपनी कमज़ोरी महसूस की। सही बातें कहने में फिर बगलें झाँकने लगा। वो बोलता जा रहा था, ''आप कभी मि. पंडित से मिलें, तब देखेंगे कि कितनी

ब्रिलिएंट बात करते हैं। आप दाँतों तले उँगली दबा जाएँगे।'' मेरी नज़र जत्ती की उँगली पर गई। वह फर्राटे से बोलता जा रहा था, ''आजकल बीमार हैं। दवा-दारू तक को पैसा नहीं। मैं गया था तो उन्हें डॉक्टर को दिखाकर आया। वे बोले, 'डॉक्टर, यू ऑल आर क्वेक्स टिल योर साइंस डज़ नॉट डिस्क्लोज़ दी मिस्ट्री ऑफ़ बर्थ एंड डेथ, फिर वे मुझसे बोले, 'जल्दी ठीक होकर अपने बच्चों से मिलने जाऊँगा। चूँकि बच्चे ही मरहम बन सकते हैं। हालाँकि बीवी-बच्चों को मैं अपने से अलग चीज़ मानता हूँ। संसार की सब चीज़ों में अपने लिए सबसे बड़ा आकर्षण मैं खुद हूँ। ए जीनियस केन ओनली से दिस।'' कहकर उसने मेरी तरफ़ देखा।

दफ़्तर के बड़े बाबू आकर चुपचाप खड़े थे। वे मुझसे बोले, ''साहब, गुस्ताखी माफ़ हो, मैं एक बात अर्ज करना चाहता हूँ। जिन साहब का ज़िक्र हो रहा है, वे कुछ लोगों के लिए बेबात में मसीहा बनते जा रहे हैं। बीच में मैं कभी न बोलता, लेकिन सरकार, मैं उनके सामनेवाले मकान में रहता था। मैंने अपनी आँखों देखा है कि वह इनसान कितना बड़ा दरिंदा है। रात को कई बार हल्ला मचता था। बाद में तो लोगों ने जाकर देखना बंद कर दिया था। मैं आपके सामने क्या कहूँ...वह क्या करता था।'' रुककर बोले, ''वे बड़े घर की एक भली महिला थीं। एक रोज दोनों बच्चों को लेकर चली गईं। तब से इन एस.पी. साहब की हालत और ख़राब हो गई।''

धीरे से साँस छोड़कर कहा, ''बड़ा अफ़सोस होता है।'' और फ़ाइल खोलकर मेरे सामने रख दी।

जत्ती नाराज़ी से बोला, ''इन साहब की तारीफ़?''

मेरे कुछ कहने से पहले उन्होंने जवाब दिया, ''मैं इस दफ़्तर में सुपरिंटेंडेंट हूँ।''

''आप ही जैसे लोग मि. पंडित के बारे में ग़लत-सलत बातें फैलाया करते हैं।''

बड़े बाबू ने मेरी तरफ़ देखकर कहा, ''माफ़ कीजिए, मुझे नहीं मालूम था कि आपके उनसे क्या ताल्लुकात हैं।''

मैंने महसूस किया, मेरे कमरे में जत्ती दिवाकर को धीरे-धीरे सैलाब के पानी की तरह फैलाता जा रहा है। हो सकता है, आगे चलकर मेरा घर और दफ़्तर एक हो जाएँ।

मैं फ़ाइल देखने लगा। जत्ती कुछ देर बैठा रहा, फिर बोला, ''तो आप बाजोरियाज के लिए किसी पव्वे को तलाश कर लीजिए। कल मैं फोन करूँगा। यह काम भाई

साहब, बहुत ज़रूरी है।''

मैं गरदन उठाकर देखने लगा। वह मुसकराया और अपने आप ही बोला, ''उसमें क्या हर्ज़ है। नौकरी एक अलग चीज़ है।''

मैंने गरदन गिरा ली। फ़ाइल देखने लगा।

वह चलता-चलता बोला, ''अगर मेरा वहाँ काम नहीं हुआ तो मैं समझूँगा, आपने कुछ नहीं किया। फिर सारी जिम्मेदारी आप पर ही होगी।''

मैंने गरदन हिला दी। वह चला गया।

उसके जाने के बाद बड़े बाबू रफ्तार पर आने लगे, ''सर, ये साहब यह बात सही कह रहे थे कि आदमी बहुत ज़हीन है। लेकिन पुलिस के महकमे ने उन्हें घोट दिया। क्या चेहरा दिखता था! अब शक्ल कितनी मनहूस और मोहर्रमी है। उनकी घरवाली ने बड़ी तकलीफ भोगी। घरवाली और बच्चे, हाथ लगाओ तो मैले हों। दरअसल, उसकी रील सीधी चलने के बजाय उलटी चल गई थी। इसी को कहते हैं, भगवान् सबकुछ देकर भी वापस ले लेता है—पके फल में कीड़े पड़ना, यही होता है।''

मैं फ़ाइल पढ़ रहा था। बार-बार उनकी बात से मेरा ध्यान बँट जाता था। मैं अजसरैनों फिर नोट को पढ़ने लगता था।

बड़े बाबू कहते जा रहे थे, ''इनसान एक अजीब मख़लूख है। बेईमानी करता है। जो बेईमानी नहीं करता, उसे भी लोग बेईमान कहने लगते हैं। इस फ़ाइल के बारे में ही एक साहब मेरे पास आए...बहुत सी बातें कहने लगे। मैंने उस वक्त सोचा, आप जैसा ईमानदार...पर इनसान की ज़बान तो चमड़े की है। उसे मुड़ने-तुड़ने में क्या लगता है! लेकिन सरकार, लोगों को तो हर हालत में ही कहना है।'' मैंने फ़ाइल देखते हुए महसूस किया, वह मेरी चाँद को ग़ौर से देख रहा है।

मैं नज़र गड़ाकर फ़ाइल को और ज़्यादा ग़ौर से पढ़ने लगा था।

बड़े बाबू की आवाज़ इस बार तेज़ हो गई, ''दरोगा दुनिया से झाड़ता है। एस.पी. साहब दरोगा से झाड़ना चाहते थे। एक गलती पंडित साहब से हो गई। उस दरोगा की वाइफ़ की शक्ल-सूरत अच्छी थी। बात-बात में उन्होंने मिसेज़ दरोगा का ज़िक्र कर दिया। दरोगा के लिए रुपया देना तो क्या मुश्किल था। बख़ुशी दे देता। लेकिन अपनी बीवी के बारे में सुनकर फौरन बोला, 'बहुत बेहतर, हुजूर का हुक्म बाराह बजाया जाएगा!' फिर मिसेज़ दरोगा ही गईं। पंडित साहब उनकी खातिर-तवाजे में लग गए। जब तक वे तय कर पाएँ कि रुपया लें या मिसेज़ दरोगा...तब तक खेल खत्म हो गया। वैसे हुजूर, आदमी को दोनों तरफ़ नज़र नहीं रखनी चाहिए।

औरत या रुपया। एक चीज़ चुन लें, बस फिर छुट्टी।''

मैं फ़ाइल बंद करने लगा तो बड़े बाबू ने कहा, ''और सरकार, दस्तखत?''

मैंने एकाएक दस्तखत बना दिया। उन्होंने फ़ाइल समेटी और चले गए। उनके जाने के बाद मैंने सोचना चाहा, दस्तखत पूरे बनाए हैं या इनिशियल्स किए हैं।

उनके जाने के बाद लगा, कमरा ख़ाली हो गया है। सैलाब एकाएक उतर गया। मैंने आँखें बंद कर लीं। मि. पंडित ने ऐसा क्यों किया? पहले मुअत्तल किया, फिर रुपया माँगा? मि. दिवाकर को फँसाया भी जा सकता है। मेरे दिमाग़ में आया, फ़ाइल मँगाकर देखूँ। घंटी बजाकर चपरासी से बड़े बाबू को बुलाने के लिए कहा। उसने आकर बताया, ''अभी तक अपनी सीट पर नहीं पहुँचे।''

मैं कुरसी पर पीछे को झूल गया।

दफ़्तर से उठा तो अँधेरा काफ़ी हो गया था। सीढ़ियों से उतरते हुए मैं अकेला था। बस परछाईं कभी आगे नीचे की सीढ़ी तक लंबी हो जाती थी, कभी पीछे-पीछे घिसटने लगती थी। कई बार सोचता, पीछे घिसटते समय सिर एक सीढ़ी से दूसरी सीढ़ी पर गिरता है तो बजता क्यों नहीं। सड़क पर आया तो सड़क भी ख़ाली थी। शहर से नौ किलोमीटर दूर। उसके ख़ालीपन को देखकर बार-बार ख़याल आता था, सड़क कहीं से टूट गई है और नदी के पानी की तरह लोगों की भीड़ टूटे रास्ते से दूसरी तरफ़ बह रही होगी; क्योंकि दिन में भीड़ बाढ़ के पानी की तरह भरकर चलती थी। मैं बहुत खरामा-खरामा चल रहा था। चौकन्ना। पीछे मुड़-मुड़कर देखते हुए। कहीं कोई शत्रु-जाति का इनसान तो नहीं आ रहा। काफ़ी दूर चल लेने पर एक ख़ाली बस दिखलाई पड़ी। वह भी इस तरह से जा रही थी कि किसी तरह निकल चलो। मैंने हाथ दिया तो रुक गई। कंडक्टर ने पहले मुझे ऊपर से नीचे तक देखा, फिर टिकट काटा।

बस चलती रही। बस के अंदर जली रिक्त रोशनियों को मैं काफ़ी देर तक देखता रहा। ड्राइवर बड़ी व्यस्तता से गाड़ी चला रहा था। उसके बाल उड़ रहे थे। कंडक्टर पीछे की सीट पर झूल गया था। चौराहे पर रुकी तो कंडक्टर झटके से जगा और बाहर झाँककर बोला, 'बड़ा चौराहा।' मैं उतर गया। उतरने पर मैं एकाएक यह तय नहीं कर पाया कि किस तरफ़ जाना चाहिए। हालाँकि घर ही जाना था। लोगों की आमदरफ़्त काफ़ी थी। औरतें भी थीं। मैं इन औरतों को मिसेज़ दरोगा ही समझ रहा था। या तो ये पंडित की तरफ़ जा रही थीं या वहाँ से लौट रही थीं। मैं डर रहा था, इनमें से एक-आध मेरी तरफ़ न मुड़ जाए।

मैं घर की तरफ़ मुड़ गया। मोड़ पर एक छोटी सी मठिया थी। मठिया में दीया

जल रहा था। दीये से अंदर काफ़ी रोशनी थी। मठिया के पास से मुड़ा तो दिवाकर पंडित खड़ा हुआ दिखाई दिया। मैंने उसे काट जाना चाहा। लेकिन वह मेरी तरफ़ ही देख रहा था। उसने अपने आप ही पूछा, "व्हाट एबाउट कोल डस्ट?"

मैंने जवाब न देकर उसकी तरफ़ देखा। वह उसी यूनीफॉर्म में था। बस एक तुलसी की माला और गले में पड़ी हुई थी।

दिवाकर बोला, "यू लीव दैट हाउस।"

मैं ख़ामोश रहा। वह अपने आप ही बोला, "हैव यू गॉट एनी अदर होम ऑफ़ योरसेल्फ?" फिर खुद ही जवाब भी दे लिया, "नन्!" और हँस दिया।

मैंने पूछा, "आपकी तबीयत कैसी है? काफ़ी कमज़ोर हो गए हैं।"

पहले तो वह मेरी तरफ़ देखता रहा। फिर बोला, "व्हाई हैव यू एंक्वायर्ड एबाउट माई हेल्थ? व्हाट यू हैव टु डू विद मी?"

"आप कमज़ोर लग रहे थे, इसलिए मैंने पूछा।"

"हूँ ऽऽ।" कहकर कुछ देर गरदन हिलाता रहा, फिर बोला, "वी ऑल आर बास्टर्ड, ए मिक्स्ड रेस।"

मैंने उसकी तरफ़ नाराज़गी से देखा। वह बात मुझे एकदम नागवार लगी।

वह अपने आप ही बोला, "मामू इज़ माई फ्रेंड। ही क्लेम्स दैट ही इज़ प्योर आर्यन। ऑल ब्लडी आर्यंस आर सफरिंग फ्रॉम वी.डी. इन जौनसार बाबर।"

मैं मामू के बारे में कुछ कहना चाहता था। पर उसकी दूसरी बात ने मुझे ख़ामोश कर दिया।

वह अपने-आप ही बोला, "आई एम इन मेंटल कानफ्लिक्ट दीज़ डेज़।"

"क्यों?" मैंने धीरे से सवाल किया।

वह नाराज़गी के साथ बोला, "लिसिन, डोंट इंटरफ़ियर।"

मैं चुप हो गया। वह बोला, "बाइ दि वे, इफ़ यू हैव फ़ाइव रुपीज़ प्लीज़ गिव मी। पर्स मेरी वाइफ़ ले गई।"

फिर वह मुसकराकर बोला, "आजकल मेरी गरदन पर लॉर्ड कृष्णा बैठ गए हैं। ही आस्क्स मी टु गो फॉर प्रोस्टीट्यूशन। मैं करना नहीं चाहता। दैट क्रॉनिक बैचलर हनुमान रेस्ट्रेंस मी फ्रॉम डुइंग ऑल दिस। कृष्णा कहता है, हम इतनी गोपियाँ रखते थे, तुम इतना भी नहीं कर सकते।"

उसने अपनी माला दिखाई, "यू सी, दिस इज़ दी कृष्णा। दैट नॉटी शेफ्हर्ड! बट आई कांट ऑबलाइज़ हिम।"

मैंने कहा, "आपकी तबीयत ख़राब है। इतना सोचने से और ख़राब हो जाएगी।

जत्ती बता रहा था कि आपकी तबीयत सबेरे भी ख़राब थी।''

''जत्ती इज़ ए रोग। उसके बारे में बात मत करो।''

उसने अपने दोनों कान पकड़कर चपत लगाए और बोला, ''मैं कृष्णा की बात नहीं मानूँगा। ही मिसगाइड्स मी। आई विल रेजिस्ट हिज सजेशन। यू ओनली गिव टू रुपीज़ इफ़ नॉट फ़ाइव। आई विल आस्क मामू टु रिटर्न दी मनी टु यू इन ड्यू कोर्स। प्लीज...'' कहकर वह ख़ामोश हो गया।

मैंने दो रुपए दे दिए। उसने झटके से माला तोड़ दी और चल दिया। उसके जाने के बाद अँधेरे को मैंने काफ़ी ग़ौर से देखा। माला के मनके लुढ़ककर नाली की तरफ़ जा रहे थे।

□

धर्मग्रंथ

यह भी एक मज़े की बात है कि छुट्टी का दिन पूरे शहर का न होकर रेस्त्राँ और कॉफ़ी-हाउसों का होता है। वह दिन भी ऐसा ही था। वह बाहर से आई थी और अंदर दाखिल होती चली गई थी। बाहर से आकर इतनी मद्धिम रोशनी में कुछ देख पाना आसान नहीं था। उसे अँधेरे के साथ तादात्म्य स्थापित करने के लिए कुछ देर चुपचाप खड़े रहना पड़ा। इस बीच उसने अपना धूप का चश्मा पर्स में रख लिया और आँखों को हल्का सा मलकर देखने लायक बनाया। उसे सबसे पहले लटकते हुए खोखले और लंबे केजों से निकलकर मेज़ों पर चिपके रोशनी के घेरे नज़र आए। उन्हीं की वजह से वहाँ थोड़ी-बहुत रोशनी थी और देख पाने का जुगाड़ था। हवा की वजह से वे मद्धिम-मद्धिम हिल रहे थे। हिलने का असर उन घेरों पर भी पड़ता था। रोशनी के घेरे एक-दूसरे के अंदर बनते और फँसते जाते थे, हालाँकि काले शीशे की टॉप पर एक ही घेरा नज़र आता था। उसके बाद उसे मेज़ों के चारों तरफ़ बैठे आदमी-ही-आदमी, औरतें-ही-औरतें, बच्चे-ही-बच्चे नज़र आए। उस हल्की रोशनी का बच्चों तक पर असर पड़ा था। उनकी आवाज़ें बहुत हल्की और छोटी-छोटी थीं। वह उन्हें अनुभव कर रही थी, सुन नहीं पा रही थी।

आख़िर में एक ख़ाली मेज़ नज़र आई कोने की। उसके ऊपर लटका हुआ केज अंधा था। शायद इसीलिए इतनी देर तक वह उस मेज़ को नहीं देख सकी थी। रोशनी के उस चौके से वह कोना कटा हुआ था। वह उस मेज़ के पास जाकर चुपचाप खड़ी हो गई। खड़े होने के बाद पहले उसने इधर-उधर देखा। उसको एक ही शक था, कहीं मेज़ के ऊपर लटकी रोशनी ही ख़राब न हो और लोग इसीलिए उसे ख़ाली छोड़कर इधर-उधर न बिखर गए हों। उसके बावजूद उसने उसपर बैठने का इरादा किया। उसकी नज़र 'रिज़र्व्ड' वाली स्लिप पर तो बाद में गई। तब तक वह बैठ गई थी। बैरा लपककर आया और नाम पूछा, ''योर नेम, मैडम?''

''दिवले।''

"थैंक्यू।" कहकर उसने रोशनी जला दी। एक घेरा उसकी मेज़ पर भी लुढ़कने लगा। इस बात से वह ख़ुश हुई। बराबर की मेज़ों ने उसकी तरफ़ देखा और ज़्यादातर खाने-पीने में लग गईं।

उसके बाएँ हाथवाली मेज़ भरी थी। मियाँ-बीवी और दो बच्चे बुरी तरह भकोसे जा रहे थे। खाते समय ज़्यादातर वे लोग ख़ामोश थे। दरअसल, उनका मुँह भरा रहता था। दिवले की नज़र उस अँधेरे से परिचित हो गई थी और चारों तरफ़ घूम रही थी। उसके चेहरे पर ताज़गी थी और सीधे पल्ले की साड़ी स्मार्टनेस पैदा कर रही थी। उसके दाहिने हाथवाली मेज़ पर बैठे तीनों आदमी खाते-खाते भी उसकी तरफ़ देखते जाते थे। उसने काफ़ी देर तक नहीं देखा। देखा भी तो ज़्यादा परवाह नहीं की। वे लोग एक-दूसरे की तरफ़ इशारा करके हँसते भी थे। वह ऑरकेस्ट्रा की तरफ़ ज़्यादा ध्यान दे रही थी। उसकी उँगलियाँ बिना कोई खास आवाज़ पैदा किए मेज़ पर बज रही थीं। उसका एक हाथ मेज़ के बीचोबीच रोशनी के गोले में आ गया था। उसके चारों तरफ़ अँधियारा सिमट आने के बावजूद वह हाथ रोशनी बना हुआ था। रोशनी केज से हाथ तक आ रही थी और हाथ से केज तक जा रही थी।

बैरा आकर खड़ा हो गया, "यस मैडम!"

"मसाला-डोसा।"

बैरे ने उसकी तरफ़ देखा। वह उससे किसी बड़े ऑर्डर की आशा रखता था।

दिवले पानी का गिलास ख़ाली करती रही और रोशनीवाले हाथ से धुन निकालती रही। ट्यून के बदल जाने से हॉल अधिक शांत हो गया था। पहलीवाली से लोग उत्तेजित मालूम पड़ रहे थे। वह तेज़ थी। यह बैठी हुई और ठंडी थी।

डोसा आ जाने पर उसका रोशनीवाला हाथ भी खाने में लग गया। ऑरकेस्ट्रा और खाना अलग-अलग हो गए।

तीसरी मेज़ के लोग खाने के साथ उसे जोड़ रहे थे। लोग अच्छे खाने और सुंदर औरत में कभी-कभी कन्फ्यूज़ कर जाने के आदी हो गए हैं। वे भी गड़बड़ा रहे थे। उन लोगों से छुट्टी के दिन सुंदर औरत का अकेले होना बरदाश्त नहीं हो रहा था। उनके इस वाक्य को दिवले ने शायद उतना नहीं सुना, जितना बाईं टेबल पर दो बच्चों के साथ भकोसते मियाँ-बीवी ने सुना था और मज़ा लिया था। वे एक-दूसरे की तरफ़ देखकर मुसकराए थे। पति ने भी एक नज़र दिवले पर डाली थी। वह पर्स से रूमाल निकालकर मुँह पोंछ रही थी। उँगलियाँ पतली और लंबी थीं। छोटा सा रूमाल लंबी उँगलियों में फूल बना हुआ था।

उसकी पत्नी फ़र्राटा थी। औरतों की तारीफ़ पति के सामने करके मज़ा लेती थी। उसने पति की तरफ़ ग़ौर से देखते हुए कहा, ''लड़की सुंदर है। क्या मन कर आया?''

पति के मुँह में कुछ देर एक बड़ा टुकड़ा भरा रहा। एक-दो मिनट उसने उसे निगलने की कोशिश की, फिर बोला, ''अब कहाँ! अब तो तुम ही सबसे सुंदर लगती हो।'' कहते-कहते दिवले को कनखियों से देखने का एक चांस उसने और ले लिया। पत्नी बच्चों को खिलाने में मग्न हो गई थी। वह अपने जवाब पर ख़ुश था और देखने का मौका पा गया था। दिवले रोशनी में झुकी हुई मीनू पढ़ने का उपक्रम कर रही थी। बैरे के आने तक वह अगले ऑर्डर के लिए कुछ तलाश कर लेना चाहती थी। उसके दोनों हाथ कोहनियों तक रोशनी में डूबे हुए थे।

तीसरी मेज़ के तीनों आदमी खा-पीकर सिगरेट सूत रहे थे। उनमें हुलास के सिवाय कुछ नज़र नहीं आ रहा था। मिस दिवले के कारण वे ज़्यादा हुलसा गए थे। शक्लों से यही लगता था कि हाथ लगे वे उसे भी जीम लेना चाहते हैं।

उनमें से एक ने कहा, ''कहीं बाहर से आई है?''

''लगता है, बसेरा यहीं करेगी!''

''हो सकता है, यहीं की हो और मंजिल की तलाश में निकली हो?''

''यहाँ की होती तो कोई-न-कोई चिपका होता। यूनिवर्सिटी के लौंडे ही आ चिपकते। साले चिपकने में बड़े माहिर होते हैं।''

तीसरे ने हँसकर कहा, ''हम तो माल के बारे में बता सकते हैं। माल चौकस है।''

''तुम्हारा तो वहाँ पता भी नहीं चलेगा, हाँ।''

पहले की इस बात पर दोनों ज़ोर से हँस दिए। रेस्त्राँ में यह पहली आवाज़ इतनी ज़ोर से हुई थी। क़रीब-क़रीब सभी लोगों ने उस ओर देख लिया था। दिवले ने भी। वे तीनों ज़ेर हो गए थे।

दूसरी टेबल से दोनों बच्चे और पति-पत्नी उठ गए थे। पति ने चलते हुए मिस दिवले पर आखिरी नज़र डाल ली थी। उस समय पत्नी दोनों बच्चों को अपने आगे-आगे रेल बनाकर चलाने में लगी थी। उनके उठते ही दो और महिलाएँ उस टेबल पर आ जमीं। स्मार्ट ज़रूर लग रहीं थीं, लेकिन उनकी बाँहें पुरानी और मैली थीं। उन तीनों ने उन औरतों को सरसरी नज़र से ही देखा और सिगरेटें सुलगा लीं।

उनमें से एक कश खींचता हुआ आवाज़ करता था। उस मेज़ का बैरा उन तीनों के ख़ाली-पीली बैठे होने के कारण हिलक गया था। वह उनके पास आकर

खड़ा हो गया। उसकी मंशा उनको उठा देने की थी। लेकिन उनमें से एक ने कहा, ''एक-एक और हो जाए?'' दोनों ने गरदनें हिला दीं। बैरा को उनका ऑर्डर लेना अच्छा नहीं लगा। उसके चेहरे पर मजबूरी आ गई।

दिवले उन औरतों की तरफ़ अधिक मुखातिब थी। उसे मज़ा आ रहा था। उनमें से एक को अपने पति का लगातार इंतज़ार था, क्योंकि वे लोग हर छुट्टी की सुबह इसी रेस्त्राँ में बिताते थे। इसीलिए वह आज भी वहीं आई थी। दूसरी औरत को वह यही बता रही थी, ''वे आएँगे ज़रूर। मैंने गुस्से में कह तो दिया था कि हमारे-तुम्हारे बीच का संवाद आज बंद, लेकिन उससे क्या!''

''अगर उन्हें आना है तो आप मुझे क्यों लाईं?'' दूसरी औरत ने थोड़ा विरोध भरे स्वर में ही कहा।

वह अपनी बात कहती रही, ''रात से ही हम लोगों की तीर-कमानें चढ़ी हैं।''

इस बात पर वे दोनों तो आपस में हँसी ही, दिवले को भी हँसी आ गई। दिवले मेज़ पर पड़े पानी से लकीरें निकाल रही थी। ट्यून इस बार तेज़वाली थी। बैरा भी ऑर्डर ले जा चुका था। इस समय वह फुरसत में थी। उन तीनों की एक तेज़ आवाज़ और सुनाई पड़ी। पूरा हॉल ही डिस्टर्ब हो गया। इस बार काउंटर-असिस्टेंट उठकर आया और उनकी मेज़ पर एक तख्ती रख गया, 'टॉक स्लोली प्लीज'।

उसके जाने के बाद वे लोग कुछ देर चुप रहे, फिर एक बोला, ''अब चलो। गरदनें कुर्क हो जाएँगी।''

''नहीं यार, जब तक बैठेगी, हम भी साथ देंगे।''

तीसरे ने कहा, ''हाँ, कॉफ़ी भी तो आनेवाली है।''

''तेज़ तर्रार मालूम पड़ती है। जूता लेकर पिल पड़ेगी।''

उसकी बात को तीसरे ने काट दिया, ''यार, तुम्हें एडमिनिस्ट्रेटिव सर्विस में किसने ले लिया? हम लोगों के इलाके से, हमीं को म्याऊँ करके निकल जाएगी? लगता है, तुम इससे मिले हुए हो।''

दूसरा ज़ोर से हँसा, ''इन्हें डर है अपनी मुसम्मात का, क्यों?''

''हम लोगों के बीच भी बातों की आवाज़ाही बंद है। अपने-अपने शोध-कार्य के लिए हम पूरी तरह से मुक्त हैं।'' पहले ने कहने के बाद भी गंभीरता बनाए रखी।

''शेखी बुरी चीज़ होती है। पत्नी की शक्ति को उसकी ग़ैर-मौजूदगी में नकारना और भी खतरनाक है।'' इस बात पर तीनों हँसे, लेकिन उनकी हँसी खी-

खी होकर रह गई।

दिवले का ऑर्डर आ गया था। वह बहुत धीरे-धीरे उसे खत्म कर रही थी। उसने छुरी-काँटा रख दिया था। उसकी उँगलियाँ काँटे का ही काम कर रही थीं। हर चीज़ चिपकी चली आती थी। कॉफ़ी उन तीनों के लिए भी आ गई थी। औरतें भी काफ़ी खा चुकी थीं। अब पानी पी रही थीं। उनका बैरा ट्यून पर चलता था। इस बात पर वे नाराज़ थीं और नाराज़गी में ही उस पर हँस रही थीं।

उन तीनों व्यक्तियों में से एक ने बहुत संजीदगी से कहा, "मैं एक प्रस्ताव रखना चाहता हूँ। हमारे एक मित्र और उसकी पत्नी के बीच संवाद खत्म हो चुका है। यह एक चिंताजनक और कलात्मक स्थिति है। हम लोगों के संवाद वगैरह अभी अपनी पत्नियों से चालू हैं, लेकिन ख़राब हो ही सकते हैं। इसलिए अच्छा हो कि आज यह अपना संवाद इस खूबसूरत और अकेली लड़की से स्थापित करे। अगर ऐसा हो सकेगा तो हम किंग-ऑफ़-किंग्स की एक बोतल इसकी नज़र करेंगे।"

दूसरे ने उस प्रस्ताव के समर्थन में कहा, "हाँ, हमें अपने मित्र और इस अकेली लड़की का पूरा-पूरा ख़याल है। किंग-ऑफ़-किंग्स की बोतल मैं 'फ्री ऑफ़ टैक्सेज' मँगाकर दूँगा।"

वह सोच में पड़ गया था। समर्थन के बावजूद वह कुछ भी कह पाने में अपने को असमर्थ पा रहा था। वे लोग जल्दी कर रहे थे। ख़तरा था, कहीं वह उठ न जाए। उसने बहुत सोच-विचारकर कहा, "मुझे कोई एतराज़ नहीं है, लेकिन बिना घर जाए कुछ भी कर पाना संभव नहीं।"

"इज़ाज़त हासिल करने के लिए तुम्हें संवाद जोड़ना होगा।"

"तुम कैसी बातें करते हो, बिना कार और पैसे के लड़की पटाई जाती है?"

"वह तुम्हारा इंतज़ार नहीं करेगी।"

"नहीं करेगी तो जाए भाड़-चूल्हे में! ऐसी ही ज़रूरत होगी तो मैं अपनी बीवी से समझौता करूँगा।"

"बीवियाँ हिलकाए रखने में बहुत उस्ताद होती हैं।" इस बार वे लोग हँसे नहीं। बहुत धीमे से एक ने कहा, "लो चाबी, ले जाओ गाड़ी। हम तुम्हारे दोस्त हैं। और रुपए···" कहकर उसने दूसरे साथी की तरफ़ देखा। उसने कुछ रुपए निकालकर सामने रख दिए। रुपए लेकर अपना वाक्य पूरा करते हुए वह फिर बोला, "रुपए भी लो! तुम्हारा काम चल जाएगा।"

"लड़की पटाने में जितने रुपए की ज़रूरत हो सकती है, ये उतने ही हैं।"

दिवले उन दोनों औरतों को खाते हुए देख रही थी। वे लोग एक और ऑर्डर को बेरहमी से भकोस रही थीं। उनके चेहरे पर भूखापन था। वे खाते हुए उतनी असहनीय नहीं लग रही थीं। लेकिन उनकी बाँहों का पुरानापन आँखों में टपकता था।

उस औरत ने थोड़ा दु:खी होकर कहा, "देखिए, आए नहीं!"

दूसरी औरत हँस दी, "आप लोग अच्छे अजनबी बने हुए हैं।" कुछ रुककर फिर कहा, "हम लोग छुट्टी के दिन बाहर निकलते हैं। आज आपने मुझे भी अपने घरवालों के सामने अजनबी बना दिया।"

उन दोनों का पेट अभी पूरी तरह नहीं भरा था। मेज़ बजाकर बैरा को बुला रही थीं। दिवले अभी भी फ़ुरसत में थी। वे तीनों लोग बिल देकर उठने के चक्कर में थे। अपने मित्र को अंतिम सबक दे रहे थे कि कैसे पटाना होगा। वह तटस्थ भाव से सुन रहा था।

दोनों लोग बाहर चले गए तो उसने दिवले की मेज़ पर जाकर कहा, "मैं यहाँ बैठ सकता हूँ?"

दिवले सरसरी तौर से उसे देखते हुए बोली, "बैठिए।" वह धन्यवाद के साथ बैठ गया। दिवले धीरे-धीरे टूँगती रही। थोड़ा सा फ़र्क सिर्फ़ चेहरे की बनावट में आया था। वे दोनों ख़ामोश रहे। मौका पाकर एक-दूसरे को अपरिचित नज़रों से देख लेते थे। दिवले ने खाना बड़ी फ़ुरसत से ख़त्म किया था। चेहरे पर वक्त-ही-वक्त था। वह सिगरेट पी रहा था और सतर्क था।

बहुत देर बाद मिस दिवले ने पूछा, "आपके लिए?"

"दरअसल, कोई अच्छी जगह नज़र नहीं आई। सोचा, शायद आपको अपनी मेज़ पर बैठाने में कोई एतराज़ न हो। आप भी अकेली थीं।"

वह हल्का सा मुसकरा दी और दुबारा पूछा, "अकेली तो बहुत देर से थी। ख़ैर, आप क्या लेना पसंद करेंगे?"

"थैंक्यू, ऑर्डर मैं दिए देता हूँ। आप क्या लेना पसंद करेंगी?"

"मैं बहुत ले चुकी।" खनखनाहट के साथ हँस दी।

उसने हँसी का अधिक ख़याल नहीं किया। सचेत होकर पूछा, "आप कहीं बाहर से आई हैं?"

"जी!" वह दूसरी तरफ़ देखते हुए कनखी से उसे देखती रही।

बैरा के आने पर दिवले ने बिना उससे पूछे दो कॉफ़ी का ऑर्डर दे दिया और पानी पीने लगी। उसको अपनी तरफ़ ग़ौर से देखते हुए पाकर बोली, "माफ़ कीजिए, मैं पानी बहुत पीती हूँ।" वह कुछ कहना चाहता था, लेकिन दिवले

ऑरकेस्ट्रा सुनने में एकाएक व्यस्त हो गई। इस बार मद्धिम और डल था। उँगलियाँ बहुत धीरे-धीरे हिल रही थीं।

उसने एकाएक पूछा, "आप किस जगह से बिलांग करती हैं?" वह बात चालू रखने के लिए बहुत प्रयत्नशील नज़र आ रहा था।

दिवले ने ऑरकेस्ट्रा सुनने की व्यस्तता के साथ ही कहा, "पूना।"

"यहाँ कैसे…?" उसका सवाल पूरा नहीं हुआ। दिवले ने तुरंत पूछा, "क्यों?"

"सॉरी।" कहकर वह ख़ामोश हो गया। उसके चेहरे पर गुस्सा उभर आया।

दिवले ने बात बदलकर तुरंत कहा, "माफ़ कीजिए, मेरा ध्यान ऑरकेस्ट्रा में था। मुझे ट्यून बहुत पसंद आती हैं। शायद आपको अनुभव हो, जब कोई अच्छी ट्यून बजती है तो शरीर का हर भाग उसे प्रतिध्वनित करने लगता है। दरअसल, मैं अपने एक साथी के साथ ठहरी हूँ। वे दिन भर के लिए बाहर चले गए, मैं अकेले राजधानी-परिक्रमा कर डालना चाहती हूँ।"

"आपको अकेले काफ़ी बुरा लग रहा होगा?"

"इतने बड़े शहर में क्या बुरा लगेगा! बड़ा शहर भी अपने मैं एक साथी होता है।"

बात का सिलसिला फिर खत्म हो गया। रिकॉर्ड भी खत्म हो गया था। दूसरे रिकॉर्ड की ट्यून तेज़ और नक्शेबाज़ थी। मिस दिवले की उँगलियाँ चलीं तो वह पैर चलाने लगा। दूसरी सिगरेट जलाते हुए उसने एकाएक पूछा, "मेरे स्मोक करने से आपको कोई एतराज़ तो नहीं?" दिवले ने मिठास के साथ गरदन हिला दी। वे औरतें अभी तक जमी थीं। वह रिकॉर्ड उन्हें भी पसंद आया था। उँगलियाँ उनकी भी चल रही थीं। वे अपने-अपने पतियों के बारे में बातें कर रही थीं। दिवले को उनकी बातें मज़ेदार लग रही थीं। उनकी बातों का निष्कर्ष यही था, उनके पति बहुत दयनीय (सीधे) और निकम्मे हैं। पति की देखभाल भी उन्हें उसी तरह करनी पड़ती है।

उसकी सिगरेट आधी जल चुकी थी। दिवले की इतनी ख़ामोशी पर उसे झुँझलाहट आ रही थी। उसने अपने आप ही कहा, "माफ़ कीजिए, मैं अपना परिचय देना तो भूल ही गया।" वह उसकी तरफ़ देखने लगी। उसकी नज़र से लगा, हाँ दीजिए।

उसने गला साफ़ करके कहा, "मेरा नाम आर. मोहन है।"

"हूँ ऽ ऽ ऽ!" आश्चर्य के साथ उसकी तरफ़ देखते हुए बोली। आर. मोहन को उसका इस तरह देखना बुरा लगा। दिवले तुरंत ही हँसकर बोली, "मैं स्वयं

आपको अपना नाम बताना भूल गई थी। मेरा नाम दिवले है।'' उसका परिचय पाकर उसने प्रसन्नता ज़ाहिर की। अब वह अधिक सुविधापूर्वक बात कर सकता था।

उन औरतों की बातें बहुत मज़ेदार बनती जा रही थीं। दिवले को उनकी बातों में ज़्यादा आनंद आ रहा था। दूसरी महिला भी जोश में आने लगी थी। वे दोनों इस बात पर उतर आई थीं कि वे अकर्मण्यता में अपने-अपने पति को एक-दूसरे से बड़ा सिद्ध कर सकें।

आर. मोहन को लगातार यही लगता रहा था कि वह अकेले ही कॉफ़ी पी रहा है। दिवले एकाएक हँसी तो वह भी हँस दिया। दिवले ने पूछा, ''क्या आपकी पत्नी भी आपको ऐसा ही समझती है?''

वह समझा नहीं। मुँह खोलकर उसकी तरफ़ देखने लगा। वह स्वयं ही बोली, ''लगता है, आपने बहुत इंटरेस्टिंग बात मिस कर दी। अगर आप पति हैं, जो शायद हैं, तो आपको पत्नियों की अंतरंग बातें सुनने का कोई मौक़ा नहीं छोड़ना चाहिए।''

वह कॉफ़ी पी चुकी थी। आर. मोहन की प्याली में दो-चार घूँट रह गई थी। दिवले ने उसकी कॉफ़ी खत्म होने का इंतज़ार करने के लिए अपने दोनों हाथ रोशनी में फैला दिए। रोशनी फिर आने-जाने लगी। वह कॉफ़ी जल्दी-जल्दी पीता रहा। बीच-बीच में हल्की सी आवाज़ भी आ जाती थी। दिवले ने उससे एक सवाल भी पूछा, ''और क्या लोगे⋯सॉरी, लेंगे?''

थैंक्यू की ओर ध्यान न देकर उसने बैरे को बुलाकर बिल लाने को कहा। दिवले के चेहरे पर वक्त अब उतनी मात्रा में नहीं रह गया था। कॉफ़ी ख़त्म कर लेने के बाद उसने फिर सिगरेट जला ली थी। वह अपना इत्मीनान बनाए रखना चाहता था। बैरा के बिल ले आने पर क्षण भर को उसके चेहरे पर असुविधा का भाव आ गया। अपने को थामते हुए उसने कहा, ''मुझे यह मौक़ा दें।''

''ओह नो, इत्तफ़ाक से यह मेज़ मेरे नाम रिजर्व है।''

''मुझे मालूम नहीं था, नहीं तो आपको ज़हमत में न डालता।''

''कोई बात नहीं, आपसे मुलाक़ात होने से मुझे बहुत प्रसन्नता हुई।''

जिस मेज़ पर वे तीनों आदमी बैठे थे, उसपर एक प्रेमी-प्रेमिका आ जमे थे। उनकी आँखें भरी-भरी थीं और एक-दूसरे को देखकर चुस्कियाँ ले रही थीं। दिवले गरदन नीची करके हल्का सा मुसकरा दी। आर. मोहन ने उठते हुए उसकी तरफ़ देखा। उसके मुँह पर बात आते-आते रह गई।

वे दोनों बाहर तक साथ-ही-साथ आए। सीढ़ियों से भी साथ ही उतरे। दोनों

ही बात शुरू करने की जुस्तजू में ख़ामोश थे। बाहर लॉन के पास आकर दोनों एक क्षण को रुक गए। दिवले ने नमस्कार करते हुए उसे धन्यवाद दिया। वह ख़ामोश रहा। उसके चेहरे से लगा, वह कोई संवाद भूल गया है। लेकिन उसने सँभलते हुए पूछा, ''आप किधर जाएँगी, मैं आपको छोड़ सकता हूँ?''

दिवले ने ख़ामोशी के साथ कहा, ''लेकिन आप क्यों तकलीफ़ करेंगे?''

उसने इस बात का जवाब बिना किसी प्रतिक्रिया के दिया, ''आप नई और अपरिचित हैं, आज छुट्टी का दिन है और मैं ख़ाली हूँ।''

वह मान गई।

कार चलाते हुए वह ख़ामोश था। उसकी नज़र सड़क पर थी। बाज़ार बंद थे। सड़कें उतनी भरी तो नहीं थीं, लेकिन ख़ालीपन का फ़ायदा लोग तेज़ चलकर उठा रहे थे। दिवले ने बाहर देखकर कहा, ''यहाँ ट्रैफिक-कंट्रोल अच्छा है। यू.पी. और बिहार में सिपाही आदतन हाथ हिलाया करते हैं।''

आर. मोहन कार चलाने की व्यस्तता से अपने को मुक्त नहीं कर पा रहा था। वह बहुत सँभला और एकाग्र था। उसी व्यस्तता के साथ उसने सिर्फ़ 'जी' कहकर जवाब दिया। दिवले उसकी व्यस्तता का आनंद ले रही थी। वह भी बीच-बीच में उसकी तरफ़ देखकर मुसकरा देता था। दिवले ने कुछ देर बाद पूछा, ''आप कहाँ रहते हैं?''

''तिलक रोड!''

दोनों फिर ख़ामोश हो गए। दिवले ने बाहर की तरफ़ देखना जारी रखा। उसकी आँखों में सड़कों के प्रति उतनी अपरिचितता का भाव नहीं था। बीच-बीच में वह सड़क के बारे में उससे पूछ भी लेती थी। वह कार के स्टीयरिंग को काफ़ी होशियारी से पकड़े हुए था और सावधानी के साथ दोनों हाथों से घुमा रहा था।

कार के मुड़ते ही वह बोली, ''घर तो इधर है।''

मोहन तुरंत बोला, ''जी ऽ उधर तो मेरा घर है।''

''माफ़ कीजिए, मुझे लगा कि उधर से होकर ही अपने मित्र के घर भी जाया जा सकता है।''

आर. मोहन ख़ामोश रहा।

दिवले दरख्तों की क़तार की तरफ़ देख रही थी। ऊँचे पेड़ों को वह खिड़की से गरदन निकालकर भी देखती थी। एक पेड़ के बारे में उसने कहा भी था, ''उफ़, इतना ऊँचा पेड़!'' फिर वह पेड़ों के बारे में बातें करने लगी थी, ''पेड़ प्लानिंग के वक्त ही लगा दिए जाने चाहिए। जल्दी सायेदार हो जाते हैं। बहुत सी जगह तो पेड़ों

को लगाने का काम बहुत बाद में किया जाता है। बिल्डिंगें पुरानी पड़ जाती हैं और पेड़ नए रहते हैं।'' मोहन हँसा तो नहीं, धीरे से कहा, ''आप ठीक कहती हैं।''

दिवले ने कुछ देर बाद फिर पूछा, ''आपके पास यह कार कितने दिन से है?'' उसने जवाब नहीं दिया।

''लगता है, अभी ली है?''

''कार तो मेरे पास काफ़ी दिन से है।'' उसके चेहरे से लग रहा था, जवाब देने में वह परेशानी अनुभव कर रहा है।

''आपके चलाने से लग रहा था...इसका मतलब, आप काफ़ी सतर्कता से कार चलाते हैं।'' वह गाड़ी उसी तरह चलाता रहा।

''किस सन् का मॉडल है?''

''याद नहीं।'' दिवले उसकी बात पर हँस दी। वह बाहर न देखकर सामने सड़क पर देख रही थी। जिस तेज़ी से सड़क सामने आती थी, उतने ही धीमे से फट भी जाती थी। वह भी सीधा बैठा हुआ था। दिवले ने फिर गाड़ी की बात शुरू कर दी, ''आप अपनी गाड़ी...''

उसने दिवले की तरफ़ गरदन घुमाकर देखा। दिवले ने अपना वाक्य पूरा करते हुए कहा, ''शायद आप अपनी गाड़ी का ज़्यादा ख़याल नहीं रखते?''

''मैं बहुत ही केयरलेस हूँ, अपनी गाड़ी की तो सर्विस तक ड्यू डेट पर नहीं करा पाता।''

''यह गाड़ी आपकी नहीं?'' दिवले के सवाल से वह थोड़ा परेशान हो गया।

''मैंने अपनी गाड़ी नहीं निकाली। अपने एक दोस्त की गाड़ी ले आया था। वह मेरा बहुत ख़ास दोस्त है। हम दोनों में कोई फ़र्क नहीं।''

''हाँ, यही मेरा भी ख़याल था। चलाने से भी लग रहा है कि आप दूसरे की कार चला रहे हैं।''

वे लोग बस्ती से बाहर निकल आए थे। छोटे-छोटे पथरीले टीलों के बराबर-बराबर सूखी-सूखी घास निकली हुई नज़र आ रही थी। सड़क के सिवाय हर जगह एक तरह का खुश्क कोरापन था। धूप के कारण आँखों में चुभता था। वह सिगरेट मुँह में लगाकर माचिस उसकी तरफ़ बढ़ाते-बढ़ाते रुक गया। दिवले के चेहरे से लगा, उसने उधर ध्यान नहीं दिया। उसने चुपचाप सिगरेट जलाकर माचिस जेब में रख ली। वह उस वक्त भी बाहर देख रही थी।

सड़क ख़ाली होने की वजह से वह थोड़ा निश्चिंत हो गया था। उसने दिवले से कहा, ''आप सोच रही होंगी, मैं आपको कहाँ ले जा रहा हूँ?''

वह धीमे से बोली, ''हाँ, मुझे सोचना तो चाहिए। लेकिन सोच नहीं रही हूँ। मुझे लगता है, मैं आपको अनायास शरीफ़ आदमी समझने लगी। आख़िर आप पेट्रोल फूँक रहे हैं, मुझमें इतनी रुचि ले रहे हैं, आपको शरीफ़ होने का क्रेडिट तो देना ही चाहिए।''

वह हँस दिया। कुछ देर रुककर बोला, ''इसीलिए मैं सोच रहा हूँ, आपसे पहले ही पूछ लेना चाहिए था। मेरा ख़याल है, बुद्धा गार्डंस देखने में तो आपकी रुचि होगी? उसे जापानी स्टाइल में बनवाया गया है। मुझे बहुत पसंद है।''

''मुझे भी पसंद है।''

''आपने देखे हैं?''

''मेरा मतलब है, जापानी लोग बाग़बानी में बहुत माहिर होते हैं। उनकी बनाई हुई हर चीज़ मुझे पसंद आती है।''

''यही ज़ेवरात हैं, जो जवाहरलाल ने इस मुल्क को बख़्शे हैं।''

''फिर जवाहरलाल!'' उसने चिहुँककर कहा।

''जी ऽ ऽ?'' आर. मोहन के स्वर में सख्ती आ गई थी।

''माफ़ कीजिए, आजकल जवाहरलाल को गालियाँ देने का क्रेज है। मेरे साथी हर वक्त जवाहरलाल को गाली दिया करते हैं। मैंने सोचा, शायद आप भी उन्हीं में से हैं। आप मेरे रिमार्क का बुरा न मानें।''

''आपने ठीक समझा। मैं कभी मौका नहीं चूकता। वह स्वप्न देखा करता था और काग़ज़ों पर उनके पेंसिल-स्केच बनाया करता था। लोग समझते थे, वह समाज बना रहा है।''

दिवले अपने को कठिनाई से रोक पाई।

उसका कहना जारी रहा, ''जो उससे काबिल थे, टें बोल गए। लफंचू आज भी मज़े में हैं। उनकी उमर बढ़ती गई। वह मर गया। वे अभी तक चल रहे हैं और दूसरों से टैक्स ले रहे हैं, अपना बचा रहे हैं।''

दिवले नाराज़ हो गई, ''आप हमेशा···शायद आपने जवाहरलालजी को गाली देने की आदत बना ली है। जो हम आज हैं, उनकी वजह से ही हैं।''

आर. मोहन तुरंत बोला, ''मुझे आपकी बात से पूरी तरह सहमत होना चाहिए।''

दिवले का जोश अभी शांत नहीं हुआ था, तुरंत बोली, ''मुल्क से वे ग़रीबी निकालना चाहते थे।''

''आप तो नारों पर उतर आईं। मेरा ख़याल है, उसे पता ही नहीं था कि मुल्क में ग़रीबी है भी। उसे भी स्वप्न में ही देखा था।''

"मैं आपकी बात से कतई सहमत नहीं हो सकती।"

"छोड़िए! जवाहरलाल एजेंडे का इतना महत्त्वपूर्ण मद नहीं, जिसकी वजह से हम अपना दिन ख़राब कर लें। हमें अधिक अच्छी बातें करनी चाहिए। हमारा और आपके बीच का अपरिचय उससे ज़्यादा महत्त्वपूर्ण है।" उसकी बातों से दिवले की माथे की सतरें कम नहीं हुईं। वह बाहर देखती रही।

उसने बहुत मुलायमियत के साथ पूछा, "आपके परिवार में कौन-कौन हैं?" वह उत्तेजित होते-होते शांत हो गई थी। फिर भी उसने तल्खी के साथ कहा, "मतलब?"

वह मुसकराकर बोला, "अभी आप उत्तेजित मालूम पड़ती हैं। मैं आपसे दूसरी बातें करूँगा। अगर मैं अपने परिवार के बारे में आपसे बातें करूँ तो शायद आपको कोई एतराज़ न हो?" वह मुसकरा दी और धीरे से बोली, "बिल्कुल नहीं।"

"मैं आजकल अकेला हूँ।"

"आजकल?"

"जी, आजकल।"

"कब से?"

"आप ज़्यादा उतावली हो गईं। यह स्वाभाविक है, दूसरे की बातों में आदमी की एकदम रुचि बढ़ जाती है। आप पूरी बातें सुनेंगी तो स्थिति स्पष्ट हो जाएगी। मेरे एक पत्नी है।" कहने के स्टाइल पर दिवले मुसकरा दी और कुछ देर तक मुसकराती रही।

"शादी को चार साल हो गए।" उसने उसी तारतम्य में कहा।

दिवले ख़ामोश रही।

आर. मोहन ने पूछा, "कोई शंका?"

"नहीं।" उसने मुसकराते हुए कहा।

"आश्चर्य!" मोहन ने कंधे चढ़ाकर छोड़ते हुए कहा। फिर बोला, "मैं आपकी जगह होता तो पूछता—और बच्चे?"

"हाँ, और बच्चे?" उसने तुरंत दोहरा दिया।

"आप काफ़ी मज़ेदार हैं। मुझे लगता है, मेरी बातों में आपको कोई रुचि नहीं। मुझे पहले की तरह ख़ामोश रहना चाहिए।"

"नहीं, आप ग़लत समझ गए। मुझे अपने परिवार का ध्यान आने लगा था। मेरे एक पति हैं।"

"मैं आपके परिवार में रुचि लेना चाहता था। मैं काफ़ी विशाल-हृदय का आदमी हूँ। आपकी अनुमति न पाकर मैं अपने परिवार के बारे में आपको बताने लगा। स्त्रियों की दरअसल अजीब मानसिकता होती है। दूसरों के पति देखकर अपना पति याद आता है; दूसरे के बच्चे देखकर अपने बच्चे याद आते हैं। मेज़पोश और खाटें तक याद आने लगती हैं। आप चाहें तो अब भी आप अपने परिवार के बारे में बातें कर सकती हैं। आप चाहें तो मैं सवाल पूछकर बातें करने में आपकी मदद करूँ?"

"आप अपने परिवार के बारे में ही बताएँ।"

"आपने मेरे कहने पर बच्चों के बारे में पूछा है। बच्चा कोई नहीं।"

"चार वर्षों में भी?" दिवले ने थोड़े आश्चर्य के साथ कहा।

"अब आपने मेरी बातों में रुचि लेनी शुरू की। इससे बातें करने में मुझे सुविधा होगी।" वह शक्ल से थोड़ा आश्वस्त नज़र आया। फिर बोला, "ऐसी कोई बात न समझें, बच्चा पहले नौ महीने में ही हो सकता था।" वह बाहर देखने लगी।

उसने तुरंत ही माफ़ी भरे स्वर में कहा, "मेरा ख़याल है, मैंने आपसे कोई असुविधाजनक बात नहीं कही?" दिवले ने गरदन हिला दी।

उसने फिर अपनी बात शुरू की, "दरअसल, हम लोगों के बीच एक समझौता हुआ था। मुझे नहीं मालूम, आप समझौते की तफ़सील जानना चाहेंगी या नहीं? उसमें कुछ ऐसे संदर्भ भी आ सकते हैं, जो सेक्स से जुड़े मालूम दें। हमारे समाज की महिलाओं में एक दिमाग़ी कमज़ोरी होती है। उनके सामने सेक्स का ज़िक्र करना पटाने में शुमार हो जाता है। ये दोनों अलग-अलग चीज़ें हैं। मेरी ऐसी कोई मंशा नहीं।"

दिवले ने इस बात पर अपनी कोई प्रतिक्रिया ज़ाहिर नहीं की। केवल बात चालू रखने का संकेत किया।

वह काफ़ी गंभीर था। उसकी बातों में ठहराव ज़रूर आ गया था, लेकिन उसके चेहरे से बात जारी रखने का एहसास हो रहा था। उसने एक नज़र दिवले पर डाली। दिवले के चेहरे पर हँसी थी। उसे कोई महत्त्व न देते हुए उसने अपनी बात जारी रखी, "समझौता किसी परिवार नियोजन की योजना पर आधारित नहीं था। सिर्फ़ प्रयोग! एक्सपेरिमेंट!" कुछ रुककर बोला, "शादी के चार साल बाद आप जितनी ही यंग हैं···और ठीक-ठाक भी! मैं जानता हूँ, किसी सुंदर महिला की अपनी पत्नी से बराबरी नहीं करनी चाहिए।"

दिवले एकाएक बोली, ''ग़लत।''

''आप कैसे जानती हैं?'' उसने बहुत शायस्तगी के साथ पूछा।

''मेरे कहने का मतलब है, बच्चे बहुत बड़ी नियामत होते हैं।''

''हाँ, आप शायद अब यह कह सकती हैं। लेकिन बिना जाने मेरी बात को ग़लत कहने का अधिकार आपको नहीं है।''

दिवले ने तल्खी के साथ 'सॉरी' कहा और बाहर की तरफ़ देखने लगी। उसके रुख से लगा कि उसकी बातों में उसकी रुचि एकाएक समाप्त हो गई है। उसने फिर अपनी बात शुरू की, ''खैर, किसी भी कारण से सही, मेरी पत्नी ने ही उस समय यह प्रस्ताव रखा था कि हम पाँच साल तक बच्चा पैदा न करें। उस समय मैं भी उस प्रस्ताव को मानने की मन:स्थिति में था। शायद मैं यही चाहता भी था। एक नौजवान लड़के और लड़की के सैलानी ढंग से घूमने में काफ़ी चमत्कार रहता है। क्यों? हम लोग खूब घूमे हैं।''

दिवले इन सब बातों के बावजूद नाराज़गी से उसे देख रही थी।

''मेरे यह मान लेने पर मेरी पत्नी ने एक शर्त और रखी थी। उस समय तक मैं अपनी कमज़ोरियों से उस हद तक वाकिफ़ नहीं हो पाया था। मैंने शेखी में ही कहना चाहिए, उस शर्त को भी मान लिया। बाद में मैंने अपनी ग़लती महसूस की और पछताया भी।'' दिवले की नाराज़गी बढ़ती हुई मालूम पड़ी।

वह कहता रहा, ''उस शर्त को मैं उन्हीं के शब्दों में दोहराऊँगा। हो सकता है, उन शब्दों से आपको थोड़ी असुविधा हो।'' उसने गाड़ी रोक दी। दिवले को हल्का सा झटका लगा। थोड़ी लापरवाही के साथ उतरकर उसने दरवाज़ा खोल दिया। दिवले उतर आई। वह सिगरेट पी रहा था।

दिवले ने पूछा, ''आइसक्रीम ले लें?''

''आप कैसे समझ गईं? मैं यहाँ आकर आइसक्रीम ज़रूर खाता हूँ।''

वह धीमे से बोली, ''मुझे भी पसंद है।'' दिवले ने उसी तारतम्य में पूछा, ''कुछ खाने के लिए भी लेना होगा। आपकी पत्नी तो कुछ-न-कुछ साथ लाती होंगी?''

''हम लोग लंच के बाद ही लौट पाएँगे।'' वह गरदन हिलाकर आगे बढ़ गया।

अंदर दाखिल होते हुए उसने फिर बात शुरू की, ''मैं वह शर्त अपनी पत्नी के शब्दों में ही सुनाने की बात कर रहा था। शायद आपको ज़्यादा अच्छा न लगे। उसे आप इस तरह समझिए, अगर पाँच साल से पहले किसी के दिल में भी बच्चा पैदा करने की बात आएगी, तो उसे छह महीने के लिए पूरी तरह मुअत्तल कर

दिया जाएगा।'' दिवले के चेहरे पर विरोध का भाव उभर आया। शायद वह ऐसी बात सुनने के लिए नहीं आई थी, लेकिन ख़ामोश रही।

आर. मोहन बिना उसकी तरफ़ देखे ही कहता जा रहा था, ''मुअत्तली के दौरान अगर मन किया तो छह महीने के लिए और मुअत्तल किया जा सकता है। मैंने उसे भी मान लिया। मेरा ख़याल है, मेरी पत्नी आदमी की बुनियादी कमज़ोरी को पहले से जानती थी। अब वह बड़े काफ़ी होशियार और चालाक है।''

दिवले ने उत्तेजना के साथ इस बात का विरोध किया, ''आप यह बात बहुत गंदे और फूहड़ तरीके से कह रहे हैं।''

''यानी?''

''आप एक बाहरी व्यक्ति के सामने अपनी पत्नी की एक निहायत गंदी तसवीर खींच रहे हैं।''

''क्या आप इस बात से पूरी तरह आश्वस्त हैं कि मैं ऐसा कर रहा हूँ?''

''मैं कुछ भी कहने की स्थिति में नहीं हूँ। अगर आप ऐसा नहीं कर रहे, तो ठीक है।''

''आपने मेरी बात पूरी तरह नहीं सुनी। मैं एक साफ़-गो इनसान हूँ। आप इस बात से ही अंदाज़ लगा सकती हैं कि आपके ही सामने ये सब बातें बेलगाम कहता जा रहा हूँ।'' दिवले उसकी तरफ़ ख़ामोशी से देखती रही।

''मुअत्तलीवाली शर्त लागू नहीं हो सकी। ऐसे मौके के लिए रास्ता निकाला गया—जुरमाना और माफ़ीनामा। इस रास्ते से मुझे उतनी मुक्ति का एहसास नहीं हुआ, जितना मुज़रिम होने का।''

दिवले ने बीच में ही पूछा, ''रास्ता किसने निकाला था?'' उसके स्वर में व्यंग्य था।

''ज़ाहिर है, मैंने नहीं। मेरी सुनता भी कौन? यह सदाशयता मेरी पत्नी ने ही बरती थी।''

दिवले हल्का सा मुसकराई।

आर. मोहन भी थोड़ा हँसकर बोला, ''आप लोगों में भी अब सैक्टेरियनिज्म घुस आया है।'' वह हँस दी।

आर. मोहन ने बात खत्म नहीं की। उसने ज़्यादा खुलेपन से कहना चालू किया, ''माफ़ीनामा हो जाने के बाद इज़ाज़त मिल जाती थी। इज़ाज़त से मतलब आप समझती होंगी। पत्नी इज़ाज़त देकर ख़ुश होती थी और मुझे काफ़ी प्यार करती थी। मैं माफीनामे के बाद हुए उस समझौते का ख़याल रखता था। मेरी पत्नी

कभी उत्तेजित होकर बहक भी जाती थी और मुझे छूटें बख्शने पर आमादा हो जाती थी।''

दिवले ने बहुत धीरे से कहा, ''आप ऐसी बातें न करें।''

उसने माफी माँगकर कहा, ''ठीक है, मैं सिर्फ़ समझौतों की बातें ही करूँगा। आप सिर्फ़ उसी के बारे में सुनना चाहती हैं। साफ़ बातें दूसरों की कमजोरियों को भी उजागर करती हैं। वैसे कमज़ोरियाँ किसी की भी हों, अपनी कमज़ोरियों की याद दिलाने लगती हैं।'' वह ख़ामोश रहकर बोला, ''अब चार साल के बाद यह सवाल उठाया गया है कि पाँच साल के लिए किए गए समझौते को खत्म करके उसे सिर्फ़ चार साल का समझौता समझ लिया जाए। इस बात से मैं दु:खी हूँ। मेरी पत्नी भी दु:खी हो सकती है। उसके बारे में मुझे ज़्यादा नहीं मालूम।'' वह सुस्त हो गया, छोटे और बनावटी पुल से गुजरते हुए बैठने के लिए स्थान खोजने लगा।

दिवले एक बैंच के पास रुक गई। ऊपर काफ़ी बड़ा कुंज था और उसका गोल साया नीचे पड़ रहा था। दिवले ने पूछा, ''क्या आप यहाँ बैठना पसंद करेंगे?''

''जब भी मैं अपनी पत्नी के साथ यहाँ आता हूँ, इसी जगह बैठना अच्छा लगता है। मैंने सोचा था—आज कहीं और बैठेंगे।'' अब तक वह थोड़ा भावुक था, लेकिन हँसकर बोला, ''आप कैसे जान गईं?''

''कुछ स्थान सभी को पसंद होते हैं। आप चाहें तो हम कहीं और बैठ सकते हैं। मैं आपकी किसी भावना को ठेस नहीं पहुँचाना चाहती।'' वह पहले चुप रहा, फिर बोला, ''चलिए, यहीं बैठा जाए।''

दोनों के हाथों में आइसक्रीम थी। धूप को पौधों और बौने पेड़ों ने किनारों पर से कुतर डाला था, दीमक खाए कोरे काग़ज़ की तरह वह फैली थी। शायद दिवले के दाँतों में आइसक्रीम लगती थी। मुँह पूरा खुल जाता था, गाल अंदर चले जाते थे। आइसक्रीम को जीभ से घोलती रहती थी।

आर. मोहन ने कहा, ''मैं समझता हूँ, आपके दाँतों में आइसक्रीम लगती है। मेरी पत्नी भी इसकी शिकार है। मैं उसे हमेशा समझाया करता हूँ, दाँतों का इलाज बहुत ज़रूरी है। दाँतों से उम्र काफ़ी दिन तक पता नहीं चलती। आप भी दाँतों के बारे में लापरवाही न करें।'' वह बिना जवाब दिए आइसक्रीम खाने में व्यस्त रही।

उसने फिर पूछा, ''आपके दाँतों में कभी-कभी काफ़ी दर्द हो आता होगा और आप रोने लगती होंगी?''

दिवले ने मुँह की आइसक्रीम समाप्त करके उसकी तरफ़ देखा भर। उसने ख़ाली कप कुछ दूर फेंक दिया था, दिवले की नज़र उस ख़ाली कप पर टिक गई।

कप की वजह से धूप के उस टुकड़े के बीचोंबीच भी हल्का सा शिगाफ़ आ गया था।

दिवले ने याद दिलाते हुए कहा, ''आपकी बात पूरी नहीं हुई थी। आप कुछ और कहना चाहते थे।''

वह फिर गंभीर हो गया और संजीदगी के साथ बोला, ''अब छोड़िए उस बात को। कोई फ़ायदा नहीं होगा! आप एक नए और अपरिचित मित्र की तरह मेरे साथ आई हैं। मुझे आपके साथ अच्छे दोस्त की तरह बरताव करना चाहिए। आपकी रुचियों में ही रुचि लेना मेरे लिए अधिक उत्तरदायित्वपूर्ण होगा। आपकी प्रसन्नता के लिए हर मुमकिन कोशिश करना ही मेरे लिए अधिक शोभनीय है। हम लोगों का व्यवहार ऐसा होना चाहिए, जिससे इस घटना को याद रख सकें।''

दिवले ने इस बीच अपनी आइसक्रीम खत्म कर ली थी और कप एक तरफ़ रख दिया था। मुँह पोंछते हुए धीमे से बोली, ''आपने मुझे भी अपने दायित्व का ध्यान दिला दिया, इसके लिए धन्यवाद। लेकिन हम लोग दूसरी महिलाओं के साथ होनेवाली घटनाओं में अधिक रुचि लेते हैं। हमें मौक़ा मिलता है कि उन बातों को अपने ऊपर लागू करके उसी तनाव में जी सकें। कुछ देर बाद लगने लगता है, वे स्थितियाँ अपनी ही हो गईं। अगर मैं आपसे कहूँ, उस पूरे किस्से को सुनते-सुनते आपकी पत्नी की जगह मैंने ले ली है, तो शायद आप किसी ग़लतफ़हमी का शिकार नहीं होंगे।''

''कुछ भी सही, मैं आपके कहने पर भी अपनी पत्नी के उस सुझाव को मानने की स्थिति में नहीं हूँ। मैं भी बच्चों को उतनी ही बड़ी नियामत मानता हूँ, जितनी आप। लेकिन समझौते को तोड़ने का गुनाह नहीं करना चाहता। आपके साथ भी मैं एक समझौते में ही बँधा हूँ। अगर मैं उसे तोड़ देता हूँ, तो आप मुझे वहशी कहेंगी और शायद आपको यह भी लगे, मैं आपके साथ ज़्यादती कर गया हूँ। उसमें मेरा उतना दोष नहीं होगा, जितना आदत का।''

''मैं इस समय अपने को किसी ख़ास समझौते से बँधा महसूस नहीं करती। सिवाय इसके कि आपके साथ राजधानी-दर्शन के लिए चली आई हूँ। यह सुविधा का समझौता है। अगर वैसी स्थिति आई तो उस समय मुझे दूसरा समझौता करने में कोई एतराज़ नहीं होगा।''

दिशा बदल जाने से कुंज का साया अधिक ठोस और गोल हो गया था। वे लोग ख़ामोशी के साथ खाने का सामान बाँटने में लग गए थे। वे एक खास तरीके से खाना चाहते थे। वे इस बारे में भी सचेत थे कि खाना खाने की प्रक्रिया उन लोगों को ज़्यादा बोर न करे। इसलिए दिवले ने सलाह दी, ''आप महाभारत पढ़ें।''

मोहन ने खाते-खाते कहा, "मैं इसे एक गंभीर सलाह मानता हूँ।"

"महाभारत को मैं समझौतों का दर्शन मानती हूँ।"

इस बार आर. मोहन थोड़ा सा मुस्करा दिया। दोनों चुपचाप खाते रहे।

उनकी बातों के बीच बड़े समयांतर होने लगे थे। पहली बात खत्म हुए काफ़ी देर हो गई थी। आर. मोहन ने ही बात शुरू की, "आपको किसी के साथ इस तरह चल देने में डर नहीं लगता? आप एक सुंदर महिला ही मानी जाएँगी।"

वह हँसकर बोली, "सिर्फ़ एक औरत की हैसियत से मुझे आपको बता देना चाहिए। कभी-कभी औरतों को भी बाहर निकलना चाहिए।"

मोहन ने बात ज़्यादा पसंद नहीं की। वह थोड़ा गंभीर हो गया। दिवले उसे ग़ौर से देखती रही। चेहरा काफ़ी देर तक इकसार नहीं हुआ।

दिवले ने बात को पुन: प्रस्थापित करने की दृष्टि से कहा, "मैंने एक पुस्तक में पढ़ा था, महिलाओं के सामने कौमार्य का प्रश्न लगाकर उनकी स्वतंत्रता को सीमित किया जाता है। आपका क्या ख़याल है?"

मोहन ने इस बात पर ध्यान न देकर कहा, "मुझे चाहिए कि मैं अपनी अधूरी बात पूरी कर दूँ। मेरी पत्नी ने एक सुझाव दिया था। आपकी बातों के संदर्भ में ही मुझे ध्यान आया। हम लोगों को संबंधों को नया करना चाहिए।"

"मेरा ख़याल है, आपकी पत्नी मेरे विचारों के बहुत निकट हैं। उन्होंने भी शायद धर्मग्रंथ पढ़े हैं। आपके साथ मुझे धर्मग्रंथ पढ़ाने का एक समझौता कर लेने में कोई एतराज़ नहीं होगा।"

"आप शायद अपनी सुंदरता के प्रति अधिक सचेत नहीं।"

"उसके लिए यह आवश्यक तत्त्व है।"

"तो धर्मग्रंथ का अध्ययन करने के लिए हम घर चलें? मुझे खेद है, पूरी राजधानी बिना परिक्रमा के ही छूट गई।"

"इस परिक्रमा को शायद आप महत्त्व नहीं दे रहे हैं?" दिवले ने धीमे से कहा।

वे उठ गए। उठते हुए उस साये को देखा। धूप की दिशा बदल जाने से कुंज का साया सिमटकर तिरछा हो गया था। वे लोग घूमकर उसके पीछे चले गए। धीरे-धीरे धूप की हद से वे पूरी तरह बाहर निकल आए।

□

बाहर एक सुहानापन था

दफ़्तरी ज़िंदगी की बालिश्त बहुत छोटी है। यह जानते हुए भी दफ़्तर के लोग उसे अपने सिरों पर छप्पर की तरह ताने हुए थे और उसी के नीचे सुख से ज़िंदगी बिता रहे थे। उनका दिन दस बजे शुरू होता था और ज़्यादातर साढ़े चार बजे खत्म हो जाता था। अफ़सरों की बात और थी। उन्हें दिन देर से शुरू करने और देर से खत्म करने की छूट थी। वे लोग दिन की लंबाई को अपने हिसाब से घटा-बढ़ा लेते थे। बहुत थोड़े से कार्यक्रम थे। उन कार्यक्रमों की तरतीब में बहुत कम तब्दीली होती थी। वहाँ के लोगों ने तरतीब के उस ठहराव के बावजूद उसमें एक विविधता तलाश कर ली थी। इस बात से वे बहुत ज़्यादा ख़ुश थे। लोगों के दिन की शुरुआत किसी-न-किसी बहाने बॉस के कमरे में एक बार हो आने पर होती थी। उसके बाद दिन चल निकलता था। बहुत से विविध काम हो जाते थे। मातहतों की कसाई, काम निकालने के लिए उन्हें दुलराना, फ़ाइलों को खोलकर कुछ पर दस्तख़त कर देना और कुछ को 'प्लीज स्पीक' लिखकर वापस कर देना और कुछ चमचों या पौवेवाले लोगों के काम फ़ौरन से भी पेश्तर करा देना। काम न हुआ तो चुपचाप बैठे रहना या बैठे-बैठे कुरसी पर घूमते रहना।

जो लोग नौकरी की कुंजी पा गए थे; वे बॉस के रुख को देखकर दिन की योजना बनाते थे। कुछ लोग अनाड़ी भी थे। वे म्युजिकल चेयर की रेस में दिन भर दौड़ते थे और बात हाथ नहीं लगती थी। दौड़ते-दौड़ते अपने घरों को लौट जाते थे। वहाँ सोते-सोते भी उनकी वही दौड़ जारी रहती थी। जिन मातहतों के साथ बॉस के मुसकराने से लेकर हँसने तक का ताल्लुक होता था, उनके अहसासों की दुनिया बहुत विस्तृत थी। मौसम सुहाना रहता था और ज़िंदगी आरामदेह हो जाती थी। आदमी उन्नतिशील होकर आदर्श की बातें करते-करते पतनोन्मुख हो उठता था। हालाँकि अहसास बॉस की रुसवाई से भी विस्तृत होते थे। लेकिन वे एहसास एकदम जुदा थे। दुनिया की गहनतम 'ट्रैजेडीज़' के दुःख से दुखी चरित्रों की एक

रील चलने लगती थी। संवेदनशीलता बढ़ जाती थी। ज़िंदगी के वे सब हादसे फिल्म की तरह नज़रों के सामने घूमने लगते थे, जिन्होंने कभी-न-कभी दिल को ठेस पहुँचाई थी। ज़िंदगी पतनशील और दु:खी हो उठती थी। ज़िंदगी और दु:ख के पारस्परिक संबंध पर आधारित कुछ सूत्र-वाक्य जन्म लेने लगते थे।

"दु:ख ही जीवन है।"

"दु:ख मनुष्य को माँजता है।"

"दु:ख की गरमी मनुष्य की चेतना का विस्तार करती है और सुख की ठंड संवेदना को सिकोड़ती है।"

अपना ही नाम तक स्वतंत्र संज्ञा न रहकर दु:खों का पर्यायवाची होता नज़र आने लगता था।

इस पूरे माहौल के अंदर चरणदास की एक खास शख़्सियत थी। कभी वह बहुत ख़ुश, उन्नतिशील, आरामदेह ज़िंदगी जीनेवाला और ख़ुशहाल हो जाता था और कभी ट्रैज़डीज़ के जंगल में विचरने लगता था। दोनों ही स्थितियाँ उसकी मानसिकता को एक ही करवट बैठाती थीं। यह ज़रूर था कि उन्नतिशील होने पर वह इस्पात का इनसान बनकर अपने मातहतों की कटाई मार्बल के फ़र्श की तरह करता था। उसमें उसका उद्‌देश्य उन पर पॉलिश करके चमका देना होता था। मूड में आने पर अपनी प्रशासकीय क्षमता को वह सबसे ज़्यादा कूतता था। उसका वज्र साधारणतया ड्राइवर और जमादारों पर ही गिरता था। उसके खून में एक बेक़रारी भरती जा रही थी। किस तरह वह उन निकम्मे लोगों को रास्ता दिखाए, जो उससे कमज़र्फ होते हुए भी उससे ऊँची कुरसियों पर बैठे हैं। क़ाबिलियत के ख़याल से वह नंबर एक अफ़सर को भी अपने से उन्नीस समझता था। फ़र्क़ इतना ही था कि कहने की हिम्मत नहीं पड़ती थी। अपने बारे में उसके मन में प्रशंसा का गहरा भाव था। अपने को वह प्रशासकीय मामलों का हकीम मानता था। जब उसके मन में अपने लिए प्रशंसा का भाव आता था तो उसे दु:खी भी कर जाता था। काफ़ी देर तक वह सोचता रहता था—इस सबके बावजूद वह यहाँ पड़ा है! योग्यता को न भी कूता जाए, उम्र का तो लिहाज़ होना ही चाहिए। नंबर-एक अफ़सर को छोड़कर बाकी सब ही से वह उम्र में बड़ा है। महाभारत काल से ही इस मुल्क में आयु को महत्त्व मिलता रहा है। उस काल में यदि किसी गुरुजन का वध करना होता था तो भी तीर छोड़कर से पहले उसका चरण-स्पर्श कर लिया जाता था। अब भी स्थितियाँ उस काल से ज़्यादा भिन्न नहीं हुईं। बस ब्रह्मास्त्र के स्थान पर एटम बम बन गया। वह भी अपने मुल्क के पास नहीं है। इसलिए हालात वे ही हैं, जो महाभारतकाल

में थे। इन तर्कों के साथ-साथ वह कुंठा की उलझनों में फँस जाता था और एक-एक का नाम ले-लेकर वेस्ट-पेपर बास्केट में पीक थूकने लगता था।

इन्हीं सब उलझनों के बारे में सोचते-सोचते चरणदास ख़्वाबों का आदी हो गया था। उसके दिल क़ी बेकरारी और आत्मा के उत्पीड़न ने ही उसे ख़्वाबों का यह सिलसिला दिया था। जब वह उन्नतिशील होकर पतन की ओर आता था, नकारा लोगों की कुरसियों के बारे में सोचता था और अपने को असहाय पाता था तो वह ख़्वाबों की दुनिया में चला जाता था और उनके सहारे उसे तब तक उपलब्धियाँ होती जाती थीं, जब तक उसका स्वप्न टूट नहीं जाता था। एक ख़्वाब वह अकसर देखा करता था। अपने से सीनियर बॉस को धराशायी कर दिया। वह उसके पैरों में महिषासुर की तरह बिलबिला रहा है। उसका एक पाँव उसकी पीठ पर रखा है। वह बार-बार पैर से हिलाकर उससे कह रहा है, 'उठो, हिम्मत है लड़ने की? अगर नहीं लड़ सकते थे तो घूमता हुआ मेरा लंगर क्यों पकड़ा था! अब भोगो।' जब वह चीं बोल जाता है और तौबा कर लेता है तो चरणदास जीते हुए पहलवान की तरह बॉस के कमरे में जाता है। वहाँ वह देखता है, सब खिड़कियाँ खुली हुई हैं और एक तूफ़ान बरपा है। हवाएँ लाखों की भीड़ की तरह घुसती हैं और दूसरी तरफ़ से निकल जाती हैं। बॉस की कुरसी फिरहरी की तरह घूम रही है। वह घूमती हुई कुरसी को रोककर उस पर पधार जाता है। क़लमें टूटी हुई हैं, रोशनाई सूखी पड़ी है। वह उन क़लमों को बाहर फेंक देता है और वे उस तूफ़ानी हवा में उड़ती चली जाती हैं। फ़ाइलों को सँभालता है। फिर अपने प्रिय लोगों की तरफ़ देखता है। उन सबकी गरदनें ज़मीन पर कटी हुई पड़ी हैं। वे उसे देखकर कराहने लगती हैं। उन गरदनों को उठाकर निर्जीव धड़ों पर रख देता है। वे घूमने लगती हैं और मुसकराने लगती हैं। वह फ़ाइलों पर उन सबको जीवित कर देने के आदेश प्रसारित कर देता है। सब जय-जयकार करने लगते हैं। वह एक दूसरी क़लम से उन सब जीवित लोगों की गरदनें क़लम कर देता है, जो पराजित बॉस के राज्य में जीवित थे। उन सबकी गरदनें ज़मीन पर लुढ़कने लगती हैं। एक भयंकर चिल्ल-पुकार मचती है, फिर शांति हो जाती है। जीवित हुए व्यक्ति आगे बढ़कर फड़फड़ाती हुई फ़ाइलों का चार्ज ले लेते हैं और फ़ीतों को बाँधने लगते हैं।

फिर स्वप्न का पहला हिस्सा ख़त्म होकर दूसरा शुरू हो जाता। वहाँ से निबटकर वह बड़े बॉस की कुरसी की तरफ़ बढ़ता। उसके हाथ में चंगेज़ी गुर्ज होता। वह कुरसी पर लात मारता। बॉस उसकी तरफ़ नाराज़गी से देखते। उसके पीछे-पीछे आते हुए मरे लोगों की जीवित भीड़ को देखकर बॉस घबरा जाते और

कुर्सी छोड़ देते। वह कुरसी पर बैठकर ज़ोर से ठठाकर हँसता। मेज़ पर जमा अनंत फ़ाइलों का जायज़ा लेता। उनके फ़ीते खोलता। एक फ़ाइल में वह अपने आपको भी कराहते हुए पाता। वह अपने को मुक्त कर देता और बाकी कराहते हुए लोगों की फ़ाइलों को यथावत् छोड़ देता।

उस विजय के बाद वह सर्वोच्च बॉस की कुरसी की ओर बढ़ता, कुरसी छोड़ने के लिए उँगली से इशारा करता। वे गरदन उठाकर देखते। उनकी आँखों से चिनगारी निकलकर उसके एक-एक अंश को जलाने लगती।

वह भैं···भैं करके रोने लगता।

उसका ख्वाब यहाँ आकर टूट जाता था। पसीना छूटने लगता था। वह अपने एक-एक अंग को छूकर देखता था। आश्वस्त होकर घंटी बजाकर चपरासी को बुलाता। चपरासी के आने पर वह सोच नहीं पाता कि उससे क्या कहे? बड़ी मुश्किल से कहता, ''बड़े बाबू को बुलाओ।''

चपरासी बड़े बाबू को बुलाने के लिए मुड़ता तो वह उसे फिर रोक देता और कहता, ''अच्छा, एक गिलास पानी लाओ।'' उस समय उसका गला पूरी तरह सूखा होता था।

चपरासी पानी लेने जाने लगता तो उसे काँच के टूटे गिलास की याद आ जाती, ''तुमने गिलास तोड़ा, इसलिए तुम पर दस रुपए जुरमाना।''

''लेकिन सरकार, वो गिलास तो पहले ही टूट चुका था। मैंने तो सिर्फ़ उठाकर बाहर फेंक दिया।''

''हमें दिखाकर फेंकना चाहिए था।''

चपरासी खिड़की के पास जाकर खड़ा हो जाता और दो मंजिल नीचे उँगली के इशारे से दिखाकर कहता, ''वोऽ काँच पड़ा चमक रहा है।''

वह बैठ जाता और एकाएक हतोत्साह हो जाता। फ़ाइलें देखने लगता। फ़ाइलें देखते-देखते चरणदास को लगता कि उसी ख़्वाब की शुरुआत होनेवाली है। वह खड़ा होकर नए तरीक़े से सोचने की कोशिश करने लगता।

यह दफ़्तर निहायत दुकौड़िया है। मंदा और ठस्स है। वह इस दफ़्तर के लायक नहीं···और न यह दफ़्तर ही उसके लायक़ है। दुनिया के बड़े देशों ने जहाँ मौत को क़रीब-क़रीब जीत सा लिया, वहाँ इस मुल्क ने मौत को आसान और अधिक द्रुतगामी बना दिया। इनसान चाँद पर पहुँच गया। हिंदुस्तान तक ने अपने थुंबा से एक स्पेस-रॉकेट छोड़ा। एक-दो मील जाकर लौट आया। हम लोग आतिशबाजी से थोड़ा आगे बढ़े हैं। इतना सब होने पर भी लोग कुरसियों पर जमे

बैठे हैं। थुंबा के रॉकेट जितना भी आगे नहीं बढ़ना चाहते।

वह चिल्लाने को होता, ''इन सबको उन्नतिशील बनाओ, यहाँ से हटाओ। ये नष्ट हो चुके। इनका तेल जल चुका।''

पर वह मिन-मिनाकर सँभल जाता। अपने चिल्लाने पर ब्रेक लगा देता। काफ़ी देर तक महसूस करता रहता, इतनी तेज़ रफ्तार पर ब्रेक लगा देने से उसकी आवाज़ रुकते-रुकते भी काफ़ी दूर तक फिसलती चली गई है और गले में काफ़ी गहरे निशान पड़ गए हैं। वह गले को सहलाता रहता। अंदर-ही-अंदर अपने को तैयार करने में लग जाता।

उसे महसूस होता, उसे बेकार के लोगों से नहीं मिलना चाहिए। अगर कोई उल्टा-सीधा आदमी उससे मिलने आया तो वह उसे ज़रूर डाँट देगा। डाँट देने में चरणदास को महारत हासिल थी। जिस उदारता से वह डाँटता था, उसी उदारता से वह सुन भी लेता था। जब वह डाँटना चाहता था तो कोई-न-कोई बात निकालकर वह अपनी उम्र से दुगुने आदमी को भी दौड़ा लेता था। लोग होशियार थे। उसके दौड़ाने पर स्वेच्छा से दौड़ने लगते थे। जैसे वह दौड़ना भी उनकी सबेरे की वर्ज़िश का ही हिस्सा हो। दरअसल, वे जान-बावले बने होते थे। दुनिया देखकर ही स्वेच्छा से उन्होंने यह बावलापन धारण किया था। वे चरणदास द्वारा दी गई गालियों को शिरोधार्य करने के ढंग से ग्रहण करते थे। कई बार उसे खुद को आश्चर्य होता था और भ्रम में पड़ जाता था कि कहीं प्रसाद तो वितरण नहीं कर रहा है। वे लोग उसकी गालियों को आँखें गोल करके और होंठों को फैलाकर नृत्य की 'अद्‌भुतम्' वाली मुद्रा बनाकर सुनते थे। उन सबके जाते ही उसे महसूस होता था, वह एक प्रतापी मनुष्य है। फिर एक तरह की हार उसके अंदर भरने लगती थी। वह इस बात को समझने पर भी न समझने की कोशिश करता कि वे उसे अनायास बेवकूफ़ बना गए हैं। उन्होंने कमरे से बाहर निकलते ही सफलतावाली मुद्रा धारण कर ली होगी। वह बड़ी मुश्किल से अपने को इस तरह की बातें सोचने से रोकता। वह अगले अच्छे अवसर की प्रतीक्षा करने में लग जाता। वह हमेशा सोचता, अगला अवसर आने पर वह उसका उपभोग ज़्यादा अच्छी तरह करेगा।

एक रोज़ उसे लगा, वह अवसर आ गया है। वह आरामदेह ज़िंदगी गुज़ारने की स्थिति में प्रवेश पाता जा रहा था। उसी रोज़ उसे पता चला कि उससे सीनियर बॉसवाली कुरसी ख़ाली हो गई है। वह काफ़ी आशावान हो उठा। उसे सब चीज़ें काफ़ी घरेलू और सहज महसूस हो रही थीं। उसके अपने ख़याल में वह एक संतुलित वातावरण बनाने की प्रक्रिया में था। उसने सोच लिया था, चाहे जो भी हो,

वह वातावरण को असंतुलित नहीं होने देगा। उसके संघर्ष के दिन ख़त्म हो गए हैं, अब वह उभर रहा है। उस दिन वह बिना कुछ काम किए चुपचाप फ़ाइलों को देखता रहा। उसे लगता रहा, वह उस कुरसी पर बैठा है और खूब फब रहा है। कुरसी पर बैठा चारों तरफ़ फिरहरी की तरह घूम रहा है। लोग आ रहे हैं और नतमस्तक होकर प्रणाम कर रहे हैं। वह आशीर्वाद देने की मुद्रा में मुसकरा रहा है।

चरणदास ने मुसकराकर देखा और अपनी मुसकराहट को उँगलियों से नापा। फाड़ ज़्यादा चौड़ी हो गई थी। दूसरी बार उसने फाड़ को और छोटा कर दिया। चरणदास के चेहरे पर अनायास एक संकल्प आ गया कि वह उस कुरसी पर बैठने के बाद उसके सम्मान के अनुरूप बात करेगा, बोलेगा और मुसकराएगा। वह अपनी उन सब आदतों से मुक्त होने की कोशिश करेगा, जो उसे छोटा सिद्ध करने की साज़िश में लगी रहती हैं। वह अपने एक अभिन्न मित्र की सलाह से पूर्णतया सहमत हो उठा कि आदतें हिंदू-पत्नी नहीं होतीं, जिनसे पीछा न छुड़ाया जा सके। उस मित्र का बताया हुआ यह नुस्ख़ा इस समय उसे रामबाण लग रहा था। वह उसका उपयोग करने के लिए कृतसंकल्प था और अब वापसी की गुंजाइश भी नहीं थी। अपनी आदतों से पैदा होनेवाले उत्पीड़न को हमेशा के लिए समाप्त करके वह एक नई शुरुआत करना चाहता था। वह घूम-फिरकर इस नतीजे पर आ चुका था कि उसका उत्पीड़न ही उस बड़ी कुरसी पर बैठने में बाधक रहा है।

वह पुरानी कुरसी के बारे में सोचने लगा। जब वह उसे छोड़ेगा तो क्या छोड़ते समय करुणा उत्पन्न होगी! दूसरों के अनजाने दु:ख से दु:खी होने-होने को हुआ। लेकिन दु:खी होने से पहले तसदीक कर लेनी चाही। घंटी बजाकर चपरासी को बुलाकर बड़े बाबू को बुलाने के लिए कहा। जब तक बड़े बाबू आए, वह अनुभव करता रहा कि वह किसी एक यात्रा में निमग्न है। यह निमग्नता उसी समय से चालू हो गई थी, जब से उसे कुरसी के बारे में मालूम हुआ था। वह शार्दूलनुमा एक भव्य कुरसी थी। उसपर बैठकर मनुष्य की रूपरेखा बदल जाती थी। एक सफल अधिकारी का सर्वाधिक महत्त्वपूर्ण अलंकार डरावनापन प्रविष्ट हो जाता था। वह उस अलंकार को जल्दी-से-जल्दी धारण कर लेने के लिए आतुर था। उसके सम्मोहन में वह क्षण-क्षण डूबता जा रहा था। आकर्षण ने उसे जकड़ लिया था। वह जकड़ाहट उसे काफ़ी आरामदेह लग रही थी।

बड़े बाबू आए तो वह काफ़ी समय तक उन्हें देखता रहा। वे बेहद शरीफ़, नम्र और समर्पित लगे। चरणदास के अंदर भी उन्हें छोड़कर जाने की करुणा फूट पड़ी। उसने प्यार से कहा, "बैठिए, बड़े बाबू!"

बड़े बाबू मातहती से भरपूर हो उठे, "नहीं साहब!"

"अरे बैठिए भी, बड़े बाबू!"

उनकी गरदन दो-तीन बार हिली, फिर वे बैठ गए। लेकिन उनके अंदर मातहती का सोता फूटा पड़ रहा था और कुरसी पर आराम से नहीं बैठने दे रहा था। कुर्सी की आगेवाली लकड़ी पर ही चूतड़ टिकाए बैठे थे।

चरणदास काफ़ी देर तक गर्दन झुकाए रहा। वह अपने आपको इकट्ठा करके सँजो रहा था। उसका हृदय द्रवीभूत हो उठा था। वह उस द्रव को अंदर-ही-अंदर सरस्वती बना देना चाहता था। बड़े बाबू कुर्सी पर पीछे खिसकते जा रहे थे और अपने बैठने को आरामदेह बनाना चाहते थे।

उनकी तरफ़ देखकर उसने धीरे से कहा, "बड़े बाबू..."

बड़े बाबू उचकते हुए बोले, "जी सर!"

"हमें लगता है, हम आप पर ज़्यादती भी करते रहे हैं। आपसे काफ़ी कुछ कहा। लेकिन सब आपके फ़ायदे के लिए और दफ़्तर की बहबूदी के लिए, आप लोगों की बुनियाद को पुख़्ता करने के लिए।"

बड़े बाबू का चेहरा विस्मित होता जा रहा था। चेहरे के उन भावों से इस बात का अंदाज़ लग सकता था कि वे थोड़ी ही देर में खड़े होकर नाचने लगेंगे। बार-बार गरदन हिलाकर वे चरणदास की बातों से कृतज्ञ हो रहे थे।

अपने भाव को यथावत् रखने का प्रयत्न करते हुए अपनी बात जारी रखी, "मैंने गीता के सिद्धांत को अपने जीवन में उतार लिया है। कर्म में विश्वास करता हूँ। फल के प्रति सदा उदासीन रहा। क्योंकि फल हमारे क्षेत्र के बाहर की वस्तु है। अपने को कच्छपवत् रखा। कभी अपनी आकांक्षाओं को फैलने नहीं दिया। क्योंकि वे फैलकर जंगल बन जाती हैं और मनुष्य उसमें भटक जाता है। मैंने अपनी इस छोटी सी ज़िंदगी में अनगिनत लोगों को तेज़ रफ़्तार के साथ दौड़ते और फिर धराशायी होते देखा है। अब मौक़ा आया है। इस मौक़े का कारण सिर्फ़ मेरा कर्म और अवसर की प्रतीक्षा करना है। मौका आने पर भी, न मुझे कोई ख़ुशी है न कोई ग़म। मैं तेज़ आँधियों में भी उसी तरह चलता रहा, जिस तरह पहाड़ी मौसम में चीड़ के जंगलों में घूमता रहा हूँ।"

बड़े बाबू का विस्मय धीरे-धीरे नीचे आता जा रहा था। वे भी चरणदास की दार्शनिक मुद्रा को ओढ़ते जा रहे थे। सत्तनारायण की कथा सुननेवाली भाव-भंगिमा के साथ मौन और समर्पित होकर पूरी कुरसी पर फैल गए थे। जब चरणदास अपनी ज़बान को थोड़ा आराम देने और आगे की बात सोचने का मौक़ा प्राप्त करने

को रुका तो बड़े बाबू ने पूछा, ''साहब, क्या कहीं दूसरी जगह जा रहे हैं?''

चरणदास ने बहुत धीमे से कहा, ''नहीं।'' फिर रुककर बोला, ''अभी नहीं।''

बड़े बाबू अभी तक मातहती के उसी बोध में जी रहे थे, ''आप चले जाएँगे तो हम लोग क्या करेंगे? आप डाँट लेते हैं, फिर भी ख़याल करते हैं।''

उसका हृदय भर गया। थोड़ी देर गरदन हिलाने के बाद कह पाया, ''मैं सिर्फ़ कर्म को मानता हूँ। आप लोग भी कर्म को ही महत्त्व दें। मैं रहूँ या न रहूँ, कर्म तो रहेगा ही। सिर्फ़ कर्म ही मनुष्य के आधीन है। मैंने कभी आपको डाँटा तो भी कर्म से प्रेरित होकर और पुचकारा तो भी कर्म के आधीन होकर।''

बड़े बाबू का विस्मय समाप्त हो गया था। धीरे-धीरे चेहरे से दार्शनिकता भी उतर गई थी। वे पुनः चेहरे से बड़े बाबू हो गए थे। मुसकराकर बोले, ''सर, मैं तो डर गया था कि आप हम लोगों को छोड़कर जा रहे हैं। आप में कर्मठता कूट-कूटकर भरी है। आप काम करना और कराना दोनों जानते हैं। आप ऊपर से सख्त ज़रूर हैं, लेकिन अंदर से मुलायम हैं। जो लोग सख़्त-ही-सख़्त होते हैं, वे न अपने लिए अच्छे होते हैं और न दूसरों का हित ही कर पाते हैं। परहित में मनुष्य को नरम होना चाहिए। इससे दोनों का हित होता है।''

चरणदास ने ग़ौर से बड़े बाबू की तरफ़ देखा। उसकी बात का ज़ायज़ा लेने की कोशिश की। वे बड़े बाबू की मुद्रा में पूरी तरह सहज थे। उनके चेहरे पर कोई खास बात न देखकर चरणदास ने कहा, ''बड़े बाबू, ऐसा कभी नहीं हुआ कि आप लोगों का ध्यान न रखा गया हो।''

बड़े बाबू के चेहरे से लगा, वे इस बात को समझते हैं कि किस बात का उत्तर देने की ज़रूरत होती है।

चरणदास इस समय सीधे-सच्चे रास्ते चलने की कोशिश कर रहा था। वह न तो उसे कसने के मूड में था और न उसे उसके बाबूपन का एहसास कराना चाहता था। वह सब स्थितियों के बीच संतुलन स्थापित करके चलना चाहता था। इस वक्त वह सबसे अधिक लंगी लगने के भय से भयभीत था। हालाँकि बड़े बाबू की उस चुप्पी ने उसके अंदरवाले असली चरणदास को बार-बार कचोटा। उसने सिर उठाया। उसके चेहरे तक आया। लेकिन उसने अंदर-ही-अंदर उसे लौटा दिया। वह चाहता था कि असली चरणदास अभी सोता रहे। हंटर खाकर भी सोते रहने में ही चरणदास का हित था।

बड़े बाबू से उसने फिर कहा, ''मैं जहाँ भी रहूँगा, तुम लोगों का ध्यान

रखूँगा। हमारे तो धर्म में है कि प्रत्येक मनुष्य का कर्तव्य है कि वह प्रकृति के छोटे-से-छोटे अंग को भी उसका भाग पहुँचाए। मैं मन-वचन-कर्म से इसे मानता हूँ, इसलिए जिसका जो हक़ है, वह उसे पहुँचता रहेगा।''

बड़े बाबू ने रुककर पूछा, ''सर, आपकी तबीयत तो ठीक है न?''

''हाँ, लेकिन जैसे-जैसे मैं जीवन के सत्यों के नज़दीक पहुँच रहा हूँ, मेरी आत्मा में एक तरह का ठहराव आता जा रहा है। मैं अपने अंतर की इस स्थिति को भंग नहीं करना चाहता। मुझे लगता है, अगर मैं इसी कुरसी पर बैठता रहा तो आत्मा में उथल-पुथल शुरू हो जाएगी। मेरे कर्म का क्षेत्र सीमित हो जाएगा। जब मनुष्य के कर्म का क्षेत्र सीमित होता है तो उसका सोचना भी संकुचित होता जाता है। यह स्थिति सड़ने की स्थिति होती है। यह ठहरी हुई कुरसी मेरे कर्म की व्यापकता को रोकती है। मैं नहीं चाहता कि मेरा सारा जीवन अपने को सड़ने से बचाने में ही ख़त्म हो जाए और मैं संशय में पड़ा-पड़ा नष्ट होता रहूँ। संशय एक ऐसा रोग है, जो आत्मा को घुन की तरह खोखला कर देता है।''

बड़े बाबू ने चरणदास की बात समाप्त होते ही उठने की मुद्रा में कहा, ''इज़ाज़त हो तो मैं चलूँ, सर?''

''बैठिए!'' कहकर चरणदास चुप हो गया।

बड़े बाबू चरणदास के चेहरे को देखते रहे। बड़े बाबू के चेहरे पर मातहती की जगह उखड़ेपन ने ले ली थी। वे बातें सुनते जाने की जगह कर्मोन्मुख होते जा रहे थे। चरणदास चुप रहा तो बड़े बाबू ने उठने के लिए फिर अपनी कोहनियाँ खड़ी कीं।

चरणदास के चेहरे पर संघर्ष दिखाई पड़ रहा था। वह पस्त और पसीने-पसीने था। वह उस तिनके की तलाश में था, जो उसे बड़े बाबू के सामने खुलने में मदद कर सकता। बड़े बाबू की सूँघने की शक्ति काफ़ी बढ़ी-चढ़ी थी। वे छूट लेना चाहते थे। चरणदास को उसके संघर्ष ने कुछ हद तक दयनीय बना दिया था। वह अंदर-ही-अंदर अपने को समझ रहा था—खोल दे या थामे रखे।

बड़े बाबू बैठे-ही-बैठे सारे कमरे पर फैलते जा रहे थे और अपना प्रभाव बढ़ा रहे थे। वह मंच पर आने से पहलेवाली मानसिकता में उलझा था। कही मंच पर आने का समय आते ही वह रो न दे।

बड़े बाबू ने फिर अपना चाबुक पटका। चरणदास के अंदरवाला चरणदास चुटीला हो गया। वह ज़बान तक आया, पर लौट गया। उसके लौटने के पदचिह्न उसके चेहरे पर साफ़ उभर आए। बड़े बाबू प्रतिक्रिया चुपचाप देखते रहे, फिर

समर्पण की मुद्रा में आ गए।

चरणदास ने अपने को डगमगा जाने से बचा लिया। क्षमा कर देने की मुद्रा को अपनाते हुए कहा, "मैं जानता हूँ, आजकल आप पर बहुत काम है। सब बाबू निकम्मे हैं। सारा ज़ोर आप पर ही पड़ता है। आप उदार व्यक्ति हैं, किसी को पनिश नहीं करना चाहते। अपने सिर पर सब ज़िम्मेदारी लेकर उन्हें बचा लेते हैं। मैं आपकी वजह से मजबूर हो जाता हूँ। सबको हक़ दिलाने के चक्कर में रहते हैं। इससे सबकी हानि होती है। सबके हिस्से बँट जाते हैं। जब आपको और मुझे नुकसान पहुँचता है तो कोई मदद को नहीं आता।"

बड़े बाबू एकाएक मुलायम हो गए। बैठे-बैठे हिलने लगे। उनके हिलने से चरणदास के ठहरे होने की स्थिति ज़्यादा स्पष्ट हो गई। उसने भी एक-आध बार गरदन हिलाई। उसके हिलकर रुक जाने से लगा कि वह बड़े बाबू की तरह ज़्यादा देर तक नहीं हिलता रह सकता।

बड़े बाबू ने उसकी बात का सिरा पकड़कर बात को आगे बढ़ाते हुए कहा, "सर, आप ठीक कहते हैं। मैंने अपने ही पैरों में अपने आप कुल्हाड़ी मारी है। मुझे मेरे गुरु ने यही सिखलाया था कि किसी की कमर पर चाहे चोट दे देना, पर पेट पर न देना। उसकी चोट बच्चों के पेट पर पड़ती है। मैंने उसी को अपने जीवन में उतारने की कोशिश की है। पर यह क़ौम ऐसी है कि इसके सौ मारे और एक गिने।"

चरणदास को लगा, ज़मीन में अब बुवाई हो सकती है। वे अंदर-ही-अंदर बीज की छँटाई करने लगे। उसने बीज छोड़ने से पहले एक नज़र और डाली, कहीं कोई छोटा-मोटा टीला तो नहीं रह गया। उसे इकसार करने का एक और प्रयत्न किया, "बड़े बाबू, मैं आपसे कहे देता हूँ कि इतनी शराफ़त का कोई फ़ायदा नहीं होगा। आप न तो पैगंबर बन पाएँगे और न गांधी, सिर्फ़ बाबू रहेंगे। गीता को मानकर चलिए, बिना मोह-माया के कर्म कीजिए। उससे न हित किए का सुख होता है, न अहित किए का दुःख।"

चरणदास ने अंतिम नज़र डाली। बड़े बाबू के पाँव इतनी ज़ोर-ज़ोर से हिल रहे थे कि मेज़ से टकराने की आवाज़ चरणदास को परेशान कर रही थी। चरणदास सैलाब के पानी की तरह चढ़ता जा रहा था। वह इस बात से आश्वस्त हो गया था कि बड़े बाबू के हर जोड़ को उसने एक-एक करके खोल लिया है। वे अब समतल और पटेरा लगे खेत हो गए। उसकी बातों ने उन्हें दयनीय और सहानुभूति का आकांक्षी बना दिया था। उन्होंने टोपी उतार ली थी और अपनी खल्वाट खोपड़ी पर बार-बार

हाथ फेर रहे थे। उनकी खोपड़ी की चमक चरणदास के चेहरे पर थी।

बड़े बाबू ने गद्गद स्वर में कहा, ''कुछ भी कहिए साहब, मैंने कभी किसी की रोटी नहीं ली।''

चरणदास ने धीमे से कहा, ''ख़ैर छोड़िए! मैं पिछले आठ-दस सालों से तिरस्कार की इस खोह में पड़ा हूँ। अपना काम हमेशा दिलचस्पी से किया। मुझसे चार-चार और पाँच-पाँच साल छोटे लोग कुरसियों पर बैठे हैं। मेरी कुरसी जैसे जम गई है।''

बड़े बाबू का चेहरा फिर लौट आया। वे सचेत होकर कुरसी पर बैठ गए। उनके उस सँभलने के प्रति चरणदास उतना जागरूक नहीं था।

चरणदास ने बात को और आगे बढ़ाया, ''बॉस की कुरसी ख़ाली हो रही है। वह घूमती है। उसका मुँह चारों तरफ़ है। जो उस पर बैठता है, वह अपने को चारों दिशाओं में व्याप्त कर लेता है।''

बड़े बाबू पूरी तरह बड़े बाबू हो गए। संजीदगी से बोले, ''सर, भगवान् अपने गधों को हलवा खिलाता है। उसे खिलाने से कौन रोक सकता है!''

''मैं इतने सालों से अपने आपको सिकोड़े पड़ा हूँ। नाक़ाबिलों को उस कुर्सी पर बैठते देख रहा हूँ। लोग भगवान् के गधे बनकर हलवा खा रहे हैं।''

चरणदास के हाथों से बड़े बाबू की नाड़ी निकल गई थी। अब उसकी ही नाड़ी बड़े बाबू के हाथ में आ गई थी। सैलाब के पानी की तरह चढ़ा चरणदास तेज़ी से नीचे उतर रहा था। उतरने के निशान धीरे-धीरे बनते जा रहे थे।

हाँ-में-हाँ मिलाते हुए कहा, ''सर, आप ठीक कहते हैं, पर काने को काना कहने से वह चिढ़ जाता है।''

चरणदास ने उनकी तरफ़ देखा तो उसे बड़े बाबू अपने पूरे ताम-झाम के साथ नज़र आए। उसने अपनी बात बीच में छोड़ दी और उनकी बात शुरू कर दी, ''आप बहुत कम बोलने लगे हैं। आपको खूब बोलना चाहिए। बोलने से आदमी ख़ामोशी के बहुत से ख़तरों से बच सकता है।''

बड़े बाबू मुसकरा दिए। चरणदास इस बात को समझकर आगे बढ़ा कि उसकी बात ने उन्हें फिर पहलेवाली स्थिति में ला दिया है। उसने और अधिक तेजस्विता से बात कही, ''क्या आप इस बात से सहमत नहीं कि नौकरी एक बहुत गई-बीती चीज़ है? इस महकमे की नौकरी तो एकदम अपमानजनक है। लेकिन रोटी देती है। इस मुल्क में आदमी को रोटी की बहुत बड़ी क़ीमत चुकानी होती है। और जगहों पर नौकरियाँ ज़रूर हैं, लेकिन उनके साथ और चीज़ें भी हैं, इज़्ज़त,

रुपया…और…नमक-मिर्च…। यहाँ सबसे बड़ा कमिटमेंट कुरसी के प्रति होता है। अगर इतने दिनों के बाद भी वह कुर्सी नहीं मिलती तो क्या रह जाएगा? यहाँ की नौकरी अश्लील गाली से बदतर हो जाएगी। उतना मेहनताना नहीं होगा, जितने का लहँगा फट जाएगा।''

फिर पूछा, ''आप कब से इस कुरसी पर हैं?''

''यही कोई आठ साल से, साहब।''

''बताइए, आप में काम करने की क्या हुमक रह जाएगी? उम्र कितनी है?''

''पचास।''

''तो आठ साल बाद आपकी छुट्टी।''

बड़े बाबू चुप रहे। चरणदास बोला, ''मैं तो चाहता हूँ, हर एक आदमी को आगे बढ़ने का मौक़ा मिलना चाहिए।'' फिर रुककर कहा, ''वह कुरसी मुझे ही मिलनी चाहिए। लेकिन टमटा हथिया लेगा। मैं उससे किस चीज़ में कम हूँ। लेकिन वह सीनियर बना फिरता है। आप उस कुरसी को मुझे दिलवा दीजिए। अब मैं ऊब चुका हूँ। कोई इनीशिएटिव नहीं रह गया। इसी वजह से मैं शॉर्ट-टेंपर्ड होता जा रहा हूँ। ज़रा आप बड़े साहब से बात करके देखिए। मेरा अपने लिए कहना ठीक नहीं रहेगा।''

बड़े बाबू ढील देने के मूड में थे। उन्होंने धीमे से कहा, ''आप ठीक कहते हैं।''

''दरअसल, आप मेरे ऊपर के व्यवहार को देखकर खिंच गए हैं। मैं वैसा आदमी नहीं, जैसा आप लोग समझते हैं। मैं अपने महकमे और आप लोगों के हित में काम करना चाहता हूँ। यहाँ ऐसे लोग भी हैं, जो सिर्फ़ दरबारदारी करके अपने को जमाए हुए हैं। मुझ पर यह हरगिज नहीं हो सकता। क्योंकि मैंने हमेशा कर्म को श्रेष्ठ माना है। मैं जानता हूँ, देर हो सकती है, अँधेर नहीं। हालाँकि मैं अभी तक अँधेरे का ही शिकार रहा हूँ।''

बड़े बाबू ने घस्सा मारने की सोची, लेकिन फिर सोचा, पतंग अभी कट गई तो बात आगे नहीं बढ़ेगी। उन्होंने टोन बदलकर कहा, ''अँधेरे में आदमी मजबूर हो जाता है। उसे पता नहीं चल पाता कि क्या करे, किधर जाए। वैसे भी साहब, इस मुल्क में अँधेरा ही रहा है। जब से गरीबी हटाओ का नारा लगा, बड़े-से-बड़ा गरीब हो गया। छोटे गरीब पीछे रह जाएँगे, बड़ों का नंबर पहले आ जाएगा।''

चरणदास ने बहुत सहूलियत से कहा, ''बड़े बाबू, मैं यह नहीं कहता कि लोग गरीब नहीं हैं। इस बात पर एतराज़ ज़रूर है कि गलत आदमियों का बोलबाला

है। गलत बातों के सहारे लोग कुरसियाँ हथियाए रहना चाहते हैं। पहले जमाने में शादी तक के लिए आदमी को अपने आपको उसके काबिल साबित करना पड़ता था। अब तो बस कब्ज़ा सच्चा है। जिसका कब्ज़ा वो मालिक। मैं कोई लाख-डेढ़ लाख का सवाल नहीं करता। हक की बात करता हूँ। यहाँ कहीं कोई निकास नहीं। अगर मनचाहा वातावरण भी नहीं मिलता तो क्या हम दफ़्तर की सेवा करेंगे, क्या जनता की। आप खुद सोचिए। उस कुरसी का मेरे पास आना कितना ज़रूरी है।''

उन्होंने गरदन नीचे करके धीरे से कहा, ''उस कुरसी का बड़ा झंझट है।''

चरणदास तुरंत उचककर बोला, ''क्या? मैं समझा नहीं! क्या किसी और को दी जानेवाली है? मैं उस कुरसी पर ज़बरदस्ती जा बैठूँगा। देखता हूँ, कोई मेरा क्या करता है? टमटा को पहले से ही एक ऊँची, घूमनेवाली और आरामदेह कुरसी मिली है। वह एक वाक्य सही नहीं लिख पाता। सब काम अपने मातहतों से कराता है। उसे उस कुरसी तक पर बैठने की अक्ल नहीं। वह उस घूमनेवाली कुर्सी पर बैठता थोड़े ही है, लेटता है।''

बड़े बाबू खिड़की के बाहर देखकर मुँह चलाने लगे। सिर्फ़ एक बार दबी नज़र से चरणदास की तरफ़ देखा। उसके चेहरे पर टमटा के काँटे का निशान उभर आया था। जहर चढ़ने की पूरी स्थित बिल्कुल साफ़ नज़र आ रही थी। टमटा काँटे का आदमी था। साथ ही, चालू भी था। ऊपर से सीधा बना रहता था। उसके व्यक्तित्व में गच्चा खाकर मुसकराने की अच्छी-खासी गुंजाइश थी। वैचारिक कार्यक्रमों में भाग लेने से फ़ाइलों पर दस्तखत करने तक में वह उस्तादी का दरजा पा चुका था। चरणदास भी कम फेरीवाला नहीं था। लेकिन फ़र्क इतना ही था, उसने टमटा को काटने की जगह टमटा से कटवा लिया था। वह उस कुरसी पर बैठा-बैठा परेशान हो उठा।

उसे एकाएक महसूस हुआ कि वह दम घुटने के नज़दीक पहुँच गया है। उसे वही ख़्वाब फिर आने को हुआ। वह एकाएक चिल्लाया, ''बड़े बाबू, बताइए, वह कुरसी मुझे मिलेगी या नहीं? बताइए, नहीं तो अभी मैं आपके होश ठिकाने लगा दूँगा।''

बड़े बाबू ने धीरे से बात आगे सरकाई, ''वो कुरसी तो...टमटा साहब के पास चली गई। वे आज सबेरे उसी पर बैठे थे और दफ़्तर के लोग उन्हें चारों तरफ़ से घेरे खड़े थे।''

वह बहुत धीमे से बोला, ''टमटा के पास!'' और हताश हो गया।

फिर आवाज़ को बुलंद करके कहा, ''टमटा ही क्या लाट साहब है? वह ही उस कुरसी पर बैठ सकता है? आपने जाने कैसे दिया? आप उससे मिले हुए हैं।''

बड़े बाबू ने कंधे झुका लिये। उसकी नाराज़गी बड़े बाबू के कंधों पर झूल गई। चरणदास कमरे में टहल-टहलकर और चिल्ला-चिल्लाकर अपने आपको उस वातावरण से निज़ात दिलाने की कोशिश कर रहा था। वह डिरेल हो गया था। अपने आपको लाइन पर फिर से लाने की स्थिति में नहीं आ पा रहा था। उसने अपने कमरे को नेस्तनाबूद कर देनेवाली नज़रों से देखा। अपनी उस कुरसी को पाँव से सरकाकर दूसरी तरफ़ कर दिया।

''मैं भी तो यहाँ गधों की तरह काम करता हूँ। और मैं ही सबसे ज़्यादा इन हरकतों का शिकार हूँ।'' बड़े बाबू की मौजूदगी में भी वह अपने आपसे बात करने की तर्ज़ में बोल रहा था। वह बक-झक की मुद्रा में आया हुआ था।

बड़े बाबू ने काफ़ी चाबुकदस्ती से काम लिया और बिना झिझके कहा, ''साहब, फ़ाइलें बहुत जमा हैं। इज़ाज़त हो तो मैं चलूँ?''

''क्या मैं तुम्हें काट खाऊँगा? मैं जानता हूँ, आप सब लोग टमटा के साथ हैं। क्योंकि वह आजकल अफ़सरों का चमचा बना हुआ है। मैं साफ़गो इनसान हूँ और कर्म में विश्वास रखता हूँ। इसलिए मैं अकेला हूँ।''

''मैंने बड़े साहब से आपके बारे में यही कहा था...''

चरणदास का रेशा-रेशा खुल गया। उसने पूछा, ''तो साहब ने क्या कहा?''

''पता नहीं उनका मूड कैसा था। कुछ नाराज़ बैठे थे, धीरे से बोले, हरएक आदमी अपने को साफगो कहकर झूठ बोल लेता है।''

''क्या मतलब?'' चरणदास ने दुःख भरी नाराज़गी से पूछा।

''मैं भी नहीं समझ पाया।'' बड़े बाबू ने अपना गिरहबान उसके हाथों से छुड़ा लिया। अब चरणदास अपना ही गिरहबान अपने हाथों से उमेठे जा रहा था।

चरणदास उस कुरसी पर फिर आ बैठा। अपने दोनों पाँव मोड़कर कुरसी पर रख लिये। बार-बार इस तरह उचकने लगा, जैसे नीचे से स्टीम आकर उसकी पेंदी को झुलसा रही है। वह फिर खड़ा हो गया, ''बड़े बाबू, अब मैं इस कुरसी पर नहीं बैठ सकता, मुझे दूसरी कुर्सी चाहिए। मैं अपने आपको इस कुरसी तक ही सीमित नहीं रख सकता।''

बड़े बाबू ने काफ़ी धीमे से कहा, ''जी!''

चरणदास काफ़ी दयनीय हो उठे, ''टमटा की कुरसी भी तो अच्छी है। अगर टमटा ने उस कुरसी को ले लिया तो उसे मुबारक हो। मुझे टमटा की ही कुरसी दिलवा दीजिए। मेरी यह आपसे रिक्वेस्ट है। अर्नेस्ट रिक्वेस्ट।'' वह हाथ जोड़ता-जोड़ता रह गया।

बड़े बाबू ने गेंद गुप ली थी, ''आपके लिए एक नई कुर्सी बनवा दी जाए। मैं बड़े साहब से बात किए लेता हूँ।''

''नई कुरसी का बनना बहुत वक्त लेगा। मैं इस चक्कर में नहीं पड़ना चाहता। टमटा के लिए बनवा दें। वह सीनियर हैं। ख़ैर, उसके लिए बने न बने, मुझे क्या मतलब! मुझे टमटा की ही कुरसी मिल जाए, वही काफ़ी है। इस कुरसी ने मेरी किस्मत के सब दरवाज़े बंद कर दिए हैं। जब से आया हूँ, तब से इसी पर बैठा हूँ। ईश्वर के लिए इससे मेरा पीछा छुड़ाइए। नहीं तो मैं इसी पर बैठा-बैठा किसी दिन टें बोल जाऊँगा।''

बड़े बाबू ने बाहर की तरफ़ देखा। बाहर काफ़ी सुहानापन था। फ़ैंस की झाड़ियाँ काफ़ी उन्मुक्तता से इधर-उधर हिल रही थीं। उसने महसूस किया, फ़ैंस को हिलानेवाली हवा बिल्डिंग की तलहटी को भी छू रही होगी। लेकिन बिल्डिंग का कंपन मालूम नहीं पड़ रहा, वहाँ कुछ-न-कुछ हो ज़रूर रहा होगा।

बड़े बाबू बिना पूछे ही बाहर जाने को खड़े हुए तो चरणदास मिमियाने के तौर पर बोला, ''बड़े बाबू, आप समझ गए न, मुझे इस कुरसी से बचा लें!''

चरणदास ने अपना सिर मेज़ पर खुली फ़ाइल पर टिका लिया। बड़े बाबू को मुल्क की बदलती हुई तसवीर साफ़ नज़र आने लगी। वे काफ़ी धीरे-धीरे सिर झुकाकर बाहर निकले।

□

वीरगति

वह आदमी कुछ दिन पहले तक सीना तानकर चलता था। उसको इस तरह चलते सभी ने देखा था। असल में वह उस समय अपने को 'सिंह का लेहाड़ा' समझता था। इधर कुछ दिनों से वह चूहे की चाल चलने लगा था— झुका-झुका, दबा-दबा और बुझा-बुझा! पहले जो उसकी मुद्रा रहती थी, वह अबकी मुद्रा से बिल्कुल भिन्न थी। किसी ने कुछ कहा नहीं और वह इस मुद्रा में आया नहीं कि मैं अपने पिताजी से कह दूँगा हाँ ऽ! वास्तव में जिससे वह कहने की धमकी देता था, वह उसका पिता-विता कुछ नहीं था, मालिक था। यानी बॉस! पिंडी पर चढ़ा चूहा भी समझता है, वह सबसे बड़ा! वैसे बॉस तो चाहे केंचुआ भी हो, कुरसी पर बैठते ही शेर की योनि में प्रविष्ट हो जाता है। शेर की योनि में प्रविष्ट वह केंचुआ जब अपने बॉस के सामने जाता है तो यह जानते हुए भी कि वह उससे भी बड़ा केंचुआ है, उसे पिता ही कहता है। दुनिया बड़ी ज़ालिम है। शेर को भी चूहा बनाकर रखना चाहती है।

हालाँकि ऐसा कम ही होता है। कम क्या बहुत ही कम! पर होता तो है ही। कभी-कभी जात के चूहे बदजात और सीनाज़ोर निकल आते हैं। अपनी बिसात भूल जाते हैं और शेर की ओर लपक पड़ते हैं। वह भी ऐसे शेर की ओर, जिसे शेर की योनि में प्रविष्ट होने के बाद एक-दो बार ही चूहा बनना पड़ा हो। बॉस तो बॉस ही होता है। जानता रहता है कि जब चाहूँगा, एक ही बार में चाट जाऊँगा। अंदर तक आने देता है। वह भी चलता चला आता है। यह तक नहीं सोचता कि उसका मुँह अब नज़दीक आ गया।

हर मातहत की कमज़ोरी होती है कि जहाँ पर वह होता है, अपने को उससे कहीं ऊपर बैठा या खड़ा देखना और दिखाना चाहता है। वही इस भूतपूर्व शेर के लेहाड़े के साथ भी हुआ। जहाँ तपता हुआ बालू था, वहाँ उसे शीतल जल का भ्रम

हो गया। काफ़ी दिनों तक वह इसी भ्रम में जाता रहा। उसे लगता था कि बॉस का सारा भार वही अपने कंधों पर सँभालता है। किंतु वास्तविकता यह थी कि उस जैसे कई कछुओं को उसने अपना वजन सँभालने के लिए रखा हुआ था। उनमें से किसी को यह एहसास नहीं होने देता था कि उसके अतिरिक्त और भी हैं, जिन्हें 'मालिक' का भार सँभालने की ग़लतफ़हमी में जीने का गौरव प्राप्त है। मालिक अपना वज़न नहर के पानी की भाँति छोड़ा करता था। कहीं ज़्यादा, कहीं कम! जिसको भी वह यह आभास देना चाहता था कि वह उसके नज़दीक है, उसी बंबे में थोड़ा अधिक जल बहा देता था।

वह आदमी जब शेर के लेहाड़े के स्थान पर बैठा गौरव-ग्रहण कर रहा था तो उसने अपने ऊपर बढ़ते दबाव को उस रूप में नहीं लिया था, बल्कि एक सामान्य सी उलट-फेर समझकर उसे चुपचाप झेलता रहा था। काफ़ी समय तक वह इसी भ्रम में रहा। उसने कभी सोचा ही नहीं कि उसका मालिक अपने वजन को उसे पीच डालने के लिए भी इस्तेमाल कर सकता है। यही सोच-सोचकर वक्त काटता रहा कि आज है, कल नहीं रहेगा। उसके मन में पूरम-पूर विश्वास था कि कुछ भी हो, यह दबाव इतना तो नहीं ही बढ़ेगा कि उसका अस्तित्व खतरे में पड़ जाए। वह अपने आपको उस दबाव को झेलने के योग्य बनाए रखने के लिए नए-नए तर्कों का सहारा लेता रहा। सब दिन एक से नहीं होते। पर यह तर्क उसका साथ बहुत लंबे समय तक नहीं दे सका। वह इस बात पर उतर आया कि नियुक्ति-पत्र स्वीकारते समय उसने केवल पद और उससे जुड़ी धनराशि को ही देखा। हालाँकि ये सब बातें उस समय भी पत्र के साथ नत्थी थीं। लेकिन चकाचौंध में देख नहीं पाया। कोई नहीं देख पाता! बस फ़र्क इतना ही हुआ है कि अब वे दीवार तक पर लिखी दिखाई पड़ रही हैं। थोड़े दिनों तक वह बातों को अकलिया-अकलियाकर अपना वक्त गुजारता रहा और उसी के सहारे हिम्मत भी बनाए रखा। लेकिन एकाएक उसे महसूस होने लगा कि दबाव इतना बढ़ गया है, उसके नीचे पिचकर मर जाना ही उसकी नियति है।

गति अवरुद्ध होने लगी। पैरों से बेज़ार घोड़े की तरह मालिक के बरसते कोड़े सहन करता गया। उसने उस चिंता से उबरने की हर कोशिश की, पर उलटे डूबता चला गया। उस समय तक भी उसे इस बात का अंदाज़ बिल्कुल नहीं हुआ कि यह सब हाँके की शुरुआत है। जब वह समझा, काफ़ी विलंब हो चुका था। वह दौड़ रहा था और चारों ओर से हाँका घिरता चला आ रहा था। दौड़ते-दौड़ते भी उसका हृदय अचरज से भर-भर आ रहा था कि हाँका उस जैसे प्राणी के लिए

क्योंकर पड़ रहा है। शेरों के लिए डाला जाता है। शेर की इज़्ज़त हाँके से होती है और हाँके की शेर से। उसे क्यों यह गौरव प्राप्त हो रहा है? चूँकि समझ में कुछ नहीं आ रहा था, इसलिए उसने इस बात को पूरी तरह बिसार देना चाहा, उसे महसूस हुआ कि ऐसा करना भी उसके हाथ में नहीं। बिना जाने भी वह सब उसके दिमाग़ में घूमता रहता है। उसे चारों तरफ़ यही दिखाई पड़ रहा था कि बल्लम-भालों से लैस मालिक के छोटे-बड़े आदमी, पैदल से लेकर हाथीन्शीन तक बढ़ते चले जा रहे हैं। जिसके हुक्म पर और जिसके 'प्रसन्नार्थम्' हाँका हो रहा था, वह स्वयं अपनी राइफल सँभाले एक ऊँचे मचान पर बैठा था। वह बीच-बीच में नाराज़ हो उठता था और हाँकेवालों से ललकारने लगता था कि इस खूँखार जानवर को मेरे सामने जिंदा पेश करो, जिससे मैं इसका वध कर सकूँ। इसकी यह हिम्मत कि यह मुझे दाँत दिखलाए। मैं इसे हरगिज़ जिंदा नहीं छोड़ूँगा।

एक-दो लोग गुल-गपाड़ा सुनकर अपने-अपने घरों से निकले भी। उन्होंने बरछे-भाले से लैस और उस आदमी का वध करने के लिए उन शूरवीरों को देखकर हैं…हैं करके रोकना भी चाहा। हाँका करनेवाले मचान की तरफ़ इशारा करके फिर हाँके में लग गए। मचान पर बैठे और चढ़ी आँखों से अपने को घूरते हुए बॉस को देखकर वे लोग अपने-अपने बिलों में यह कहते हुए बिला गए कि सबको अपनी लड़ाई अपने आप लड़नी पड़ती है। जो नहीं लड़ सकते, वे अंततः नष्ट हो जाते हैं।

वह आदमी ज़िंदगी की आस छोड़कर भागता चला जा रहा था। बीच-बीच में जब मौक़ा लगता था, उनको तितर-बितर करने के लिए पत्थर के ढोके भी लुढ़का देता था। जिससे वे और नाराज़ हो उठते थे। वह कुछ इस तरह भाग रहा था कि मचान और उसके बीच की दूरी बढ़ती जा रही थी। यह बात दूसरी थी कि कभी-कभी हाँकेवाले एक-आध तरफ़ से उसके काफ़ी नज़दीक आ जाते थे। और उस पर बरछे-भाले बरसाने लगते थे। लेकिन वह इतना छोटा था कि वे सब बिना उसको चुटीला किए इधर-उधर छितरा जाते थे। मालिक की नाराज़गी इस बात से निरंतर बढ़ रही थी। वह इसकी इस गुस्ताखी को बरदाश्त नहीं कर पा रहा था कि इतना हक़ीर इनसान उसकी मंशा के खिलाफ मचान से दूर और दूर होता चला जाए!

उसकी नाराज़गी में कुछ थोड़ी-बहुत कमी रह जाती थी, उसे उसके पीछे बैठा एक तीसरा आदमी पूरी कर देता था। दरअसल, उस आदमी को मालिक ने अपने को सुरक्षित अनुभव करने की ग़रज से कुछ ही देर पहले बैठाया था। वह

एक अजीबो-ग़रीब भूमिका अदा कर रहा था। वह भूमिका पुराने राजपूत राजाओं का उत्साह बनाए रखनेवाले विरुदावली गायकों से मिलती थी। वह उस भागते हुए आदमी को मार डालने के लिए मालिक का लगातार उत्साहवर्धन कर रहा था। मालिक हर गाली देने के बाद भी और पहले भी उसकी तरफ़ देखता था। वह तीसरा आदमी उसके कान में लगातार कुछ-न-कुछ कह रहा था।

'देखिए, वह भागते हुए भी आपकी तरफ़ पीठ किए है। इससे बड़ी धृष्टता और क्या हो सकती है।'

'जहाँ तक और लोगों का सवाल है, वे तो आपके ही हुक्म पर उसे घेरने के ख़याल से आपकी ओर पीठ करके भागने के लिए मजबूर हैं। पर इस आदमी को तो ऐसा नहीं करना चाहिए।'

आख़िर, ऐसा मौका आ गया कि जब इस तीसरे आदमी के द्वारा लगातार भरे जाने पर मालिक ने आपे से बाहर होकर दनादन गोलियाँ दाग दीं। गोली के चलते ही सन्नाटे का एक जाल उस पूरे जंगल पर आ लिपटा। संपूर्ण गतिशीलता एकाएक घिरा गई और उसमें वे सब जम से गए। पर तुरंत ही वह जड़ता टूट भी गई और वे सब फिर दौड़ने लगे। गालियाँ उस जंगल में खो गई थीं। वह अभी भी दौड़ रहा था।

मचान पर बैठे मालिक की स्थिति भी एकाएक कुछ अजीब सी थी। उसकी नज़र गोली दागने के साथ-साथ अपने पीछे खड़े उस तीसरे आदमी पर भी रहती थी। मचान नेड़ा था। यानी जगह कम थी। तीसरा आदमी मचान पर अपनी स्थिति मजबूत करता जा रहा था। मालिक के हाथों में भागते हुए उस आदमी को मारने के लिए बंदूक थमी थी। तीसरे आदमी के हाथ ख़ाली थे, इसलिए उसने मचान के ऊपर निकले हुए बाँस को मजबूती से पकड़ रखा था। ज़बान अलबत्ता लगातार चल रही थी। मालिक की समझ में आने लगा था कि दूसरे को मारने के लिए थमी बंदूक आत्म-सुरक्षा के काम नहीं आ पाती। वह आत्म-सुरक्षा के प्रति आश्वस्त होने की दृष्टि से केवल अपनी दौड़ती-भागती नज़रों का ही उपयोग कर पा रहा था। साथ ही अपने पैरों के बल पर उस थोड़ी बची हुई जगह में संतुलन बनाए रखने के लिए संघर्षरत भी था।

इस बार मालिक के पीछे खड़े उस तीसरे आदमी ने हाँके का दबाव बढ़ाने के लिए स्वयं उन्हें ललकारा 'आख़िर कर क्या रहे हो! शिकार को मालिक के सामने क्यों नहीं लाते?' दबाव बढ़ा। परंतु यह आश्चर्य की बात थी—ज्यों-ज्यों वह दबाव बढ़ा रहा था, मचान और उस आदमी के बीच का अंतर बढ़ता ही जा रहा

था। वह आदमी उस घेरे से निकल जाने की जी-तोड़ कोशिश में लगा था। उसके लिए यह आखिरी अवसर था। जितना वह दौड़ सकता था, उतना दौड़ रहा था। हाँका संचालन का सारा दायित्व अब उस तीसरे आदमी ने स्वयं अपने ऊपर ले लिया था। मालिक के हाथों में सिर्फ़ बंदूक बची थी।

दौड़ते-दौड़ते वह लगातार पासवाली बस्ती के बारे में सोचता जा रहा था। उसकी आँखों के सामने से वहाँ एक-एक वासी की शक्ल सटासट्ट गुजरती जा रही थी। यह बस्ती पठन-पाठन में लगे विद्वानों की बस्ती थी। उन लोगों के बारे में अधिकतर यही सोचा-समझा जाता था कि वे लोग चाहे जितने भी तटस्थ क्यों न हों, पर सच्चाई और न्याय का दमन का प्रश्न उठते ही वे सच्चाई और न्याय की तरफ़ हो जाते हैं। यह सब उसे तिनके के सहारे के समान लग रहा था। हालाँकि हाँका शुरू होने से पहले वह उसी बस्ती के बहुत से लोगों के द्वार खटखटा आया था। उन्होंने उसका प्रलाप धैर्य से सुना था और अभयदान की मुद्रा में मुसकराते हुए हाथ उठाकर तुरंत द्वार बंद कर लिये थे। लेकिन एक द्वार को उसने तब छोड़ दिया था। उसके बारे में उसने सदा अच्छा-ही-अच्छा सोचा था। उसका ख़याल था कि उस घर में रहनेवाले महानुभाव न्याय के समर्थन में किसी सीमा तक भी जा सकते हैं। उसने उन्हें अन्याय का खुला विरोध करते देखा और सुना था। उसे वहीं पर एक मात्र सहारा नज़र आया। आव देखा न ताव, वह रास्ता काटकर उस ओर मुड़ गया। कुछ दूर तक वह झुककर दौड़ा। हाँकेवाले भी उसका पीछा करते रहे। वह जान की बाजी लगाकर दौड़ रहा था। रास्ते में एक बहुत विचित्र और ऊँची सी झाड़ी थी। फाँदने के अलावा उसके पास दूसरा रास्ता नहीं था। अपने बचाव के लिए उस झाड़ी को फाँदने का ख़तरा उसे मोल लेना-ही-लेना था। वह एक मिनट को झिझका, फिर राम का नाम लेकर फाँद गया। उस फाँद ने उसे काफ़ी हद तक चुटीला कर दिया! लेकिन उसे ख़ुशी थी कि वह अब एक सुरक्षित स्थान पर पहुँच जाएगा। वह ज़मीन से सटकर रेंगने लगा। उसने ज़मीन से सटकर रेंगने का निर्णय एक तो इसी कारण लिया था कि वे लोग उसे देख नहीं पाएँगे। इसके अतिरिक्त दो कारण और भी थे। एक तो यही कि उसने बचपन में सुना था कि धरती पर चित पड़े मनुष्य को भूखा शेर भी नहीं खाता। दूसरा उसका विश्वास था कि आदमी धरती के जितना नज़दीक पहुँचता जाता है, धरती उसके लिए उतनी ही गुंजाइश पैदा करती चली जाती है। वह और सटकर रेंगने लगा। पर उसे लग रहा था—वह उतना नज़दीक नहीं पहुँच पा रहा है, जितना चाहिए!

शेर पीछे रह गया था। वे लोग पूरी शिद्दत के साथ उसे झाड़ी-झाड़ी तलाश

कर रहे थे। उसका इस तरह गायब हो जाना उनके लिए काल क्या, महाकाल तक बन सकता था। मचान पर बैठा मालिक और वह तीसरा आदमी चिल्लाकर नाराज़गी का इज़हार कर रहे थे। वे चिल्ला रहे थे कि जिंदा व मुरदा जिस भी हालत में मिले, उसे हमारे सामने हाजिर करो। उनकी इस बात से यह स्पष्ट होता जा रहा था, अब वे उसकी मौत से ही संबंधित रह गए हैं! तीसरा आदमी जब चिल्लाता था तो मचान से ऊपर निकला बाँस कसकर पकड़ लेता था।

जब वह बस्ती के नज़दीक पहुँचा तो साँझ पूरी तरह बैठ चुकी थी। कार्तिक पूर्णिमा थी। उन महानुभाव के द्वार पर, जो उसे अपने लिए शरण-अशरण लग रहे थे, अल्पनाएँ बनी थीं और दीपक जल रहे थे। वास्तव में गृहिणी दिन भर बरती रही थीं। व्रत रखना उनके जीवन का अंग बन चुका था। वे आस्थावान और एक धर्मभीरू महिला थीं। दया-धर्म उनको दो मुख्य स्तंभों की भाँति सँभाले हुए थे। वे शांत चित्त रहती थीं। दूसरे का कष्ट देखकर तत्काल द्रवित हो उठती थीं। रक्त की तो एक भी बूँद देख सकना उनके लिए साक्षात् काल के दर्शन की तरह था।

उसने रेंगनेवाली स्थिति में बने रहकर ही, चोट खाए अजदहा की भाँति थोड़ा सा उचककर द्वार खटखटाया। गृहिणी ने ही द्वार खोला। उस समय वे किसी ऐसे अतिथि की प्रतीक्षा में थीं, जिसे भोजन कराकर स्वयं फलाहार ग्रहण कर सकें। उसका द्वार खोलना उस आदमी को शकुन की भाँति लगा। उसे लगा, उनके दर्शन ने ही उसे सुरक्षा प्रदान कर दी। वे उसे अंदर ले गईं। हाथ-पाँव धुलाए। बैठने के लिए आसन दिया तथा उसकी उस क्लांत अवस्था को देखकर सहानुभूति और संवेदना प्रकट की। फिर अपने पति को सूचित करने तथा अतिथि-सत्कार का समुचित प्रबंध करने के लिए चली गईं।

पति शांत स्वभाव तथा मनीषी लगनेवाले व्यक्तित्व के स्वामी थे। जब उन्होंने प्रवेश किया तो वह श्रद्धापूर्वक खड़ा हो गया। उनके चेहरे से लगा—अपने घर में इस समय की उसकी उपस्थिति उन्हें रुचिकर नहीं लगी। आसन ग्रहण करने के पश्चात् उन्होंने उसके क्लांत, भयग्रस्त और असुरक्षा भाव से सने चेहरे की ओर देखा और चुप्पी साध ली। वह अपने फूले हुए साँस को संतुलित करने का प्रयास करता रहा। साँस के थोड़ा-बहुत संतुलित हो जाने पर उसने अपने माथे पर चुचुआते हुए पसीने को पोंछ डाला। जब उसने सुरक्षा पाने के लिए याचक-दृष्टि से उनकी ओर देखा तो आत्मस्थ हो चुके थे। उनकी आँखें बंद थीं। गृह-स्वामिनी अतिथि-सत्कार के प्रबंध में दत्तचित्त थीं।

उसके अंदर हाँके का कोलाहल अधिक तीव्रता के साथ उभर रहा था। उसे

वह अंदर-ही-अंदर घोटता जा रहा था। लेकिन बाहर अटूट चुप्पी ने उसके अंदर घुसते उस कोलाहल को एकाएक उभाड़ दिया। उसके अंतर में एक भँवर सी चक्कर काटने लगी। वह व्याकुल और भयभीत सा होकर एकाएक बोला, 'वे लोग मेरा वध करने के लिए हाँका कर रहे हैं।'

गृह स्वामी, जिन्हें वह दयालु मानकर, न्याय और सुरक्षा की खोज में गया था, कुछ देर तक मौन बने रहे। जब बोलना प्रारंभ किया तो कुछ इस प्रकार बोले, 'वध अपने कर्मों से होता है। वैसे हर बधिक के ऊपर एक बड़ी शक्ति होती है, जो बधिक का रूप धारण करती है और रक्षक का भी।'

इन शब्दों ने उसके अंदर एक प्रकार की आशा की किरण टिमटिमा दी। वह बोला, 'श्रीमन्, उनके हाथों में बरछे और भाले हैं। वे हाथियों पर सवार होकर हाँका कर रहे हैं। हमारे स्वामी मचान पर बैठे निशाना लगा रहे हैं। उनका नया मंत्री उनके पीछे खड़ा मेरी चुगली खा रहा है। उसने बिना हथियार उठाए मेरा वध करने का प्रण किया है।

वे हँसे और बोले, 'कृष्ण ही कृष्ण की भूमिका निभा सकता है!' इस वाक्य ने उस आदमी के आत्मविश्वास को उलट-पुलट कर दिया।

'लेकिन वे मुझे अपने काल की भाँति लगते हैं। वे मुझसे मेरी जिह्वा माँगते हैं। मैं आपके पास मार्गदर्शन के लिए उपस्थित हुआ हूँ।'

'धैर्य और 'उस' पर विश्वास, बस!' फिर रुककर बोले, 'यदि प्राण बचते हों तो एक अंग का थोड़ा सा अंश दे देना ही नीति है। हम जाति से चाहे जो भी हों, परंतु कर्म से ब्राह्मण हैं। महाभारत में द्रौपदी युधिष्ठिर को अव्यावहारिक कहने के लिए ही ब्राह्मण शब्द का प्रयोग किया करती थी।' वे खुलकर हँसे, फिर बोले, 'हम प्रार्थना ही कर सकते हैं, सो करेंगे।'

'तब तक वे लोग घेर लेंगे। देखिए आवाज़ें निरंतर बढ़ती जा रही हैं।'

उनकी पत्नी के चिल्लाने का स्वर एकाएक सुनाई पड़ा, 'चूहा ऽ ऽ।' गृह स्वामी एकाएक चौंककर बोले, 'कौन चूहा ऽ!' फिर तेज़ी से उठते हुए दोहराया, 'हाँ, यह चूहा ही है!'

कूलर के लिए बने मोघे से एक चूहा अंदर कूद आया था। उसकी उपस्थिति सबकुछ अस्त-व्यस्त किए दे रही थी। पत्नी नाराज़ हो रही थीं, 'आपसे कई बार कहा, इस मोघे को बंद करा दो। ये चूहे-बिल्ली आ-आकर मेरी गृहस्थी को तहस-नहस कर डालेंगे।' कहते-कहते वे रुआँसी हो गईं और अतिथि-सत्कार के लिए ला रही सारी सामग्री उन्होंने धड़ाम से धरती पर रख दी।

पति ने पुत्र को पुकारा, 'राम, तुरत!'

पत्नी ने नौकरानी को पुकारा, 'राधा, तुरत!'

सब लोग तुरत आ जुटे। पुत्र के हाथ में डंडा। नौकरानी के हाथों में झाड़ू! पति के हाथ में पटरा! चूहे का मार्ग अवरुद्ध करने के लिए पत्नी एक ओर, पति दूसरी ओर! बाकी दोनों बीच में!

पत्नी ने धीमे स्वर में कहा, 'आज पूर्णिमा है! चूहे को मारना अधर्म होगा!'

पति भी धीमे से ही बोले, 'मारना तो होगा ही। वैसे हम कौन होते हैं मारनेवाले। जो मरवाना चाहता है, उसी ने इसे इस घर में आने की प्रेरणा दी है। वैसे ये जीवन-मुक्त प्राणी होते हैं।'

चूहा कहीं छुपा था। वह आदमी भी चुपचाप कोने में दबा खड़ा था। उसके अंदर और बाहर का शोर कई गुना हो गया था। पत्नी उन सबको कार्यरत देख थोड़ा आश्वस्त होती जा रही थीं। वे जलपान सामग्री को उठाने के लिए पुनः उस पर झुक गईं।

चूहे ने ख़तरे को समझ लिया था। वह निरंतर दौड़ रहा था। वे लोग डंडे और झाड़ू ज़मीन पर बार-बार फटकार रहे थे। जहाँ पर भी चूहा जाकर अपने को छुपाता था, वहीं पर डंडे और झाड़ू की आवाज़ उनका पीछा करने पहुँच जाती थी। वह फिर दौड़ने लगता था। एक-दो बार तो वह सुरक्षित स्थान की खोज में चूहेदान तक जा चढ़ा, लेकिन उसकी अप्रत्याशित सूझ उसे लौटा ले गई। इस बात ने उन सबको और अधिक रुष्ट और उत्तेजित कर दिया। वे चूहे से इस प्रकार की आशा नहीं करते थे कि वह चूहेदान तक जाकर बिना उसके अंदर प्रविष्ट हुए लौट जाएगा। चूहा है तो उसे बिना किसी हील-हुज्जत के चूहेदान में जाना ही चाहिए।

जैसे ही चूहा चूहेदान के पास पहुँचता था, उसका कलेजा मुँह को आ जाता था। वह भी अंदर-ही-अंदर उसके साथ दौड़ना आरंभ कर देता था।

चूहा अपनी फुरती और अक्ल के अनुसार बच निकलने के लिए पूरा संघर्ष कर रहा था। सब द्वार पूरी तरह बंद थे। पत्नी अतिथि-सत्कार की सामग्री हाथ में लिये चूहे की गतिविधियों से उन लोगों को निरंतर अवगत करा रही थी।

शेष तीनों पूरी मोरचाबंदी किए हुए थे। एकाएक बेटे ने चूहे पर पहला वार किया। चूहा साफ़ बच निकला। उस अंदर-ही-अंदर दौड़ते आदमी के होंठ रबड़ की तरह एकाएक फ़ैले और यथावत् हो गए। लड़के की माँ तत्काल बोली, 'मारना ही है तो राधा मारेगी! पूर्णिमा का दिन है!'

दूसरा वार नौकरानी ने किया। चूहा शायद चोट खा गया। उस आदमी के मुँह

से एकाएक हल्की सी-सी-ऽ निकल गई। उसके भागकर पुनः छिप जाने से उसे थोड़ा ठीक अनुभव हुआ। पर गृहस्वामी ने उसे छिपे नहीं रहने दिया। उसके निकलते ही नौकरानी ने दूसरा वार किया। इस बार का वार काफ़ी ज़ोरदार था। लेकिन नौकरानी अपने ही अतिरिक्त ज़ोर के कारण फिसल भी गई। उस आदमी को लगा, नौकरानी के गिरते ही उसके पैरों में स्फूर्ति आ गई है। चूहा हालाँकि काफ़ी चोट खा गया था, पर जान बचाकर भाग निकला था।

इस बार गृहस्वामी ने उस आदमी की ओर भी नज़र उठाकर देखा। उनके देखने से लगा, वे उतने शांत नहीं, जितने साधारणतया दीखते थे। उन्होंने अत्यधिक उत्तेजना के साथ कहा, 'सबकुछ हो सकता है, पर चूहों का उत्पात सहन नहीं हो सकता। चूहा ऐसी कौम है, जो जड़ को खोखला करती है। जहाँ मिले, वहीं उसे मार डालना धर्म है!' इतना कहकर के फिर मूषक-वध अभियान में लग गए।

उसकी समझ में उनकी नाराज़गी का कारण नहीं आ रहा था। न वह यह समझ पाया था कि क्या उसे उनकी बात का जवाब देना है? वह कहना चाहता था कि श्रीमान् उसका उत्पात करने का कोई इरादा नहीं था। वह तो रोटी और सुरक्षा के लालच में घुस आया था और वही उसके लिए जानलेवा हो गया। वह पंजों के बल खड़ा होकर चूहे का हाल लेने लगा। वह इस बात को जानने के प्रति उतावला था कि वह बचेगा या मार डाला जाएगा। मार डाला जाएगा···तो क्या वाकई मार डाला जाएगा? बाल-बच्चे तो सभी के होते होंगे? या सिर्फ़ आदमी के ही होते हैं? उनका क्या होगा? चूहा अधिक सुरक्षित स्थान की खोज में फिर निकलकर भागा। अधिक सुरक्षा की खोज ही उसके लिए काल बन गई। जैसे ही निकला, वह नौकरानी जो पहली बार अपने को नहीं सँभाल पाई थी और मालिक के सामने दो बार असफल हो जाने की कुंठा से ग्रस्त थी, उसे ले बैठी। वे सब लोग इस बार एक साथ चिल्लाए, 'मारा गया···मारा गया!'

पिता अपने बेटे की पीठ ठोकने लगे कि उसने कैसी मोरचेबंदी की। वरना वह चूहा राधा के हाथों तो आता ही नहीं। राधा ने भी हाँ-में-हाँ मिलाई, 'हाँ, भैयाजी ने उसे भागने ही नहीं दिया।' और फिस्स से हँस दी।

पत्नी अतिथि-सत्कार को कार्यान्वित करने के लिए अग्रसर हो गई थीं। उन्हें अतिथि-पूजा करके अपना व्रत खोलना था। बेटा मृतक को डंडे पर टाँगकर ले जाने की लगन में लगा था। उसकी आकांक्षा थी कि वह मृतक को आधा डंडे के इधर लटका ले और आधा उधर। नौकरानी राधा उस स्थान को धो-धाकर पवित्र कर देना चाहती थी, जहाँ पर उस चूहे का 'महिष-वध' हुआ था।

पत्नी ने सामग्री मेज़ पर लगाते हुए प्रस्ताव रखा, 'मोघा बंद करा दो और कूलर ऊपर लगवा दो। थोड़ी गरमी ही, सहन कर लेंगे। इन चूहे-बिल्लियों से तो जान बचेगी।'

'वे तो दरवाज़े से भी आते हैं।'

पत्नी ने कोई जवाब नहीं दिया। पति का भाग पति के हाथ में देकर अतिथि का भाग उसकी ओर सरका दिया।

अतिथि पसरा हुआ पड़ा था। उसकी खुली आँखें उसी स्थान पर थीं, जहाँ चूहा वीरगति को प्राप्त हुआ था।

□

घोड़े का नाम घोड़ा

लोग मुझे घोड़ा समझते हैं और मानते भी हैं। दुनिया की अजीब चाल है। दुनिया के ये लोग आपस में काने को काना कहने से डरते हैं, पर दूसरे को घोड़ा कहने के लिए इनकी ज़बान लंबी भी है और खुली भी। अगर ज़बान पर जाया जाए तो मेरी ज़बान इन लोगों की ज़बान से कई गुना लंबी और तगड़ी होगी। पर मेरी मजबूरी है कि मैं बोलता नहीं। जब मेरे मुँह पर ही मुझे घोड़ा कहा जाता है तो मेरा मन दुःख से भर जाता है। घोड़े की, जो इनकी परिभाषा है, वह बड़ी हिकारत भरी है। इसीलिए मैं अपने को कभी घोड़ा नहीं कहलाना चाहता रहा। सच पूछो तो जब लोगबाग इस तरह का व्यवहार करते हैं, तो मेरी टाँगें दुलत्ती झाड़ने के लिए कसमसा उठती हैं। पर अब उतनी आसानी से नहीं झाड़ सकता। पेट पर बोझ बढ़ गया और नसें भी क़रीब-क़रीब बेकार हो गईं। चूँकि यह मेरी अपनी बात है, इसलिए मैं ही जानता हूँ। वैसे ये लोग मेरी पिछाड़ी आने से डरते हैं। ये लोग मेरी पिछाड़ी की समता अफ़सर की अगाड़ी से करते हैं। अफ़सर आदमी होता है, वह अगाड़ी मारता है। वैसे अब मैं दुलत्ती झाड़ने के पक्ष में नहीं। सोचता हूँ, अगर मैं भी वही करने लगूँ, जो ये लोग करते हैं तो मुझमें और इनमें अंतर क्या रह जाएगा। मैं वही तो नहीं, जो कुछ वे कहते या समझते हैं। वह भी तो हूँ, जिसे वे देख या समझ नहीं पाते। जो सामने देखा जाता है, वही पूरापन नहीं होता। बस मैं बोलता नहीं, क्योंकि बोल पाता नहीं या सकता नहीं। वरना मैं भी अंदर से वही हूँ, जो ये सब घोड़ा कहनेवाले हैं।

एक बात और है, अगर मैं वह नहीं होता, जो ये हैं तो मैं वह सबकुछ कैसे सीख जाता, जो इन लोगों ने मुझे मार-मारकर, मुरगा बना-बनाकर सिखाया। अगर मैं संवेदनशील न हुआ होता और अपनी मजबूरी तथा इनकी ताक़त को समझता न होता तो इनमें से किसी के भी पास किसी बात की तमीज़ ही नहीं थी। हर बात पर चमकता था। कुछ हुआ नहीं कि दौड़ने लगा, दुलत्तियाँ झाड़ने लगा। दोनों पैरों पर

अलफ़ खड़ा हो जाता। सब बेवकूफ़ी भरी बातें! शायद प्रशिक्षित और पालतू हो जाने पर आज़ादी के दिनों में किए जानेवाले सब व्यवहार बेवकूफ़ी भरे लगने लगते हैं। यहाँ तक कि मैं ठीक तरह से दुलकी चलाना तक नहीं जानता था। शाबाशी देने के लिए बढ़ा हुआ हाथ भी मुझे स्वीकार्य नहीं था। अब तो मैं तत्काल धुरधुरा देता हूँ। वह सबकुछ पूर्व जन्म की तरह लगता है।

'बड़े नत्थू' से पहले 'छोटा नत्थू' मेरी टंडलवाल के लिए रखा गया था। तब मैं यह नहीं पहचानता था कि अपने को आदमी माननेवालों में भी वर्ग-दर-वर्ग होते हैं। बड़े से भी बड़ा नत्थू, बड़ा नत्थू, छोटा नत्थू और न जाने कितने नत्थू। तब दो ही बातें समझता था। नत्थू और मैं। दरअसल, यही दो मोटी बातें समझ में आती थीं। वह बेचारा छोटा नत्थू एक साथ दस-दस बार मेरे पिछाली बाँधने के लिए हिम्मत साधता था। पर जैसे ही नज़दीक आता था—मैं उछल पड़ता था और पूरे अस्तबल में हलचल मचा देता था। वहाँ जो सधे हुए घोड़े होते थे, उनकी गरदन शर्म से झुक जाती थी। एक बार तो मैंने छोटे नत्थू का दालखाना झाड़ दिया था। दरअसल, तब मुझे अपनी आज़ादी का वही अकेला दुश्मन नज़र आता था। वह मेरे पिछले पैरों में हाथ डालता और जैसे ही मैं बिदकता, वह तत्काल मेरे पुट्ठे सहलाने लगता। मेरी आँखों में खून उतर आता। आख़िर यह मेरी जान के पीछे इस तरह हाथ धोकर क्यों पड़ा है। उस समय यह बात समझ में नहीं आती थी कि बंधक बनानेवालों में जितना धैर्य, सहनशक्ति और बेहयापन होता है, उससे अधिक अधैर्य और असहिष्णुता बननेवाले में होते हैं। अगर ऐसा न हो तो कोई किसी को बंधक बना ही न पाए।

जहाँ मैं ठंडा पड़ता, फिर पैरों मैं हाथ डालने पुट्ठे सहलानेवाली क्रिया शुरू हो जाती। मेरी कनौती खड़ी हो जाती। दरअसल, उसकी नज़र कनौती पर रहती थी। कनौती खड़ी होते ही उसका हाथ जहाँ होता था, वहीं रुक जाता था। सच पूछो तो वह पटाया करता था कि मैं आज़ादी का ख़याल छोड़ दूँ। लेकिन उसकी बात मेरी समझ में नहीं आती थी। स्वभावत: मेरा रवैया उसके लिए एक चुनौती की तरह था। हारकर छोटे नत्थू को बड़े नत्थू की मदद लेनी पड़ती थी। उस समय तक मुझे बड़ेवाले की और उसकी शक्ल में कोई खास अंतर नज़र नहीं आता था। बल्कि इस बात पर आश्चर्य ही था कि नत्थू एक से दो कैसे हो गए! वह हो सकता है तो मैं क्यों नहीं हो सकता। मैं दो हो जाऊँ तो दोनों नत्थुओं को ठिकाने लगा दूँ।

बड़ा नत्थू ज़्यादा चालाक निकला। वह केवल मेरी पीठ ही सहलाता था। झुककर पिछाली चढ़ाने का ख़तरा उसने कभी नहीं लिया। पीठ सहलवाने में मुझे

बड़ा मज़ा आता था। पीठ सहलाते-सहलाते वह नत्थू को इशारा कर देता था कि चालू हो जाओ। लेकिन मैं इतना बेहोश नहीं होता था कि उसका हाथ अपने पैरों की तरफ़ बढ़ता हुआ महसूस न करूँ। मैं तत्काल कूद जाता। एक-दो बार तो उस बड़े नत्थू ने बरदाश्त किया। फिर मेरे गले का रस्सा कसकर हंटर फटकारने लगा। लेकिन बावजूद अंदर उमड़ते भय के मैं अपनी आज़ादी को इतनी आसानी से छोड़ देने के लिए तैयार नहीं था। वे ज़्यादा ज़ोर-ज़बरदस्ती करते। मैं रस्सा तुड़ाकर सीधा खड़े होने की तैयारी करने लगता। इससे वे डर तो जाते, पर हिम्मत न हारते। एक-दो बार ऐसा किया तो उनके लिए मुझे सीधा करना कठिन हो गया। खैर, किसी तरह से सीधा हुआ। मेरा मन इस बात से ख़ुश हो गया कि मैंने इन नत्थुओं से अच्छी लड़ाई लड़ी।

बाद में पता चला कि 'बड़ा नत्थू' हम जैसों की आज़ादी को पालतूपन में बदलने के तरीकों का पक्का हकीम है। छोटे नत्थू के ऊपर उसकी सेवा का नियोजन इसीलिए किया गया है। लेकिन वह चाहे जितना भी बड़ा हकीम रहा हो, पर मेरे जिद्दी स्वभाव के कारण काफ़ी क्षुब्ध था। उसके अहं को काफ़ी चोट पहुँच रही थी। इस बात को ज़ोर-ज़ोर से कहता था कि उसने बड़े-बड़े शातिर घोड़ों को साध दिया, पर इतना बदमाश कभी देखने में नहीं आया। मैं उसकी इन सब बातों को उतना तो नहीं समझता, पर इतना ज़रूर समझ जाता था कि वह नाराज़ है। उसी ने मेरे मुँह पर वह काँटोंवाली, यानी दानेदार लगाम लगाई थी और आँखों पर कनटोपे की तरह का वह मुखौटा चढ़ाया था, जिससे मैं सीधा ही देखूँ और इधर-उधर का बिल्कुल नज़र न आए। गले में जेरबंद भी उसी ने डाला। जेरबंद की वजह से अलफ होने में परेशानी होने लगी। हम लोग अपने को आज़ाद तभी तक महसूस करते हैं, जब तक हमारे अंदर यह एहसास बना रहे कि हम दोनों पैरों पर खड़े होकर अपनी स्वतंत्रता का उपभोग कर सकते हैं। उस लगाम और ज़ेरबंद के बावजूद मैंने अलफ़ हो जाने की अपनी प्रवृत्ति को नहीं छोड़ा। हालाँकि खतरे बढ़ गए।

मेरे इस व्यवहार से बड़ा नत्थू और भी नाराज़ हो गया। उसने अपना चाबुक फटकारते हुए धमकाया, 'अबे, अपनी नस्ल का और पंच-कल्याण होने का गुमान करता है। माँ-बाप ने तो पैरों में नालें ठुकवाते और टाँगें रगड़ते गुजार दीं। तू बादशाहत करने के लिए पैदा हुआ है, न तेरी एक-एक नस तोड़कर तुझे नामर्द बना डाला तो अपना नाम बदल डालूँगा। कसाइयों से कटवाकर तेरी एक-एक बोटी कुत्तों से नुचवाऊँगा।'

उसकी इस तरह की बातें मन को कचोटती थीं। अपमान से एक-एक रोआँ फड़क उठता था। पर एक ऐसा प्राणी, जिस पर चौपाए की योनि थोपी गई हो, इससे अधिक कर ही क्या सकता है कि वह अपने चौपाएपन से विद्रोह करके दो पैरों पर खड़ा हो जाए और अपने आप को दो पाया समझनेवालों को चुनौती दे। वही मैं करता था। शायद मेरा यह सबकुछ करना अपने लिए खाई खोदने की तरह था। पर था, सो था।

बड़े और छोटे नत्थू ने मिलकर जब पहली बार पिछाली लगाई थी तो मैंने उसे तोड़ डाला था। तभी से इस भावना ने मेरे मन में घर कर लिया था कि मैं इस तरह के बंधनों को आनन-फानन में तोड़ सकता हूँ। गुलाम बनाने के प्रयत्नों को निष्फल कर सकता हूँ। एक दिन आएगा, जब मैं इन बंधनों को तोड़कर स्वतंत्र हो जाऊँगा। ये लोग देखते रह जाएँगे। उस समय तक मैंने वहाँ पर उपलब्ध सुविधाओं के बारे में सोचना शुरू नहीं किया था। सच कहूँ तो मैं तब तक उनके प्रति आकर्षित भी नहीं था। मेरा आत्मविश्वास मुझे कहने लगा था कि मैं अपने लिए इससे अधिक हरे चरागाह खोज सकता हूँ। बस आज़ाद होने भर की देर है। पर इस आत्मविश्वास के थोथेपन का मुझे तब पता चला, जब एक बार मैं बड़े नत्थू के हाथ से छूटकर भाग निकला। वह मुझे टहलाने निकला था। तब तक मैं रस्सी में बँधकर टहलाए जाने की नियति को स्वीकार कर चुका था। वास्तव में टहलाने ले जाना साधने का ही एक आरंभिक हिस्सा था। इस बात का एहसास मुझे बाद में हुआ।

उसके हाथ से छूटकर भागा तो मेरा ख़याल था कि मेरी सीमा संपूर्ण धरती है। मैं कहीं जाकर लौट सकता हूँ, चर सकता हूँ और मुक्त भाव से हिनहिना सकता हूँ। लेकिन बात बिल्कुल वैसी ही नहीं थी, जैसी मैं सोचता था। जिस तरह का बढ़िया दाना और मुलायम दूब खाने का मैं आदी हो गया था, उससे किस कदर ख़राब घास मुझे खाने को मिली थी, मैं ही जानता हूँ। जो बड़े-बड़े और हरे-हरे चरागाह थे, वहाँ पहले से ही और घोड़े मालिकाना अंदाज़ में चर रहे थे। मैं उन चरागाहों के पास से गुजरता भी था, घोड़े तो दौड़ते सो दौड़ते ही थे, उनके टंडैलिये भी दौड़ पड़ते थे। इधर-उधर नालियों के किनारे तथा गंदी जगहों पर जो घास मिल जाती थी, उसी के घाट उतरना पड़ता था। मेरी ज़बान बावजूद दानेदार लगाम से लड़ते रहने के, इतनी कोमल पड़ गई थी कि मोटी और धारदार घास को खाने में जान पर बन आती थी। उस घास ने मेरी ज़बान को उस दानेदार कँटीली लगाम से ज़्यादा ज़ख्मी किया। मैं उस खाने से ऊब गया। अच्छी घास और दाने की हुड़क से अधमरा सा होता गया। मैं फिर वापस उसी शहर में आ गया, जहाँ मेरा मालिक

(यानी बड़े से भी बड़ा नत्थू), बड़ा नत्थू और छोटा नत्थू रहते थे। मेरी तलाश काफ़ी तेज़ी से तब तक भी जारी थी। दरअसल, उन्होंने मेरे ऊपर अभी तक खर्च ही किया था। वे मुझे एक अच्छा फरमा बरदार, स्वामी-भक्त और आला-सवारी बना देखना चाहते थे। इसीलिए उन्होंने बड़े नत्थू जैसे उस्ताद की सेवाएँ नियोजित की थीं। उनका ख़याल था कि एक बार अच्छी तरह साधा गया घोड़ा ज़िंदगी भर के लिए नियामत सिद्ध होगा।

मैं पकड़ लिया गया। मैंने बहुत सोचा कि मैं इस पकड़-धकड़ से प्रसन्न हूँ या दु:खी? पर समझ में नहीं आया। खैर, फिर वापस उसी अस्तबल में पहुँचा दिया गया। सब नत्थू एक कतार में खड़े मेरी प्रतीक्षा कर रहे थे। मेरे भाग जाने से हतप्रभ और दु:खी भी थे। उस दिन बाद में उस 'बड़े नत्थू' ने मुझे चाबुक से खूब पीटा। उसके पीटने के ढंग से लगा कि सबसे बड़े नत्थू ने भी इन दोनों नत्थुओं को भी इसी तरह मारा होगा। नहीं तो इतना न पीटता। इतना तो तब भी नहीं पीटा था, जब मैंने दुलत्तियाँ झाड़कर इनके दाल खाने तोड़ डाले थे। पिटते हुए मैं अपने को कोसता जा रहा था, 'ले बच्चा, खा हरी-हरी दूब और भीगा हुआ दाना। मोटी घास नहीं खाएगा, मार तो खाएगा… !'

खाना-पीना फिर चकाचक चलने लगा। एक दिन 'बड़े से बड़ा नत्थू' भी आकर उन दोनों नत्थुओं को डाँट गया था कि खबरदार, अब घोड़े (हरमना) को कोई तकलीफ़ न हो। अगर अब भागा तो ऐसी सजा दूँगा कि याद रखोगे। दोनों नत्थू मेरी तरफ़ इस तरह देख रहे थे, जैसे भाँप रहे हों, मैंने सुना या नहीं। पर मेरे तो मुँह पर दाने का तोबरा चढ़ा था। मैं भकाभक खाने में लगा था। तोबरा चढ़ा होने से उन्हें मेरी शक्ल से भी कुछ खास पता नहीं चल रहा था। पर मेरे कान उसी की बात पर थे।

उसके बाद बड़ा नत्थू बिरजिस और छोटा कोट पहने, हाथ में चाबुक लिये मेरे आस-पास रहने लगा। इस ड्रेस में वह मुझे बहरुपिया ज़्यादा लगता था। क्योंकि वह फटा हुआ पायजामा ही पहनता था। जब तक यह वरदी नहीं बनी थी, उसी फटे पायजामे में ही आया करता था। जहाँ मेरे सामने आया और मेरी नज़र उसके चाबुक पर गई। तब तक टिकी रहती थी, जब तक वह या तो उसे कहीं रख नहीं देता था या वहाँ से हट नहीं जाता था। क्योंकि जब आदमी के हाथ में चाबुक हो तो उसे मरखना साँड़ ही मानना चाहिए। वैसे भी मुझे अपने अंदर आज़ादी के लिए संघर्ष करने की शक्ति पहले से कम महसूस होने लगी थी। जब वह मुझे निकालता था, मैं हील-हुज्जत तो करता था, पर मेरी हील-हुज्जत का असर उस

पर कम पड़ने लगा था। जब कभी अलफ़ भी होता उसे तो क्या, छोटे नत्थू तक को कोई खास परेशानी नहीं होती थी बल्कि भोंड़ी सी गाली देकर मेरे पेट में ढोके जमाना शुरू कर देता था। पेट पर पड़नेवाली चोट कभी-कभी काफ़ी तोड़ देती है। बाद में तो ये पेट पर पड़नेवाले ढोके ही मालिक की ऐड में बदल गए थे। तब मैं उन ढोकों की चोट के कारण मजबूर रहता था, अब इन ऐड़ों के कारण मजबूर रहता हूँ। जब भी मालिक कोई ऐसा-वैसा काम कराना चाहता है, या चाहता है कि मैं तेज़ दौड़ूँ तो रकाब में रखे उसके जूते की ऐड़ी ऐड़ के नाम पर मेरे पेट में घुस जाती है। मुझे दौड़ते चले जाना पड़ता है, बिना कुएँ-खंदक का ख़याल किए। 'सबसे बड़े नत्थू' को छोटी-छोटी पहाड़ी पगडंडियों तक पर लेकर तेज़ी के साथ चढ़ना पड़ता है। उस समय मेरी क्या हालत होती है, मैं ही जानता हूँ। स्वयं चलना और पीठ पर बैठे नत्थुओं में सबसे बड़े नत्थू को सँभालना। राम भजो! जब उसका काम पूरा हो जाता है तो पीठ थप थपाकर पूरा शाबाश भी नहीं कहता। बस 'शाबा' कहकर धीरे से अंतर्धान हो जाता है। अब गुस्सा नहीं आता। पहले आता था।

मसाले खिलाए जाते हैं, जिससे उसके चाहने पर मेरा ठंडा खून गरमा जाए। इन तीनों के अलावा मुझे कोई छू भर दे बस आगबबूला! इस बात को ये लोग बड़ी इज़्ज़त की नज़र से देखते हैं और मेरी नस्ल की दाद देने लगते हैं। वैसे यह मेरी असहिष्णुता है। दूसरों के प्रति यह असहिष्णुता इन लोगों को पसंद आती है। जब कभी ठंडे दिमाग़ से सोचता हूँ तो इन लोगों पर और अपने पर भी हँसी आने लगती है।

अपनी इस दुर्दशा के लिए मैं बड़े नत्थू को दोषी मानता हूँ। उसे मैं कभी माफ़ नहीं कर सकता। हालाँकि मेरे माफ़ करने या न करने से उस पर क्या असर पड़ता है। पर कभी-कभी ग्लानि होती है कि इस दशा को पहुँच गया कि अपनी मरजी से आ-जा भी नहीं सकता। आने-जाने की बात तो दूर रही, नाक की सीध के अलावा इधर-उधर देख नहीं सकता। ऊपर से लगाम! कभी इधर-उधर मुड़ना भी चाहूँ तो वह सबसे बड़ा नत्थू तत्काल लगाम खींचता है। कभी वक्त था, जब ये सब नत्थू मुझे छूते हुए डरते थे। बड़े नत्थू ने ही मुझे अख़्ता किया। कमबख़्त को मेरे नर बने रहने तक पर एतराज़ था। उसने सबको यही समझाया कि अगर ये लोग नर रहते हैं तो इनकी ताक़त इधर-उधर जाया हो जाती है। अख़्ता अंत तक सवारी के काम आता है। पहले अख़्ता किया, अब मसाले खिलाता है। शरीर में आग नहीं भरेगी तो क्या होगा। अख़्ता कराकर इसने मुझे सवारी में निकाला। सोचता हूँ तो दिल दहल जाता है। अपनी आज़ादी के दिनों में जोत लगे अपने भाई-बिरादरों को बग्घियाँ खींचते देखकर मुझे हँसी आती थी। काहे नहीं ये इस

गाड़ी को ले जाकर खड्ड में डाल देते या दुलत्तियाँ झाड़कर इन गाड़ियों का काम तमाम कर देते, क्यों ये ज़िंदगी भर दो बमों के बीच ही चलते रहना चाहते हैं? उन्हीं को देखकर मैंने यह निर्णय लिया था कि मैं कभी अपने लिए घोड़ों की नियति स्वीकार नहीं करूँगा। मैं इन सबसे ऊपर हूँ। इनके जैसी ज़िंदगी बसर करने के लिए नहीं पैदा हुआ। लेकिन इस बड़े नत्थू ने मेरी एक नहीं चलने दी। एक बार जब मैं उखड़ गया था और इसके कब्जे में नहीं आ रहा था तो इसने तपते हुए लोहे से मुझे दाग दिया था। तब पहली बार एहसास हुआ कि आज़ादी की तकलीफ कितनी जानलेवा है।

उस दाग का घाव अब ऊपर चला गया है। कभी-कभी टीसता है। जब टीसता है तो गुलामी और आज़ादी की दोनों तसवीरें सामने उभरती हैं। जब तक सामने रहती हैं तो मैं आज़ादी को ललक के साथ देखा करता हूँ। फिर आज़ादी की तसवीर धीरे-धीरे विलीन होनी शुरू होती है। दोनों तरफ़ से आँखें ढकी होने के बावजूद गरदन घुमा-घुमाकर मैं उसकी तरफ़ तब तक देखता रहता हूँ, जब तक दीख सकती है या पूरी तरह लोप नहीं हो जाती। उसके हटते ही गुलामी धर दबोचती है। तीनों नत्थू अपने-अपने हथियारों के साथ आकर एक कतार में मेरी आँखों के सामने डट जाते हैं। बड़ा नत्थू 'सबसे बड़े नत्थू' से ज़्यादा बड़ा और भयावह लगने लगता है। छोटा और भी छोटा हो जाता है।

बड़े नत्थू ने मुझे जिस तरह टुकड़े-टुकड़े करके तोड़ा है, उसे मैं ही जानता हूँ। मैं उस सबको भूल जाना चाहता हूँ। पर बड़े नत्थू की परछाईं भी दिख जाती है तो वह सबकुछ याद आने लगता है, जो उस मरदूद ने मेरे साथ किया है। वह रोज़ चक्कर के लिए मुझे निकाला करता था। एक बहुत बड़े घेरे में दुलकी चलाता था, और चलाता चला जाता था। यदि खड़ा हो जाता था तो वह लंबा रस्सा, जो मेरे मुखौटे के नीचे लगे हुक में बँधा रहता था, उसको फटकारने लगता था। छोटा नत्थू मेरे पीछे-पीछे दौड़ा करता था। रुकने पर वह मुझे ठेलता था। नहीं दौड़ता या हठ कर जाता तो 'बड़ा' मुँह भरकर गाली देता और उस लंबे रस्से के सहारे मुझे साधने की कोशिश करता। फिर भी जब उसकी चाही चाल पर नहीं आता तो वह पगला सा जाता और छोटे नत्थू से ढोके लगाने को कहता। मेरी चाल और बिगड़ जाती थी। क्योंकि बोलने की सामर्थ्य ईश्वर ने रहने नहीं दी थी। हालाँकि पहले बोलते थे, हवा तक में उड़ते थे। अब ये सब सुनी-सुनाई बाते हैं। यही बचता था कि चाल को और बिगाड़ लो। जब बात नहीं बनती थी तो वह लोहे की पत्तियोंवाला गुर्ज फेंककर मारता था। ज़्यादातर वह पेट पर ही लगता था। इतना नाजुक स्थल

और गुर्ज की मार। मैं बिलबिला उठता था और कुछ देर ऐंडी-बेंडी चाल चलने के बाद फिर उसी चाल पर आ जाता था, जो वह चाहता था।

जिस दिन मैं बड़े नत्थू की बात मानकर काम करता था, वह बहुत ख़ुश होता। घी पड़ी रोटी, भीगा हुआ दाना और मुलायम-मुलायम तथा हरी-हरी दूब खिलाता। खरहरा कराता। स्प्रिट की मालिश होती। हाथ-पैर चटकवाता। पूरी तरह ताज़ा कर देता था। मैं भी बहुत अच्छा अनुभव करता था। उस दिन मुझे अपनी पिछाली और मुखौरे से कुछ ज़्यादा असुविधा नहीं होती थी।

मेरा स्वभाव बहुत धीरे-धीरे स्थिर हुआ। आज़ादी के लिए लड़ने के कारण पैदा होनेवाली तकलीफें जब सामने आने लगीं तो आज़ादी के बारे में मेरे विचार बदलते गए। उन तकलीफों के बहुत बढ़ जाने पर कभी-कभी छोटे नत्थू से सहारा मिलता था। यह बात मेरे मन में उसके प्रति सद्भावना भर रही थी। मुझे लगने लगा था—उन दोनों नत्थुओं से छोटा नत्थू थोड़ा भिन्न है। मैं आश्वस्त होता जा रहा था कि आरामदेह ज़िंदगी, आज़ादी की लड़ाई से ज़्यादा गुलामी के नज़दीक होती है। हालाँकि इस बात के एहसास के साथ-ही-साथ मेरे दिमाग़ में दो बमों के बीच चलते अनेक घोड़े घूमने लगते थे। उनकी पीठें घायल थीं। घुटने बैजों के कारण फूले हुए थे। उसके बावजूद वे लँगड़ा-लँगड़ाकर चलते चले जाते थे। उनको यात्रा के बाद ही खड़े होने के लिए थान और खाने के लिए घास मिल पाती थी। उनके पेट इतने कमज़ोर पड़ गए थे, जरा सी भी चोट उन्हें 'टें' कर सकती थी।

छोटा नत्थू बड़े नत्थू से बहुत छोटा था। कभी-कभी वह मुझे समझाया करता था, 'अरे हरमना, क्यों जी छोटा करता है। सबको अपनी-अपनी जून का भोग भोगना पड़ता है। तू भी भोग रहा है, हम भी भोग रहे हैं।'

मुझे अभी भी याद है कि जब मैं आया था तो मेरी ही दुलत्ती से उस बेचारे का दालखाना झड़ गया था। उन दिनों वह मुझसे दूर-दूर रहने की कोशिश करता था, उसने मुझे अपनी सुपुर्दगी तक में लेने में आनाकानी की थी। ऐसे छूता था, जैसे मैं जरायम-पेशा होऊँ। लेकिन बाद में उसके छूने पर जब मैंने सिवाय अपनी खाल को झुरझुरा देने के और कोई प्रतिक्रिया व्यक्त नहीं की तो उसकी हिम्मत खुलती गई और वह मेरे नज़दीक आता गया। यहाँ तक कि लंबी और थकान भरी यात्रा के बाद जब मुझे मालिक के हुक्म से घी पड़ी रोटी दी जाती तो वह उनमें से दो-चार पार कर देता था। मैं देखकर भी अनदेखा कर देता था। उसे नशे का भी शौक था। वह मालिश के लिए आई स्प्रिट में से थोड़ी चुराकर पी भी जाता था। स्प्रिट की चोरी मेरे लिए परेशानी पैदा कर देती थी। क्योंकि सवारी के दौरान जो चोटें और

खरोंच आती या हड्डियों पर ज़ोर पड़ता, स्प्रिट की मालिश उसमें काफ़ी आराम पहुँचाती थी। छोटा नत्थू मालिश करता-करता कभी-कभी आत्मस्वीकृति की मुद्रा में आ जाता और कहता, 'हरमना, तू समझता होगा कि नत्थू बहुत लालची और गंदा आदमी है। मैं खुद मानता हूँ। पर तू मुझे अपने जैसा ही समझ! बस फरक इतना ही है, मैं तेरी सेवा करता हूँ और तू मालिक की! मालिक का तेरे से सीधा काम पड़ता है, इसलिए वह तेरी मालिश कराता है। मेरे से नहीं पड़ता तो मुझे···तू देख ही रहा है। पर मेरी नसें तो मर चुकी हैं, तेरी अभी थोड़ी-थोड़ी फरकती हैं। वैसे हम तुम दोनों भाई-भाई···?' वह बहकी-बहकी बातें करता और हँसता। कभी मेरे गले में हाथ डालकर लटक जाता।

मैं बोलता कुछ नहीं। बोल भी कैसे सकता था। पर एक बात अवश्य लगती कि जब वह स्वयं कह रहा है, तू अपने जैसा ही समझ तो वह मेरे जैसा ही है। कुछ देर के बाद छोटा नत्थू घोड़ों की तरह ही अनबोलता लगने लगता था। मैं धीरे-धीरे छोटे नत्थू का गहरा लिहाज करने लगा था। वह मेरे अयालों में उँगली डालकर घंटों सहलाया करता था। अव्वल तो गुलामी ने इस लायक नहीं छोड़ा था, लेकिन फिर भी कभी जब मैं थोड़ा-बहुत भी उखड़ता था तो छोटा नत्थू फौरन सामने आ जाता और मैं ठंडा पड़ जाता। उसकी शक्ल मुझे अपने से भी ज़्यादा दयनीय और बिखरी हुई लगती थी। कई बार तो उसके चेहरे की जगह मुझे अपना चेहरा नज़र आने लगता था।

मैं उसे बहुत समझाना चाहता था कि नत्थू तू तो इनसान है। मेरी छोड़, मैं तो घोड़े की जून भोग ही रहा हूँ। सिवाय चलते रहने के कुछ नहीं कर सकता। पर तुझे तो आज़ादी के सवाल को समझकर उसके लिए लड़ना चाहिए। पर यह बात मैं उसे समझाता तो कैसे समझाता!

दरअसल, जिस स्थिति में छोटा नत्थू था, उसे ही अपनी आज़ादी मानकर ख़ुश था। मेरी यह धारणा इसलिए और भी पक्की होती जा रही थी, क्योंकि वह बड़े नत्थू तक का हंटर मुझसे ज़्यादा सहूलियत के साथ बरदाश्त कर लेता था। आँखों में आँसू भरे रहने पर भी दाँत निपोरता रहता था। जबकि बड़े से बड़ा या बड़ा, दोनों नत्थुओं में से कोई यदि चाबुक छुआ भी देता तो मैं कम-से-कम आगे-पीछे होकर ही अपनी नाराज़गी तो व्यक्त कर ही देता था। हालाँकि अब अलफ़ होना क़रीब-क़रीब बंद हो चुका था। कभी-कभी बलबला उठता था कि दोनों हाथ उठाकर एक बार पैरों पर खड़ा हो जाऊँ। मात्र यह एहसास ही क्षण भर के लिए आज़ादी के उस ख़याल को मेरे अंदर पुनर्जीवित कर देता था।

अपनी सब कमियों के बावजूद मैं सवारी के लायक एक आदर्श जानवर में परिवर्तित हो चुका था। मुझे पता तक नहीं चला था कि अपनी मरजी के खिलाफ मैं कैसे इस स्थिति को पहुँचा। साज़ से लकदक होकर चलना, रास्ते चलते लोगों का मुड़-मुड़कर, आँखों में प्रशंसा भरकर मेरी चतुरंगी चाल देखना मुझे किसी कदर अच्छा लगने लगा था। बड़ा नत्थू, बड़े-से-बड़े नत्थू की सवारी के लिए मुझे फिट बनाए रखने के लिए रोज़ मेरी पीठ पर चढ़कर दुलकी चलाता था, सरपट दौड़ाता था और जब मैं यह रियाज उसकी संतुष्टि के हिसाब से पूरा कर लेता था तो थपथपाता था और छोटे नत्थू को कहता था, 'देख बे, हरमना की मालिश जी-जान से किया कर। हरमना जैसा जानवर होना मुश्किल है। इसकी खातिर करेगा तो फल पाएगा। अनबोलते की आत्मा को कष्ट देने से बड़ा पाप दूसरा नहीं होता।'

वह चुपचाप सुन लेता और मालिश करने पर पिल पड़ता। बिना बोले करता रहता। मैं मुड़-मुड़कर उसे देखता रहता। वह बिल्कुल न बोलता तो मैं हिनहिनाता। वह थपकता और कहता, 'चुप रे, मैंने तेरी सेवा में कौन सी कमी की? तूने उसे क्या कहा?' मैं उससे कह नहीं पाता कि भैया मैं किसी से क्या कह सकता हूँ।

छोटे नत्थू का मुँह एक-दो दिन फूला रहता, फिर वह पहले जैसा ही हो जाता।

मुझे याद है कि जब पहली बार मुझे बड़े-से-बड़े नत्थू यानी मालिक के सामने पेश किया गया था, तो मेरी जो जाँच-सँवार हुई थी। वह दुल्हन की भी नहीं होती होगी। बाल कटवाए गए थे। नई नालें ठुकी थीं। साज नया पहनाया गया था। अगले घुटनों पर चमड़े के बाजू-बंद बाँधे गए थे। रेशम का रंगीन जेर-बंद बँधा था। (जेर-बंद बँधने पर एक बार को खुंदक आई थी।) माथे पर सफ़ेद चमचमाती हुई कलगी लगाई गई थी। सबसे मजेदार बात जो मुझे लगी थी, बड़े नत्थू ने तो वरदी पहनी थी, सो पहनी ही थी, छोटा नत्थू भी वरदी पहनकर दूसरी तरफ़ से मेरी रास पकड़े खड़ा था। उस पर खड़ा नहीं हुआ जा रहा था। वह बार-बार टाँग बदल रहा था, जैसे मैं बदला करता हूँ।

मालिक ने भी कम तैयारी नहीं की थी। मोटे-मोटे जूतों पर घुटनों तक चमड़े के गार्ड बाँधे हुए था। हाथ में हल्की सी खूबसूरत छड़ी थी। उस छड़ी ने मुझे थोड़ी देर तक चौंकाए रखा था। जब बड़े-से-बड़ा यानी सबसे बड़ा नत्थू सवार होने लगा तो बड़े नत्थू ने ही मुझे इशारा कर दिया था कि मैं थोड़ी उछलकूद मचाऊँ। हलचल करूँ। उस वक्त तक लगाम और रास दोनों उसी के हाथ में थीं। उसके इशारे को समझकर मुझे वैसे ही करना पड़ा। जब मैंने हलचल की तो वही

मुझे घुड़कने भी लगा, 'अबे, क्या करता है। अपने भाग सराह। आज हुजूर तेरी सवारी कर रहे हैं। तेरा जीवन सफल हो गया।' फिर उस सबसे बड़े नत्थू के सामने मेरी तारीफ करने लगा था, 'हुजूर, ऐसा जानवर आसपास नहीं मिलेगा। असील ऐसा कि पूछिए नहीं। वैसे आग का गोला। मैं इसके कान में फूँके देता हूँ कि आज से सरकार ही तेरे मालिक हैं। कट जाना पर मालिक को धोखा न देना।' उसने यह बात इस तरह कही कि मेरी पीठ पर सवार सबसे बड़ा नत्थू सुन ले।

जब से वह सवार हुआ, आज तक मेरी पीठ भरी हुई है। बड़े-से-बड़ा नत्थू सवारी गाँठता है। जो भी सवार होता है, होता नत्थू ही है। मैं निरंतर दौड़े जा रहा हूँ। छोटा नत्थू मेरी पूँछ पकड़े पीछे-पीछे दौड़ता रहता है। जब सबसे बड़ा नत्थू ऐड़ लगा देता है तो छोटा नत्थू कहीं बहुत पीछे छूट जाता है। तब मुझे तकलीफ होती है। मालिक की ख़ुशी के सामने मेरी या उस छोटे नत्थू की तकलीफ का मतलब ही क्या? बड़ा नत्थू कभी-कभी नज़र आता है। मेरे किसी दूसरे भाई-बंधु को साधता हुआ। उस समय मेरा मन एक बार अलफ़ करने को हो आता है। पर लगता है, मेरी टाँगें स्वतंत्र रूप से मेरा वजन सँभालने के काबिल नहीं रहीं। इसलिए मैं बिना कुछ किए चलता चला जाता हूँ। छोटा नत्थू मेरे पीछे दौड़ता रहता है और वह कमबख़्त बड़ा नत्थू सड़क पर कभी भी नज़र आ जाता है।

□

वल्द रोज़ी

विकास के तीन नाम हो गए थे। उसकी प्रेमिका का बाप उसे 'बकाश' बाबू कहता था, माँ 'बिकास' कहती थी और वह स्वयं अपने नाम का उच्चारण इसलिए सँभलकर करता था, जिससे उसका नाम न बिगड़े। हालाँकि इस वर्ग के लोगों में इस नाम का होना और लोगों को अटपटा और अप्रचलित सा लगता था। लेकिन इन बातों की अब उसे आदत पड़ गई थी। उसके नाम के बारे में कोई टीका-टिप्पणी करता भी था तो वह चुप लगा जाता था। पहले की बात और थी, जब वह झगड़ पड़ता था। आजकल उसे सबसे बड़ी चिंताएँ दो थीं—एक नौकरी और दूसरी प्रेमिका। आर्थिक स्थिति और पारिवारिक विषमताएँ नौकरी के घेरे में ही आ जाती हैं। जहाँ तक शिक्षा का सवाल था, उसे लेकर अब वह पछताता था। पढ़ा क्यों नहीं! जब पढ़ता था तो पेड़ पर चढ़कर फलों की चोरी किया करता था या घंटे 'बंक' करता था। बाप की स्थिति थोड़ी भिन्न थी, इसलिए वह ज़्यादा कुछ नहीं कह पाता था। माँ अलबत्ता कभी-कभी कुटम्मस कर देती थी। तब वह उसे कहनी-अनकहनी सब कह देता था। माँ और गुस्सा हो जाती थी।

उसकी शिक्षा को देखते हुए उसे 'चतुर्थ श्रेणी-अधिकारी' का काम ही मिल सकता था। दस्तकार वह बनना नहीं चाहता था। एक तो जानमारी, दूसरे हुकूमत का 'टच' नदारद। चतुर्थ श्रेणी में कम-से-कम यह तो रहता ही है कि इधर बैठो, इधर न बैठो, साहब हैं, साहब नहीं हैं, बकवास मत करो, शोर मत मचाओ, कल आना···साहब सलाम, सलाम के पाँच रुपए···काग़ज़···काग़ज़ दिखाने के दस और फोटो-कॉपी के बीस—वगैरह-वगैरह! दस्तकार बनो तो दस चीज़ों के लिए दस तरह की खुशामद करो। उधार लेना, माल बेचना···देर-सबेर के लिए गाली-गलौज सुनना आदि। चाहे दस्तकारी जितना पवित्र और आदर्श काम हो, पर है भाग-दौड़, राम-राम और सलाम का! पवित्रता तो साली चूतड़ों में घुस जाती है। विकास जब किसी तरह का कोई काम सीखने के लिए तैयार नहीं हुआ तो एक सरकारी संस्थान

में आवेदन-पत्र दिलवाया। पता चला था कि पंद्रह-बीस पद हैं। कोई चौकीदार का, कोई मैसंजर का, कोई फर्राश का, कोई पीयून का···वही अंग्रेज़ी शासनवाले नाम! यही सोचा, हो सकता है—कहने-सुनने से एक पद मिल ही जाए। आमतौर पर यही होता है कि अगर ज़्यादा पद हों और हजार भी उम्मीदवार हों तो हर एक इस मुगालते में रहता है कि हो-न-हो, उसका तो हो ही जाएगा। अरे, इतने पदों में से क्या एक पद पर भी उसके नाम की चिप्पी नहीं लगी होगी!

आवेदन-पत्र देकर आने के बाद से विकास बहुत ख़ुश था। चाल में थोड़ा फर्क आ गया था। उसे लगता था, आधा पाला तो मार ही लिया। जिस दिन आवेदन-पत्र देकर आया, उसी दिन शाम को अपनी प्रेमिका के पर पहुँचा। जाकर बोला, ''पारवती, भगवान् ने चाहा तो 'वाहे गुरु की फतह?' ''' 'वाहे गुरु की फतह' उसने पासवाले गुरुद्वारे से सीखा था। जब भी संगत होती थी, कड़ा प्रसाद ज़रूर जीमता था। उसकी प्रेमिका ने पूछा, ''वाहे गुरु की फते तो हो गई, अब बात बता!''

''हमारे बँगलेवाले साहब ने नौकरी की दरखास्त दिलवा दी! बस हुआ ही समझो! होते ही···'' बात पूरी किए बिना हँस दिया। उसकी आँखों में शरारत थी।

पारवती का बाप हुक्का पी रहा था। विकास इस बात से भी चिढ़ता था। जब भी वह प्रेमिका से मिलने जाता था तो वह खबीस वहीं, उसी जगह खाट डाले या ज़मीन में उकड़ूँ बैठा हुक्का पीता मिलता था। उसकी जान अंदर तक जल जाती थी। मन-ही-मन वह सब पहाड़ियों को गाली देने लगता था। पहाड़ियों की कौम है ही ऐसी! या तो हुक्का गुड़गुड़ाएँगे या बीड़ी पिएँगे। उसकी माँ स्वयं बीड़ी पीती थी। हालाँकि पारवती का बाप नेपाल का है और उसकी माँ कुमायूँ की। यह नहीं होता कि सिगरेट पिएँ!

पारवती का बाप विकास की बात सुन रहा था। हुक्का छोड़कर तपाक से बोला, ''ओ बकाश बाबू, नौकरी मिल गिया?''

पारवती ने बताया, ''इसके बँगलेवाले साहब ने अरजी भिजवाई है! कहता है, मिल जाएगी।'' बताते हुए उसकी आँखों में चमक आ गई थी।

वह फिर हुक्का पीने लगा। बोला, ''बकाश बाबू का सा'ब तो बड़ा आदमी है। वह चाहेगा तो ज़रूर मिलेगा!''

पहली बार पारवती का बाप विकास को एक अच्छा आदमी लगा। बोला, ''काका, वो तो चाहते ही हैं। तभी तो दरखास्त दिलवाई!''

''बस तो जा हनुमानजी की धोक बोल आ!''

विकास ने बहुत धीरे से पूछा, ''पारवती, तू भी चलेगी? रामसिंह की नई

साइकिल पर बैठाकर ले चलूँगा। बस सवेरे-सवेरे नहर की पटरी-पटरी निकल लेंगे।''

उसने बाप की तरफ़ इशारा कर दिया। वह जो बैठा है।

विकास का मुँह चढ़ गया, ''यह कब तक चलेगा?''

तब तक हुक्के में दम लगाते पारवती के बाप ने कनखियों से उसे देख लिया। इसी बात से विकास सबसे ज़्यादा घबराता था। जहाँ उसे आए दस-पंद्रह मिनट हुए, वह उसकी कनखियों के इंतज़ार में उसके चेहरे की तरफ़ देखना शुरू कर देता था। उसकी कनखियों का मतलब था, बस अब फूटो। यदि उसने चेतावनी को नज़रअंदाज़ किया तो वह कुछ-न-कुछ कहे बिना मानता नहीं था। और कुछ नहीं तो पारवती को डपटने लगता था, 'पारवती, तुझे घर का काम नी क्या'''जब देखो बात बिटोरती रहे! औरत-मरद का क्या मेल'''जा भाई बकाश बाबू जा, काम से लग। इसे भी काम-धाम करने दे।'

यही इस बार भी हुआ। उसने कनखियों से देखा। विकास की घंटी बजने लगी। चलो, नहीं तो आई कनखियों की बेटन! कई बार उसे इतनी कोफ्त होती थी कि उसका मन होता था कि उसका हुक्का-वुक्का तोड़-मरोड़ के फेंक दे। दो धौल ऊपर से जमाए। उसने अच्छे-अच्छे तीसमारखाओं के दाने भून दिए थे। बस पारवती का मुँह देखकर चुप लगा जाता था।

वह चलने लगा तो पारवती के बाप ने फिर उसकी तरफ़ देखा। पारवती से बोला, ''जरा दरवज्जा भेड़ आ!''

दरवज्जा तो हमेशा खुला रहता था। आज क्या खास बात थी। विकास और उसकी प्रेमिका को लगा, हो-न-हो यह आवाज़ उसके हुक्के से आई है। कहना तो दरकिनार, वह तो इस तरह की बात सोच भी नहीं सकता।

पारवती दरवज्जा बंद करने के लिए पीछे-पीछे चल दी। विकास का दिल पटपटा रहा था। ओट होते ही उसने उसका हाथ पकड़ना चाहा। उसने तत्काल हाथ छुड़ा लिया, ''यह क्या करते हो?''

''नौकरी जो मिलनेवाली है!''

''अभी से काहे का उछलना-कूदना, जब मिल जाएगी तब देखना।''

''क्यों तेरे सामने ही तेरे बापू ने नहीं कहा कि तेरे साहब चाहेंगे तो मिल जाएगी। तभी तो तुझे दरवज्जा बंद करने भेजा। जिससे मैं'''''

''बड़े आदमियों की एक कही—क्या कहें, क्या करें!''

''नहीं, हमारे साहब ऐसे नहीं।''

''साहब-साहब सब एक से! देख लेना, बाद में तुम ही गाली देते घूमोगे।''

विकास को गुस्सा आ गया। उसे गुस्सा आता था तो बेलगाम हो जाता था, ''तू चाहती ही नहीं कि मुझे नौकरी मिले! भाँजी मारती है। कभी देखा है तूने हमारे साहब को। अगर वे न चाहते होते तो क्या दरखास्त दिलवाते? तू और तेरा बाप मुझे चूतिया समझते हो! वो बुड्ढा समझता है कि उसी की बेटी बेटी है। साला कनखियों से ताकने लगता है। कहीं कुछ हुई होती तो पता नहीं आसमान के सितारे तोड़कर लाता या न जाने क्या करता?''

वह इतने ज़ोर-ज़ोर से बोल रहा था कि पारवती का बाप सुनकर आ गया, ''क्या बोलता है बकाश बाबू, गाली क्यों बकता है?''

पारवती की जान अजब साँसत में पड़ गई थी। उसकी आँखों में पानी भर आया। फिर भी मामला रफा-दफा करने के ख़याल से बोली, ''इसकी तो आदत है, बात-बेबात चिल्लाने लगता है। तुम चलो अंदर, मैं दरवज्जा बंद करके आती हूँ।''

''दरवज्जा तो ले, मैं ही भेड़ दूँगा। पर तेरे लिए कौन रथ खड़ा कर रखा, जो उसमें बैठकर आवेगी। चल अंदर। काम से लग। और देख बकाश बाबू, खबरदार, जो हमारी बेटी को गाली दी।''

विकास.मुड़ा और गाली बकता हुआ चल दिया।

''स्साला बुड्ढा! आम की तरह पाल में लगा ले···पकने पर निकालिए। पता नहीं अपने को क्या समझता है! थूकूँगा भी नहीं···देखता हूँ कौन ब्याहता है, ना चक्कू उतार दिया···तेरे भी, उसके भी···''

पारवती का बाप भी चुनचुनाता रहा। अपनी बिटिया को गाली देता रहा, 'सबकुछ तेरी ही वजह से है। सिर पकड़कर रोएगी। खबरदार, जो इस साले को मुँह लगाया!'

यह सब पहले भी कई बार हो चुका था।

ऐसी कोई भी घटना हो जाने के कई दिन बाद तक वह बलबलाया घूमता था। कभी-कभी जब गुस्से में आता था तो अपने भाई-बहनों की कुटम्मस कर देता था। अगर दो-चार लगा दे तो कोई बात नहीं। पर जब कसकर देता था तो विकास के माँ-बाप के बीच ठन जाती थी। तब तक चलती थी, जब तक दोनों पस्त नहीं हो जाते थे। एक-दो बार तो नारायणन को बुलाकर कहना पड़ा कि अगर इस तरह कंजरों की तरह व्यवहार करोगे तो क्वार्टर ख़ाली करना पड़ेगा। पहली बार विकास को लेकर जब लड़ाई हुई थी तो बँगले के सब लोग चक्कर में पड़ गए थे। शक तो पहले से ही था कि नारायणन इतना काला और विकास इतना गोरा! चूँकि माँ गोरी थी, इसलिए शंका का विस्तार ज़्यादा नहीं हुआ। लेकिन उस दिन की लड़ाई से स्थिति काफ़ी स्पष्ट हो गई। नारायणन स्त्रीलिंग को पुल्लिंग, बहुवचन को एकवचन

और कभी बिल्कुल उलटा करके बोलता था। यह सब चमत्कार भाषा में ही संभव हो सकता है। ज़िंदगी में नहीं।

उस दिन भी यही हुआ। विकास ने अपने छोटे भाई को इतना पीटा, इतना पीटा कि उसके मुँह से फिचकुर निकल आया। उस समय घर पर उसकी माँ ही थी। जब पार नहीं बसाई तो वह उसके ऊपर लेट गई। बाद में भी काफ़ी देर तक विकास पगलाया रहा। दरअसल, उसके छोटे भाई ने पारवती का नाम लेकर उसे चिड़ा दिया था। वैसे जब वह ठीक मूड में रहता था तो पारवती के नाम से ख़ुश होता था। लेकिन उस दिन छोटे भाई को यह पता नहीं था कि बड़े भाई उसके इस मज़ाक को जज्ब करने की मानसिकता में नहीं हैं। जब नारायणन को पता चला तो वह माँ पर बिफर गया, "तू अपने बिकास को बोल कि हमारे बच्चा-बच्ची का मारा-मारी नहीं करेंगा; घर से निकालकर बाहर खड़ा कर देंगा। अगर हमारे बच्चा लोगों को मारेंगा तो विकास हमारा कुछ नहीं लगेंगा। हम पुलिस में रिपोर्ट करेंगा। उसे जेल भिजवाएँगा...उसका हाथ-पैर तोड़ेंगा।"

विकास पहले तो चुपचाप सुनता रहा, जब नारायणन ने हाथ-पाँव तोड़ने का नाम लिया तो वह भी चिल्लाने लगा, "हाथ लगाकर तो देख, मदरासी कहीं का; चावल का पानी पीकर हाथ-पैर तोड़ेगा।"

बाप के रूप में मिले अधिकारों ने नारायणन के खून में उबाल ला दिया था। आव देखा न ताव, कनपटी पर दो-तीन रसीद कर दिए। विकास बोला तो कुछ नहीं, लेकिन आँखों में खून उतर आया। पहले तो लगा, वह बिना कुछ किए मानेगा नहीं। पर चुपचाप चला गया।

माँ बेचारी रोती-गाती रही! उसकी हालत खरबूजे जैसी थी। हर हालत में जख़्म उसे ही लगता था। जब कुछ नहीं बन पड़ा तो रोने बैठ गई, "मैं क्या करूँ...कहाँ जहर खाकर मर जाऊँ! एक पेट और दूसरा सीस! न पेट काट के फेंका जावे और न सीस दीवार से टकरा के फोड़ा जावे।" जब वह असहाय हो जाती थी तो इसी तरह रोने और बोलने लगती थी।

उस दिन काफ़ी देर बाद शांति हुई। नारायणन और उसकी घरवाली, दोनों को बुलाकर डाँटा गया—अब बात हद से बाहर बढ़ गई है। और नहीं चलेगा। नारायणन तो हाथ-पैर जोड़ने लगा, पर उसकी घरवाली चुपचाप सुनती रही। अगले दिन जब आई तो खुद-बखुद ही सफ़ाई देती हुई बोली, "विकास के बाप ने दूसरी औरत बैठा ली थी। मैंने सोचा, चिड़िया तक बच्चा देने से पहले घर बनाती है। मेरा तो बेटा है। घर नहीं बनाऊँगी तो जाऊँगी कहाँ? जगह-जगह मुँह मारने से बेहतर छप्पर के

नीचे सिर छिपाना! छप्पर का क्या देखना, किसका छप्पर, कैसा छप्पर! इनसे मुलाक़ात हो गई। ये मेरे बेटे···इसी विकास को···और मुझे···रखने को तैयार हो गए। पर अब तो इन बाप-बेटों की एक मिनट नी बनती। इसे यह नी सूझता कि इनके खिलाए इसका यह तन पला है—वे यह नहीं समझते कि मूरख है, बच्चा है···पाला है, तौ ना मिटाऊँ! मेरे विकास का भी दिमाग़ तेज़ है! कोई बात हुई नी कि फाड़ खाने को दौड़ पड़ेगा। अरे मूरख! असल ने तो धक्के देकर निकाल दिया था। इन्होंने ही पनाह दी। नहीं तो पता नहीं कहाँ बेटा होता और कहाँ माँ!''

उस दिन के बाद कई दिन तक विकास उड़ा-उड़ा रहा। कुछ दिन बाद मामला फिर पहले जैसा हो गया।

नौकरी की दरख्वास्त में पता बँगले का ही दिया था। इसलिए विकास तीसरे-चौथे दिन आता था और आकर पूछ जाता था। कोई ख़बर तो नहीं आई? महीने से ज़्यादा हो गया था, कहीं कोई ख़बर नहीं थी। उसके चिड़चिड़ेपन के अब दो-तीन कारण हो गए थे। बस इतना फर्क पड़ा था कि बाप घर में होता तो वह बाहर निकल जाता था। नहीं रहता था तो घर में ही सबसे झगड़ा करता था। झगड़े का पैटर्न वही था—माँ से उलझना, भाई-बहनों को उड़ाना। अंतर इतना ही था कि उतना नहीं मारता था, जितना उस दिन मारा था। बच्चों को लेकर नारायणन से भी मुठभेड़ हुई थी, पर कम। डाँट-फटकार तक ही नौबत आई। पारवती के घर तो आना-जाना बंद ही था। मन होता था, पर पाँव अटक जाते थे। यही लगता था कि कह-सुनकर तो वही आया था, अब किस मुँह से जाए!

पारवती एक दिन बहाने से खुद ही आई। इत्तफाक से वह लड़-भिड़कर उसी समय बाहर गया था। लौटने पर माँ ने बताया तो उस पर दो तरह की प्रतिक्रियाएँ हुईं। पहले तो वह सुनते ही धक्क से रह गया। फिर उसकी आँखें फैल गईं। चेहरे से लगा कि वह उस ख़बर को जज्ब नहीं कर पाया। न आश्चर्य को और न ख़ुशी को। उन दोनों स्थितियों से उबरने पर इस तरह बोला, जैसे किसी पारिवारिक दुश्मन के बारे में बात कर रहा हो—''क्यों आई थी? हमारे यहाँ आने का मतलब ही क्या? किसने कहा था? पता नहीं, अपने को क्या समझती है?''

माँ ने उन सब बातों का कोई जवाब नहीं दिया। हँसी।

''मिलने ही आई होगी!'' फिर पूछा, ''लड़ाई हो गई क्या?''

हालाँकि विकास के चेहरे पर गुस्सा नहीं के बराबर था। पर उसका तामझाम था, ''पता नहीं अपने को क्या समझती है। हमारे साहब को कह रही थी···'' झूठा कहता-कहता रुक गया। बोला, ''बड़े आदमी सब ऐसे ही होते हैं। मैं साहब के

खिलाफ नहीं सुन सकता! पता नहीं, बाप-बेटी अपने को क्या समझते हैं!''

''तेरी नौकरी के बारे में पूछ रही थी। विकास की नौकरी का कुछ हुआ या नहीं? बेचारी बड़ी चिंतित थी। उसने कहा तो सच ही है। जब तक अंधे को दो आँखें न मिलें, तब तक किसी की बात का क्या पता। कितनी सच्ची और कितनी झूठी?''

विकास का चेहरा उतर गया। वह चुटियाए भौंरे की तरह भनभनाता घूमने लगा। उसने घर के अंदर और बाहर तीन-चार चक्कर लगाए। उसकी समझ में नहीं आ रहा था कि क्यों तो पारवती आई थी और क्या वह अपनी माँ से कहे! बार-बार मुड़िया हिला-डुलाकर भी उसने अपनी अकड़ ही छौंकी, ''उसे क्या मतलब, मेरी नौकरी लगे या न लगे। अपने बाप की नौकरी की खैर मनाए!''

माँ को फिर हँसी आ गई। तब तक विकास ढीला पड़ चुका था। वह उतरा हुआ सा बोला, ''अभी तक कुछ आया तो है नहीं, लगता है साहब ने भी कुछ नहीं किया!''

''अभी तो तू कह रहा था, मैं साहब के खिलाफ सुन नहीं सकता। अब तू पारवती की बानी बोल रहा है।''

''क्या पता···?''

''तू जाकर पूछ तो सही!''

''कई बार हो आया। हर बार कह देते हैं, अभी कुछ नहीं आया। बिना कहे-सुने थोड़ा ही आएगा। रिन्नु भी बड़ा हो रहा है, तब देखेंगे कि बिना कहे-सुने पा जाएगा क्या?''

माँ ने झड़प दिया, ''तेरी ज़बान बहुत लंबी हो गई, जो मुँह में आता है, कह देता है। रिन्नु बेचारे को बीच में क्यों घसीटता है! उसका क्या कसूर है···भगवान् करे वो अपने पापा से भी बड़ा हो।''

विकास चुप रहा। थोड़ी देर बाद उठा और बाहर निकल गया। पारवती के घर के सामने तीन-चार चक्कर लगाए। रात को भी देर से लौटा। माँ तसवीर के पीछे आले में अपनी बीड़ी रखती थी। माचिस और एक बंडल वहाँ से तीर करके वह छत पर चला गया। एक के बाद एक बीड़ी पीता रहा और खाँसता रहा। इस तरह बीड़ी पीना उसकी आदत में नहीं था। थोड़ी देर बाद उसे लगा, उसका सिर चकरा रहा है। जब भी वह बीड़ी में दम मारता था, बीड़ी का गुल लाल होकर गुब्बारे की तरह फैलता हुआ सा लगता था। फिर उसे लगने लगा कि बँगला एक जिन की तरह उकड़ूँ बैठा है। घुटनों पर किसी की लाश पड़ी है। उस लाश की

शक्ल उसे अपनी शक्ल से मिलती-जुलती लगी। वहीं उसे पारवती खड़ी नज़र आई। वह उस लाश को जिन की गोद से खींच रही थी। फिर उसे नींद आ गई और वहीं छत पर सो गया।

अगले दिन वह दफ़्तर आया। कुछ लोग पहले से ही अंदर बैठे थे। उसने दरवाज़ा खोलकर झाँका और बंद कर दिया। दस-दस, पंद्रह-पंद्रह मिनट बाद उसने तीन-चार बार दरवाज़ा खोला और बंद किया। आख़िर उसे अंदर बुलाना पड़ा।

''क्या बात है?''

''बात करनी थी!''

''बाहर बैठो, देख नहीं रहे, और लोगों से बातें हो रही हैं।''

पहले तो वह खड़ा रहा। फिर चला गया। कुछ देर बाद जब वे लोग चले गए तो वह अपने आप ही घुस आया। आते ही बोला, ''मेरी नौकरी का क्या हुआ?''

सवाल अचानक हुआ था। जवाब देने में थोड़ी देर लगी, ''अभी तो कुछ नहीं आया।''

''सबकी चिट्ठियाँ आ गईं।'' यह बात उसने शायद अपनी तरफ़ से कही थी। फिर बोला, ''सब कहते हैं कि तुम्हारे साहब चाहें तो करा सकते हैं, आप चाहते नहीं।'' उसकी आँखों में तेज़ी भी थी और नमी भी! ऐसी आँखें अविश्वसनीय हो जाती हैं। उग्र हो जाएँ तो उस पार और टूट जाएँ तो गंगा-जमुना!

''बैठो!''

''नहीं—खड़ा हूँ।'' बेहतर यही लगा कि उसके सामने फ़ोन करके वस्तुस्थिति का पता लगा लिया जाए। फ़ोन मिलाया। उसका तनाव कुछ कम हुआ।

उस दफ़्तर में मि. शर्मा प्रशासनिक अधिकारी थे। चूँकि साथ काम कर चुके थे, इसलिए अफ़सरी कम छाँटते थे। पहले तो इधर-उधर की बातें हुईं। उसकी बेसब्री में इजाफा ही हुआ। जब उसकी बात पर आए तो बेसब्री का 'जल-स्तर' कम होने लगा।

शर्मा ने पूछा, ''लड़के का क्या नाम है?''

''विकास नारायणन!''

''क्या साउथ इंडियन है?'' हँसकर बोला, ''अगर क्लास फोर ही यहाँ चपरासी भी हो जाएँगे तो यहाँ के लोग कहाँ जाएँगे!'' दोनों हँस दिए।

शर्मा के इस सवाल का जवाब उसकी उपस्थिति में देना असुविधाजनक लग रहा था। लेकिन उससे बाहर जाने को कहने का मतलब था, उसके अंदर के अविश्वास को बल देना। कहना पड़ा, ''नहीं, साउथ इंडियन नहीं। वह बजात खुद पहाड़ी है।

उसके पिता भी पहाड़ी ही थे। लेकिन जब वह छोटा था, तभी इसकी माँ को उन्होंने छोड़ दिया था। बाद में एक साउथ इंडियन से शादी हो गई।''

इस बात से उसका चेहरा तमतमा आया।

शर्मा बोले, ''सच पूछिए तो इसी मुगालते में उसका नाम कट गया। आप ऐसा कीजिए, कल सवेरे नौ बजे भेज दीजिए। सीधा मुझसे ही आकर मिले। मैं उसका नाम सूची में जुड़वा देता हूँ। इंटरव्यू हो जाएगा।''

''कुछ करा देना, परेशान है।''

''देखिए, कोशिश करूँगा।''

जब तक बात खत्म हुई, उसकी आँखें लाल हो गई थीं। उसकी हालत देखकर स्थिति स्पष्ट कर देना उचित लगा, ''दरअसल, तुम्हारे नाम के कारण, साउथ इंडियन समझकर तुम्हारा नाम काट दिया गया था। अब जुड़ गया है। यह लो नाम और पता! कल ठीक नौ बजे जाकर शर्मा साहब से मिल लेना। कल ही तुम्हारा इंटरव्यू हो जाएगा।''

वहाँ से वह सीधा पारवती के घर की तरफ़ गया। उसका बाप दरवाज़े पर ही बैठा हुक्का गुड़गुड़ा रहा था। दोनों ने एक-दूसरे को देखा। एक-दो कदम आगे जाकर विकास को थूक आया और उसने पिच्च से थूक दिया। अगले मोड़ पर से पारवती आ रही थी। वह उसकी तरफ़ ध्यान दिए बिना तेज़ी से चलने लगा। पारवती ने ही पुकारा, ''सुन, तेरा दिमाग़ अभी ठीक नहीं हुआ?''

वह बोला तो नहीं, पर रुक गया। उसका चेहरा देखा तो बोली, ''तुझे क्या हो गया? चेहरा तमतमा क्यों रहा है? बुखार है क्या?''

''तुझे मतलब?''

''मतलब तो तब तक रहेगा, जब तक तू जिएगा और मैं जिऊँगी!'' उसकी आँखें नम हो गईं।

''बता, क्या बात है?''

''मेरे मुँह न लग, आज मैं किसी का खून कर दूँगा।''

''पहले बात तो बता, फिर खून करेगा तो कर दियो।''

भरा हुआ तो था ही, चालू हो गया। ''तू ठीक कहती थी···उस साहब के बच्चे ने नौकरी दिलाने के बजाय मेरी ऐसी की तैसी कर दी। वहाँ के साहब से कह दिया कि इसकी माँ मदरासी के घर में रहती है। अब कहता है, कल जाके इंटरव्यू दे आ! इंटरव्यू क्या खाक दे आऊँ। माँ की तो सब उछालकर रख दी। मन तो हुआ, उस साहब के बच्चे के सिर में वहीं भंभा खोल दूँ। जेल ही तो जाना पड़ेगा, चला जाऊँगा।''

पारवती ने उसका चेहरा देखा तो वह घबरा गई। उसकी समझ में नहीं आ रहा था कि उसे कैसे समझाए। वह बोली, "जो हो गया सो हो गया। तुम्हारे हाथ की बात तो नहीं थी। नौकरी लग जाएगी तो नारायणन चाचा अपने घर ख़ुश, तुम अपने घर ख़ुश—माँ के सामने भी क्या रास्ता था। साहब ने भी कुछ सोचकर ही कहा होगा।" वह टूटे और असंबद्ध वाक्य बोल रही थी।

वह और बमक गया, "न मिलती नौकरी! सालों ने मदरासी समझकर मेरा नाम काट दिया था तो काट देने देता···उस साहब के बच्चे को यह कहने की क्या ज़रूरत थी कि मेरी माँ पहाड़ी है और अब मदरासी के यहाँ बैठ गई।"

पारवती की समझ में सिर्फ़ एक ही बात आई। वह बोली, "तुम्हारी नौकरी लग जाएगी तो बाबू भी कुछ नहीं कहेंगे। वे एक दिन माँ से कह रहे थे—नौकरी लग जाएगी तो बिरादरीवालों को भी किसी तरह मना लेंगे—खाना देना पड़ेगा, दे देंगे। नौकरी की महत्ता वे भी समझे हैं। उसके सामने बिरादरी को भी झुकना पड़ेगा!"

पारवती को बहुत मेहनत करनी पड़ी। एक यही बिंदु था, जिस पर वह हथियार डाल देता था। अगले दिन भी वह सवेरे ही उसके घर जा पहुँची। तब तक वहीं बनी रही, जब तक विकास घर से निकलकर चला नहीं गया।

मि. शर्मा ने जो किया, उस बात का एहसास उन्हें बाद में हुआ। यह ठीक है कि वे शुरू से मजाकिया किस्म के आदमी हैं, लेकिन फिर भी! विकास के इंटरव्यू के बारे में बताने के लिए फ़ोन किया तो अपने आप ही सब बताया। तब तक बात हाथ और मुँह दोनों से निकल चुकी थी।

विकास व्यक्तिगत रूप से मिला था तो शर्माजी ने कुछ नहीं कहा था। लेकिन इंटरव्यू के दौरान उन्होंने ही पूछा, "तुम्हारा नाम?"

उसने बतला दिया, "विकास नारायणन।"

"पिता का नाम?"

"श्री ए.पी. नारायणन!"

"कहाँ के रहनेवाले हो?"

"मैं तो कुमायूँ का हूँ!"

"तुम्हारे पिता भी कुमायूँ के ही हैं?"

"नहीं, वे मद्रास के रहनेवाले हैं।" बताते हुए उसकी गरदन सीने से लग गई थी।

शर्मा हँस दिए और बोले, "ए.पी. नारायणन तुम्हारे असली पिता हैं या स्थानापन्न?"

विकास को झटका लगा। उसने शर्मा की तरफ़ देखा और कहा, "स्थानापन्न ही समझिए।"

सब लोग हँस दिए और काफ़ी देर तक हँसते रहे।

"कहाँ तक पढ़े हो?" अगला सवाल था।

वह चुप। सवाल फिर दोहराया। उत्तर में दाहिनी आँख के कोने से एक कतरा टपक गया। मिस्टर शर्मा ने इधर-उधर की बात करनी चाही, पर वह पत्थर सा बैठा था।

इंटरव्यू के बाद वह सीधा घर नहीं गया। पारवती कई बार आई। पूछकर चली गई। वह ज़्यादा घबराई थी। रात को ग्यारह बजे के क़रीब लौटा। उसके मुँह से बदबू आ रही थी। पहली बार इस तरह की बदबू आई थी।

आते ही माँ सामने पड़ी। वह उसी से गाली-गलौज करने लगा, "तूने मुझे नीचा दिखाने के लिए मदरासी से शादी की···इससे तो अच्छा था—तू मुझे कहीं नदी-नाले में डुबोकर मार देती···मेरा गला घोंट देती, फिर जो तुझे करना था करती···यह साला मदरासी मेरा बाप नहीं हो सकता। अब सब मुझ पर हँसते हैं···अब मुझे कभी नौकरी नहीं मिल सकती···नहीं मिल सकती···नहीं मिल सकती।"

माँ की समझ में बिल्कुल नहीं आया, उसे क्या हो गया। चाहे वह अपने बाप से लड़ लिया हो, पर माँ के सामने यह बात पहले कभी नहीं उठाई थी। जब भी कहा, यही कहा, माँ ने पता नहीं कैसे-कैसे पाल-पोसकर बड़ा किया है। माँ ने पारवती को बुलवाया। इतनी रात गए उसके बाप ने भेजने से मना कर दिया। दो बात ऊपर से सुनाईं। माँ असहाय थी। नारायणन चुप था। वह अपनी घरवाली को भी चुप रहने की सलाह दे रहा था। ऐसे में समझने या कहने-सुनने से क्या लाभ! विकास रात को देर तक बकता रहा। काफ़ी रात गए उसकी बुलास उतरी।

पसर में एकाएक फिर शोर मचा। विकास की माँ चिल्ला रही थी, "बचाओ···बचाओ··· ।" विकास अपने बाप नारायणन के सीने पर चाकू लिये चढ़ा बैठा था। माँ उसे दोनों हाथों से पकड़े थी और बोल रही थी, "जिसने तुझे पाला, रोटी-कपड़ा दिया···तू उसकी जान लेगा···जिसने तुझे सड़क पर फेंक दिया, वह तेरा सगा है···तू पैदा होते ही क्यों नहीं मर गया!"

पता नहीं, उसे एकाएक क्या हुआ। वह उठा, चाकू फेंका और ज़ोर-ज़ोर से रोने लगा। वह एक असहाय बच्चा हो गया था। थोड़ी देर बाद वह निकला और ख़ामोश सड़क पर नंगे पैर दौड़ता हुआ चला गया।

□

मम्मी सो रही है

राघव बाबू के पास उसके दामाद विकास बाबू का काफी सख्त पत्र आया था। बाबूजी, आपके लिए कौन महत्त्वपूर्ण है—आपकी बेटी या आपके सत्तर वर्षीय चाचा? अगर आप यह सोचते हैं कि आप इस तरह वास्तविकता और समय की आवश्यकता को नज़रअंदाज कर देंगे तो यह आपकी भूल है। अगर आप अब भी नहीं आएँगे तो मुझे कोई निर्णय लेना होगा···। राघव बाबू चकित थे।

विकास बाबू आर्मी में थे और ऊँचे पद पर थे। बहुत सौम्य और शालीन। नपे-तुले शब्दों का प्रयोग करना और कभी अपनी सीमा न लाँघना—न काम से, न व्यवहार से और न अलफ़ाज से। वे स्मोक करते थे। आर्मी में थे, इसलिए पार्टी आदि में थोड़ी-बहुत लेनी भी पड़ती थी। राघव बाबू को वे दो-चार बार अपनी सरकारी पार्टियों में भी ले गए थे। परंतु पिछले एक दशक के दौरान जब से विकास बाबू उस घर के दामाद बने थे, राघव बाबू ने कभी उनको स्मोक करते नहीं देखा था···पीते हुए देखने का तो सवाल ही नहीं था। कभी अगर ऐसा मौका आया भी तो उन्होंने ऐसे गरदन घुमा ली, जैसे देखा ही न हो। एक दूसरी बात और थी। राघव बाबू का पुराना खानदान था। उसकी कुछ परंपराएँ थीं। उन परंपराओं में कुछ सकारात्मक थीं और कुछ निषेधात्मक। निषेधात्मक परंपराओं में एक यह भी थी कि दामाद और बेटी मान होते हैं, उनसे कभी पैर मत छुआओ। लेकिन विकास बाबू राघव बाबू और उनकी पत्नी रश्मिजी के पाँव छुए बिना मानते नहीं थे। वे बचते थे, उन्हें समझाते थे···पर विकास बाबू के सामने उनकी एक नहीं चलती थी। अंत में उन्होंने यह सोचकर कुछ भी कहना बंद कर दिया था कि अगत ख़राब होगा तो हो, दामाद को तो नाराज नहीं किया जा सकता। लेकिन इस पत्र से लगा था, विकास बाबू बहुत नाराज हैं। इतने सख्त शब्दों का प्रयोग उन्हें संशय में डाल रहा था कि यह पत्र उनका है भी या नहीं? वे अपनी बेटी किरण से तो आशा कर सकते थे कि वह कुछ भी कह सकती है और कुछ भी लिख सकती है, लेकिन विकास बाबू को यह क्या हो गया?

विकास लगभग महीने भर से उन्हें बुला रहे थे। वे चाचा की बीमारी के नाम पर जाना टाल रहे थे। उन्होंने रश्मिजी को पत्र लिखा। वे भी पता नहीं कब से कह रही थीं कि चलो, मामला उलझता जा रहा है, चलकर एक बार देख-समझ लिया जाए···किरण की स्थिति ठीक नहीं। विकास तो लाखों में एक है···इस सबके पीछे किरण ही है। चाचाजी की बीमारी की आड़ में कब तक वास्तविकता का सामना करने से बचते रहोगे?

लेकिन उनके पास पुराने तवे की तरह एक ही लाईन दोहराने के लिए थी—चाचा को कौन देखेगा?

रश्मिजी ने पत्र पढ़ा और वापस लौटा दिया। उनकी आँखों में आँसू थे। राघव बाबू ने देख तो लिया था। वे टाल गए थे। आँसुओं का सामना करने में वे हमेशा से कमजोर थे। लेकिन जब वे आँखों से टपक गए तो बात उनके बस से बाहर हो गई। वे बोले, 'इसमें रोने की क्या बात है?'

पहले तो वे चुप रहीं। जब सँभली तो बोलीं, 'रोने की बात नहीं है तो हँसने की बात है? जब सबकुछ खत्म हो जाएगा, तब करने को क्या बचेगा? तब चाहे हँसना या रोना?'

'तुम ऐसी उल्टी-सीधी बातें मुँह से क्यों निकाल रही हो?'

'मैं तो पता नहीं कब से मुँह सिए बैठी हूँ, यह सब तो विकास बाबू का पत्र कह रहा है?'

यह राघव बाबू भी समझ रहे थे, विकास बाबू ने मजबूरी में पत्र लिखा है। यह पत्र ऐसा-वैसा नहीं, किरण के भविष्य की ओर संकेत कर रहा है। गए बिना बात नहीं बनेगी। वे बोले, 'मैं रात की गाड़ी से चला जाता हूँ। अगर स्थिति गंभीर हुई तो मैं तुम्हें फोन कर दूँगा। तुम चली आना। इस बीच रवि को फोन करके देहरादून से बुला लेता हूँ। चार-छह दिन की छुट्टी लेकर चाचा को देख लेगा?'

'पहले कभी बुलाने पर आया है, जो अब तुम्हारे फोन की घंटी सुनते ही दौड़ा चला आएगा?'

उन्होंने सुस्त और गंभीर स्वर में कहा, 'आना तो पड़ेगा ही, चाचा जितने हमारे, उतने उसके। हमने जीवन भर किया है, दो-चार दिन वह भी तो करे, बहुत टाल लिया···विकास बाबू के पत्र ने इस बात को तय करने की निर्णायक स्थिति पैदा कर दी कि प्राथमिकता के घेरे में कौन आता है—बेटी या बीमार चाचा?'

'काश, तुम पहले सोच पाते!'

रश्मिजी का मन एक और बात को लेकर उलझन में था। वे रवि के आने तक यहाँ कैसे रहेंगी? उनकी आँखों के सामने किरण रह-रहकर आ जाती थी। कितनी

सौम्य और समझदार बच्ची थी। हर बात जब तक बता नहीं देती थी, तब तक चैन नहीं पड़ती थी। हँसना और बतियाना। छोटे भाई-बहनों से झगड़ना और बात बिगड़ने लगे तो हँस पड़ना। न खुद शिकायत करना और न करने देना, आपस में ही सुलट लेना। अब उसकी शिकायत आ रही है···भाई-बहनों वाली बात विकास के साथ क्यों नहीं निभाई। पता नहीं, यह सब कैसे हो गया? कहाँ-से-कहाँ पहुँच गई। लंबी साँस ली। उनका मन उड़कर पहुँच जाने को कर रहा था, लेकिन वहाँ तो रेल में बैठकर जाने की भी स्थिति नहीं थी। किसे दोष दें? चाचा तो वैसे ही लाचार हैं। न हिल सकते हैं, न चल-फिर सकते हैं, लगभग अर्धकोमा जैसी स्थिति है। हिंदी में कहें तो 'अर्धविराम'?'

रश्मिजी को राघव बाबू की बात से सहमत होना पड़ा। पर एक शर्त लगा दी। जाते ही फोन करेंगे···कुछ छिपाएँगे नहीं, सबकुछ सच-सच बता देंगे। रवि को तत्काल आने के लिए कहेंगे। अगर वह न आया तो यह समझ लें कि फिर कुछ भी हो, वे बेटी को इस हालत में छोड़कर यहाँ नहीं रह पाएँगी।

राघव बाबू ने रवि को देहरादून फोन मिलाया। रवि की यह हमेशा की आदत थी कि जब भी आने के लिए कहा जाता था, वह कोई-न-कोई ऐसा पायदार बहाना बनाता था कि राघव बाबू से लेकर रश्मि जी तक की ज़बान बंद हो जाती थी। इस बार भी वही बात हुई। वह बोला, 'इंस्पेक्शन चल रहा है, जरा भी ऊँच-नीच हो गई तो इस बार भी प्रमोशन खटाई में पड़ जाएगा। आप तो जानते ही हैं भैया, ऐसी हालत में··· ।'

रवि बाबू ने बीच में ही बात को काटकर कहा, 'देखो रवि, तुम्हारा प्रमोशन हो या डिमोशन, इंस्पेक्शन हो या रिट्रोस्पेक्शन···तुम्हें आना है। तुम हमेशा कोई-न-कोई बहाना करके चाचा की देखभाल की बात टालते रहे हो। यह हमारी बेटी की ज़िंदगी का सवाल है। हम दोनों को वहाँ जाना-ही-जाना है। फिलहाल मैं रश्मि को एक दिन के लिए ज़बरदस्ती यहाँ छोड़कर जा रहा हूँ, जिससे तुम आकर चाचा का चार्ज ले लो। तुम्हें हर हालत में परसों सवेरे तक यहाँ पहुँच जाना है···जैसे ही वहाँ हालत सँभलेगी, हम लौट आएँगे। तुम वापस लौट जाना।'

राघव बाबू ने जिस जोरदारी से कहा था रवि के पास सिवाय 'हाँ' करने के कोई रास्ता नहीं बचा था। उनके बात करने के ढंग से रवि चौंका ही नहीं था, यह भी समझ गया था कि स्थिति गंभीर है। हर हालत में उसे जाना ही होगा। हमेशा भाई साहब उसके रोने-गिड़गिड़ाने और हालात की दुहाई देने पर पिघल जाते थे। इस बार वे उसे चट्टान की तरह अटल-नज़र आए थे। उनके बात करने के ढंग से रश्मिजी को भी थोड़ा सुकून मिला। रवि आ रहा है। यह बात उनको वहाँ ठहरने

का हौसला बँधा रही थी।

रश्मिजी रह तो गई थीं पर रह नहीं पा रही थीं। रह-रहकर वे वहीं पहुँच जाती थीं। किरण की चार साल की बेटी 'रानी' का ध्यान बार-बार उनके मन को दहला देता था। जब उसका यह हाल है तो रानी का क्या होगा? विकास बाबू तो काम छोड़कर घर पर बैठ नहीं सकते···स्कूल से आने पर कौन उसे रोटी देता होगा, कौन कपड़े बदलता होगा। वह बच्ची क्या करती होगी? इस समय उनकी जरूरत रानी और किरण को है। विकास बाबू बार-बार इसलिए आने के लिए कह रहे हैं। ठीक है, चचिया ससुर बीमार हैं। उनकी भी कोई घड़ी जा रही है। उनकी देखभाल भी जरूरी है···पर बेटी का घर भी तो बिगड़ रहा है। वह तो विकास बाबू हैं, जो सबकुछ शांति और समझदारी से झेल रहे हैं। उन्होंने तो सबकुछ बिना कुछ कहे बरदाश्त किया। किरण को पूरी छूट दी। वही शायद अजाब हो गया। आर्मी में तो कमजोरियों के खुले-खेलने के लिए इतने रास्ते होते हैं कि नया या कमजोर आदमी एक बार फिसल जाए तो फिसलता ही चला जाता है।

रश्मिजी सवेरे देर से उठती थीं। उस दिन वे सवेरे चार बजे ही उठकर बैठ गईं। चाचा सो रहे थे। उनके मुँह से राल निकली हुई थी। उन्होंने तौलिए से पोंछा। करवट दिलवाई। फिर जल्दी-जल्दी नहाई। चाचा का मुँह भीगे कपड़े से साफ किया। चाय बनाकर तूती से चाचा को पिलाई। खुद पी। क़रीब सात बजे एक मेल नर्स आता था, जो उन्हें जरूरियात से फारिग कराता था। स्पंज करता था। कपड़े बदलता था। उसके आने में डेढ़ घंटा बाकी था। भोर का अँधेरा छँटने में नहीं आ रहा था। रश्मिजी बार-बार फोन के पास जाती थीं, फिर लौट आतीं थीं···अभी तो रास्ते में होंगे···सात बजे मेल नर्स आया। रश्मिजी ने अंदर जाकर फोन मिलाया। विकास बोल रहे थे···रश्मिजी एक मिनट को झिझकीं, पता नहीं क्या कहें। लेकिन वे पहचान गए थे। फौरन बोले, 'मम्मी··· ।'

'हाँ बेटा, तुम्हारे बाबूजी चल दिए हैं।'

'आप क्यों नहीं आईं?'

'रवि को बुलाया है···वह कल तक आ जाएगा, उसे चाचाजी के पास छोड़कर आ जाऊँगी।' फिर हिचकते हुए पूछा, 'किरण का क्या हाल है?'

वह जैसे मुसकराया हो, 'ठीक ही है, हाल तो हमारा ठीक नहीं।'

'जरा किरण को फोन दो।'

'उठेगी तभी बात हो पाएगी···' विकास बाबू की आवाज में सुस्ती सी आ गई थी।

रश्मि ने रानी से बात करने के लिए कहा। विकास ने रानी को फोन दे दिया।

वह चहककर बोली, 'नानी कब आ रही हैं?'

'तुम्हारे नाना आज पहुँचेंगे, तुम्हारे लिए बहुत सी चीज़ें ला रहे हैं।'

'नहीं, नानी तुम आओ, मेरे साथ बात करने को कोई नहीं, पापा दफ्तर चले जाते हैं, मम्मी दवा लेके सोती रहती हैं।'

उसके शब्द कहीं-कहीं गड़बड़ा रहे थे। रश्मि समझ रही थी। उनकी आँखें भर आईं। हिचकी निकल गई। रानी बोली, 'नानी, तुम इतनी बड़ी होकर रोती हो···मैं तो नहीं रोती। पापा कहते हैं—बहादुर बच्चे रोते नहीं। तुम क्यों रोती हो?'

'तुम्हारी याद आ रही थी।'

वह खिलखिलाकर हँस दी। विकास ने फोन ले लिया। बोला, 'मम्मी, आज रानी कई दिन के बाद हँसी है। आप आ ही जाइए, उसे बहुत अकेलापन लगता है।'

'रवि के आते ही आ जाऊँगी।' उसके बाद रश्मिजी काफी धीरे-धीरे सुबकती रहीं। मेल नर्स चाचाजी का काम कर रहा था। रश्मिजी ने पहले ही उसकी जरूरत का सामान कमरे में रख दिया था। अब वे कुछ भी करने के लिए स्वतंत्र थीं। यही बात उनका धीरज तोड़ने में मदद कर रही थी। रानी अकेली है। छोटी सी बच्ची! रश्मिजी के मन में किरण और रानी घूम रही थीं। रश्मि बेटी तू ऐसी क्यों हो गई? किसकी नज़र लग गई। ऐसी प्यारी बच्ची···उसका तो ख़याल कर, ऐसे हँसती है जैसे चाँदी के सिक्के खनखना रहे हों। रश्मिजी को याद आया, उनकी हँसी की तुलना भी उनके पापा चाँदी के सिक्कों के खनखनाने से ही करते थे। रश्मि को और तो कुछ सूझा नहीं, अपने कपड़े लगाने लगीं। वह जाएँगी जरूर। भले ही राघव बाबू का फोन आ जाए वहाँ सब ठीक है। रानी कैसे कह रही थी, 'नानी तुम आओ···।''

मेल नर्स काम खत्म कर चुका था। वे चाचा के कमरे में गईं। धोने-पोंछने के बाद उनके चेहरे पर ताज़गी का भाव आ जाता था। वे बोलीं, 'चाचाजी' कल रवि आ रहा है।'

उनकी आँखें कभी-कभी खुलती थीं। उन्होंने आँखें खोलकर रश्मिजी की तरफ देखा। बोले कुछ नहीं। वैसे भी वे हूँ-हाँ ही कर पाते थे। रश्मि ने कहना चाहा। वे रवि को उनके पास छोड़कर किरण के पास जा रही हैं। पर कहते नहीं बना। रश्मिजी थोड़ी देर के लिए भी जाती थीं तो वे उदास हो जाते थे। वे थोड़ी देर उनके पास बैठी रहीं। चाचा फिर शांत हो गए। रवि का नाम सुनकर जो चेहरे पर परिवर्तन आया था, वह गायब हो गया था।

शाम का समय था। रश्मि मन-ही-मन सोच रही थीं—राघव बाबू किरण के घर पहुँच गए होंगे। उनका फोन करने का मन हुआ। उनको लगा सवेरे, तो फोन किया ही था···फिर फोन करके उन्हें क्या मिल जाएगा? वे पहुँचे होंगे तो विकास

दफ्तर गए होंगे। किरण तो शायद ही बात करने की स्थिति में हो। होगी भी तो वह कितनी बात करेगी। रानी भी स्कूल में रही होगी। उनका मन मसोसकर रह गया। निकटताओं में भी कितनी दूरियाँ होती हैं।

उधर राघव बाबू की गाड़ी ठीक समय पर पहुँच गई थी। लेकिन वे जल्दी में थे। जो स्कूटर सामने आया उसी में बैठ गए। बाद में ध्यान आया, पैसे तो तय ही नहीं किए। न यही देखा कि उसने मीटर डाउन किया या नहीं। काफी दूर निकल आए थे। मीटर आठ रुपए चालीस पैसे बता रहा था। घर अभी बहुत दूर था। वे प्रीपेड स्कूटर ले सकते थे, पर वहाँ लाइन लंबी थी। विकास की चिट्ठी की भाषा उनके दिल में कहीं गहरे गड़ी थी। बार-बार चुभ रही थी। पता नहीं क्या हुआ हो…चौबीस घंटे चिट्ठी मिले हो गए। चार दिन पहले लिखी होगी।

स्कूटर ग्रेटर कैलाश की तरफ जा रहा था। हालाँकि वे रास्ता जानते थे। पर जब उन्हें ध्यान आता था…पता नहीं तब वह किस सड़क से गुजर रहा होता था। उन्हें बराबर लग रहा था, वह जरूर लंबे रास्ते से जा रहा होगा।

जब स्कूटर घर के सामने रुका तो उन्हें लगा, वहाँ पहुँचने में जरूरत से ज़्यादा देरी हो गई है। वे उतरकर चले तो स्कूटर वाला बोला, 'पैसे?'

'माफ़ करना भाई, भूल गया…कितने पैसे हुए?'

'एक हरा पत्ता?' उसने बड़ी तल्खी से कहा।

'इतने…यहाँ के तो साठ रुपए होते हैं।'

'कब की बात कर रहे हैं…यह ग्रेटर कैलाश है।'

उन्होंने बहस में पड़े बिना एक सौ का पत्ता निकालकर उसे दे दिया। वह रुपए लेते ही इतनी तेज़ी से भागा जैसे कोई उसका पीछा कर रहा हो।

जीने पर चढ़ते समय भी राघव बाबू के मन में तरह-तरह के ख़याल आ रहे थे। शंकाएँ और आशंकाएँ थीं। पता नहीं कौन किस स्थिति में मिले। ऊपर की सीढ़ी पर पहुँचे तो टी.वी. की आवाज सुनाई पड़ी। वे थोड़े आश्वस्त हुए। टी.वी. चल रहा है तो सब ठीक ही होगा। किरण को बचपन से ही टी.वी. का शौक रहा है। उन्होंने राहत की साँस ली। लेकिन सन्नाटा शंका पैदा कर रहा था। कोई बोल क्यों नहीं रहा है? क्या रानी भी नहीं? वह तो हमेशा चहकती रहती है।

राघव बाबू ने घंटी बजाई। रानी दौड़ी हुई आई…वह बोली, 'पापा अभी नहीं आए।'

'खोलो बेटी, मैं हूँ नाना।'

वह ऐसे चहक उठी जैसे बियावान में अकेले बच्चे को कोई अपना मिल जाए। 'नाना आप आ गए, हम तो आपका सवेरे से इंतजार कर रहे हैं।'

उसने अंदर से चटखनी खोलनी चाही। वह सख्त थी। रानी बोली, 'नाना, दरवाजा खींचो''पापा दरवाजा खींचते हैं तो मैं चटखनी खोल देती हूँ।'

'मम्मी कहाँ हैं?'

'मम्मी दवा लेकर सो रही हैं।'

उन्होंने दरवाजा पहले अंदर की तरफ दबाया। रानी ने कहा, 'नहीं नाना, अपनी तरफ खींचो।'

राघव बाबू ने दरवाजा अपनी तरफ खींचा तो चटखनी खुल गई। वे अंदर गए। स्क्रीन पर कार्टून दौड़ रहे थे। घर में सन्नाटा था।

'तुम अकेली हो।'

'हाँ, पापा का फोन आया था, उन्होंने कहा है। आने में देर हो जाएगी''मैं कार्टून फिल्म देख रही हूँ''पापा आएँगे तो दरवाजा खोलना होगा न।'

'तुम्हें डर नहीं लगता।'

'लगता है, कार्टून फिल्म देखती हूँ तो नहीं लगता। पापा कहते हैं—मिक्की माउस इतना बहादुर हो सकता है तो तुम क्यों नहीं हो सकतीं। तुम तो उससे बहुत बड़ी हो।'

वह उठकर गई। अपने गिलास में नाना के लिए पानी लाई, 'नाना, गिलास ऊपर रखा है, मेरा हाथ नहीं पहुँचता, इसी में पी लो।'

नाना ने गिलास लिया। उनकी आँखें रानी के चेहरे पर थीं। एकदम मासूम, पर उन्हें उसका चेहरा धुँधला-धुँधला सा नज़र आ रहा था।

वह बोली, 'पानी पी लो नाना, मैं और ला दूँगी। पापा आएँगे तो चाय बना देंगे। मेरा हाथ वहाँ तक नहीं पहुँचेगा।' नाना की आँखों से एक बूँद टपकी और गिलास के पानी में मिल गई। वे पीने लगे। उनके हाथ काँप रहे थे।

अंदर से आवाज आई, 'कौन है, रानी?'

'नाना आए हैं।'

'अच्छा आती हूँ।' थोड़ी देर बाद दरवाजा खुला। किरण बाहर आई। चेहरा सूखा था। बाल बिखरे हुए थे। पाँव में कंपन और लड़खड़ाहट थी। रानी नाना की कुरसी से सटकर खड़ी मम्मी को आते हुए देख रही थी।

□

वे नहीं आए

पिता को लेकर इतनी कहानियाँ लिखी गई हैं कि कहानी के संदर्भ में पिता का नाम लेते घबराहट होती है। लेकिन पिता तो पिता। उसे आप कैसे नापैद कर सकते हैं। पिता हैं तो कहानियाँ भी लिखी ही जाएँगी। नाम भले ही कुछ और रख लो। ख़बर आई कि पिता गिर गए और उनकी हड्डी चूर-चूर हो गई। वे कई दिन तक पड़े कराहते रहे थे। ऐसा नहीं कि उनके पास कोई न हो या उनका बड़ा लड़का काले कोसों बैठा हो! या जहाँ वह बैठा था वह जगह रेल या हवाई जहाज से न जुड़ी हो, या उसे वहाँ से पैदल या ऊँट पर चलना पड़ता हो। पिता के पास उनके दो छोटे वाले बेटे थे। माँ थी। पर उन्हें बड़े बेटे के आने का इंतजार था। बड़ा बेटा व्यस्त था। व्यस्तता एक ऐसी शै है कि उससे आदमी स्वयं ही मुक्त हो तो हो। अपने आप वह न किसी को मुक्त करती है और न कोई दूसरा ही उससे मुक्त कर सकता है। अत: बड़े बेटे के पास से यही ख़बर आई कि वह इतना व्यस्त है कि अगर उसकी अपनी टाँग टूट जाए तो भी वह उस व्यस्तता से मुक्त नहीं हो सकता। जब यह ख़बर आ गई कि वह तीन-चार दिन से पहले नहीं पहुँच सकता तो घर के लोगों ने दूसरे तरीकों के बारे में सोचना शुरू किया। आख़िर वे इस बुढ़ापे में इस तरह कब तक पड़े कराहते रहेंगे! डॉक्टरों से सलाह-मशवरा शुरू हो गया।

हड्डी का एक नौजवान डॉक्टर सरकारी नौकरी से इस्तीफा देकर कुछ ही साल पहले वहाँ आया था। उसने एक अच्छा-खासा नर्सिंग होम खोल लिया था। वहाँ बिजली अकसर चली जाती थी, इसलिए एक जेनरेटर भी लगा लिया था। वह इतनी जोर से धड़धड़ाकर चलता था कि अगर भेजा कमजोर हो तो उस आवाज से ही चटक जाए। लेकिन अपेक्षाकृत अधिक पैसे वालों को कोई और नहीं था। जहाँ तक डॉक्टर का सवाल है, उसने तो अपने लिए ठौर बना ही लिया था। पिता को उन्हीं डॉक्टर साहब को दिखाया गया। डॉक्टर ने पूछा, "बाबा की उम्र कितनी है?"

"चौरासी साल!"

डॉक्टर तत्काल बोला, ''देखिए, इस उम्र में हड्डी मुश्किल से जुड़ती है। शरीर के वे सब तत्त्व चुक जाते हैं, जो टूटी हड्डी जोड़ने में मदद करते हैं। दो ही तरीके हैं या तो इन्हें इसी तरह पड़ा रहने दिया जाए। साल-छह महीने में अपने आप जैसे-तैसे हड्डी जुड़ जाएगी या फिर आप पैसा खर्च करें और हम इनका कूल्हा बदलकर धातु का नया कूल्हा लगा दें।''

पिता शायद इसीलिए अपने बड़े बेटे को बार-बार याद कर रहे थे। वे चाहते थे कि वही निर्णय ले। वहाँ पर निर्णय लेने के लिए माँ और दो नाख्वांदा या कम पढ़े-लिखे, जो भी कहो, बेटे थे। निर्णय लेने का सवाल उठते ही बेटे तो बगलें झाँकने लगे। पिता ने फिर अपने बड़े लड़के के लिए चिल्लाना शुरू कर दिया। जितना कराहते थे, उतना ही बड़े बेटे का नाम मुँह पर आता था। उनकी राय में उसके पास पैसा और अक्ल दोनों ही थे। बीच-बीच में झुँझला भी पड़ते थे, ''वो क्यों नहीं आता—यहाँ बाप पड़ा-पड़ा सड़ रहा है?''

लड़कों ने कहा कि भाई तीन-चार दिन बाद आएँगे। वहाँ उन्हें काम है। पिता ने पूछा, ''तुमने उसे बताया कि उसका बाप··· जिसके नुत्फ़े से वह पैदा हुआ—यहाँ मर रहा है?''

उन्होंने कहा, बता दिया। एकाएक पिता के उस टूटे कूल्हे से भी ज़्यादा तेज दर्द उठा। वे लोट-पोट होने लगे। पर हुआ नहीं गया। दरअसल वे हिलडुल नहीं सकते। अत: चिल्लाए, ''हाय मेरा क्या होगा? इसी दिन के लिए ये छह-छह हाथ के बेटे पैदा किए थे।'' फिर फोन मिलाया गया। बड़ा लड़का थोड़ा उखड़ भी गया, ''यहाँ कॉन्फ्रेंस चल रही है, दूर-दूर से लोग आए हुए हैं—सारी जिम्मेदारी मेरे ऊपर है, आप लोग ऑपरेशन करा लें। रुपया भिजवा रहा हूँ। बहन आएगी। मैं कॉन्फ्रेंस खत्म होते ही पहुँच जाऊँगा।''

उन दोनों लड़कों ने कहा, ''वे बिना आपके ऑपरेशन नहीं करायेंगे!''

''मैं बहन को फोन करके कह रहा हूँ। पिता को समझा देंगी!''

टाइम खत्म हो गया। फोन कट गया!

उसके बावजूद पिता ज़िद पकड़े रहे, ''नहीं आएगा तो मैं यों ही पड़ा-पड़ा मर जाऊँगा।'' छोटे लड़कों के आत्मसम्मान को पहली बार धक्का लगा। आख़िर वे ही आकर ऐसा क्या कर लेंगे जो हम नहीं कर सकते। आना होता तो आ न जाते। जो मौजूद हैं, उनका कोई महत्त्व नहीं, जो नहीं है, उसी का रोना रोते हैं। वे पैसे वाले हैं, हम गरीब! लेकिन उनकी दया के मोहताज नहीं। क्या हम अपने पिता का इलाज भी नहीं करा सकते? वे यहाँ तक कह गए कि हमें नहीं चाहिए उनके रुपए।

रख लें अपने पास। हम करेंगे देख भाल! हालाँकि माँ खँखारती भी रहीं। एक–आध बार कोहनी से ठोहका भी लगाया। तब तक बहन आ गई थी। इस तरह की बातें सुनकर उसका जी उचाट सा गया। पर चुप रही।

छोटे बेटों ने एंबुलेंस बुलाई और पिता को लिटाकर उसी डॉक्टर के नर्सिंग होम ले गए, जिसकी पत्नी स्वयं डॉक्टर थी और नर्सिंग होम के लिए पैसा दहेज में लाई थी। कमरा ठीक उसी जेनरेटर की जड़ में था। जब पहुँचे तो बिजली गुल थी और जेनरेटर धकधकाकर चल रहा था। पिता घबराए, मैं यहाँ कैसे रहूँगा। सिर के टुकडे हो जाएँगे। कूल्हे के तो हो ही गए। बाकायदा प्राइवेट कमरा बुक कराया गया। बड़े बेटे ने सब बातें बहन को फोन पर बता दी थीं। जब ऑपरेशन की तैयारी हो गई तो डॉक्टर के सहायक ने आकर कहा, "दो हजार रुपए जमा करा दें।"

लडके एक–दूसरे का मुँह ताकने लगे। उनका ख़याल था कि रुपए की जरूरत ऑपरेशन के बाद पड़ेगी। तब की तब देखी जाएगी। उनमें से बड़े वाला थोड़ा चालू था। बोला, "आप ऑपरेशन शुरू करें, हम लेकर आते हैं।"

सहायक पहले हँसा, फिर बोला, "यहाँ ऐसा नहीं होता। ऐसे मरीज़ तो रोज आते हैं, जो ऑपरेशन कराकर पैसा लेने चले जाते हैं। बूढ़े लोगों के तीमारदार तो अक्सर ऐसा करते हैं। माफ़ कीजिए, आपके पिता को हम अपना पिता बनाकर रखने के लिए कतई तैयार नहीं। आप रुपया ले आइए, हम ऑपरेशन कर देंगे। वरना हड्डी तो देर–सवेर जुड़ ही जाएगी। और वैसे भी आपके पिताजी ने पूरी उम्र भोग ली है।"

लड़कों की सिट्टी–पिट्टी गुम हो गई। वे माँ के पास पहुँचे। माँ ने हाथ झाड़ दिए, "मैं कहाँ से लाऊँ?" और बहन की तरफ इशारा कर दिया। उन्हें बहन के पास ही जाना पड़ा। बहन बोली, कुछ नहीं, पूछा भर, "कितने रुपए चाहिए?"

"चार हजार!" बड़े ने छोटे से कहलाया।

"अच्छा चलो, मैं चलती हूँ।"

वे दोनों ताव खा गए, "हम क्या खा जाएँगे?"

बहन बिना जवाब दिए सीधे डॉक्टर के पास पहुँची और कहा, "आप ऑपरेशन करें, मेरे पास इस समय दो हजार ही हैं। बाकी दो हजार का चैक ले लीजिए।"

डॉक्टर ने बहन की तरफ देखा और घंटी बजाकर अपने सहायक को बुलाया, "आपने कितना रुपया जमा करने के लिए कहा है?"

"दो हजार, सर!"

बहन ने फौरन बात को सँभाल लिया, "लगता है, मेरे समझने में गलती हो गई। दो हजार तो मेरे पास हैं।" जो ऑपरेशन रुपए न जमा होने के कारण रुक गया

था, उसकी तैयारी फिर से चालू हो गई।

बहन ने इस बारे में उन लोगों से कुछ नहीं कहा। पिता जब ऑपरेशन थियेटर में चले गए तो दोनों भाई बहन की नज़रों से बचते घूमने लगे। उनके संकोच को दूर करने के लिए बहन ने उन दोनों को सुनाकर माँ से अपने आप ही कहा, ''डॉक्टर साहब बड़ी मुश्किल से दो हजार रुपए में ऑपरेशन करने को तैयार हुए। वह भी तब जब मुझे कहना पड़ा कि आप नहीं करेंगे तो हम पिताजी को दिल्ली ले जाएँगे।''

दोनों भाई कान दबाए ऐसे सुन रहे थे, जैसे सुन ही न रहे हों, बल्कि कुछ इस तरह से दबे हुए थे जैसे गड्ढे की मिट्टी पानी पी जाने के बाद दब जाती है।

पिता का ऑपरेशन क़रीब तीन घंटे चला। इस दौरान बहन पर्स बगल में दबाए और शॉल ओढ़े ऑपरेशन थियेटर के एकदम बाहर, बेंच पर बैठी रही। माँ दूसरी तरफ कुरसी पर बैठी थी खामोश। वे दोनों लड़के इधर-उधर घूम रहे थे। बीच-बीच में जोगियों की सी फेरी लगा जाते थे। उन्हें देखकर बहन को बार-बार लगता था कि वे हल्का सा नशा किए हुए हैं। इस बात को वह मन में ही रखे हुए थी। पूछने का न तो मौका था और न साहस।

थोड़ी देर बाद जब माँ नजदीक आई बहन पर रुका नहीं गया तो माँ से पूछा, ''दोनों क्या अभी भी नशा करते हैं?''

माँ तत्काल बोली, ''मुझे क्या पता, मेरे तो वैसे ही भाग फूटने को हैं। इनका नशा देखूँ या उन्हें देखूँ। उन्हें कुछ हो गया तो मुझे कोई एक घूँट पानी भी नहीं देगा।''

माँ की बात बहन को पसंद नहीं आई। उसने बहुत रोकना चाहा, पर रुका नहीं गया। मुँह से निकल ही गया, ''हड्डी टूटने से कोई नहीं मरता, तुम अकेली ही नहीं, सभी अपनी-अपनी तरह पिता को देख रहे हैं।''

इस बार माँ को बहन की बात अच्छी नहीं लगी, ''ठीक है बोबो, कह ले जो कहना हो! तेरे पिता ठीक ही कहे थे। गरीबी तेरे तीन नाम—, लुच्चा, भड़वा, बेईमान।''

''आप यह सब क्या कह रही हैं। यह भाषा आपके बोलने की है? पिता के इलाज के लिए किस बात की कमी है। भाई ने मुझे भेजा है—और ये दोनों तो कह रहे थे कि पिता का इलाज वही कराएँगे। उन्हें किसी की मदद नहीं चाहिए!''

''इन बिचारों को तू बार-बार बीच में क्यों घसीट रही है। इनके पास होता तो कराते नहीं क्या? अब भी जो बन पड़ रहा है, कर ही रहे हैं।''

''जब ये सबकुछ कर रहे हैं तो फिर मुझसे दो हजार की जगह चार हजार जमा कराने को क्यों माँग रहे थे? डॉक्टर ने दो हजार को कहा, ये चार हजार माँगने लगे।''

माँ की आवाज तत्काल मुलायम पड़ गई, ''मुझे तो पता नहीं…'' रुककर बोली, ''परेशानी में आदमी का दिमाग ठीक नहीं रहता—सोचे कुछ है, मुँह से निकले कुछ है! जब से ये गिरे तब से इन दोनों ने अगर एक मिनट को भी आँख झपकाई हों—चाहे जितने भी बुरे हों, बाप की सेवा तो इन्हीं के किए हो रही है। चाहे नसा करके कर रहे हों या भूखे रह के! और किसी को तो झाँकने की भी फुरसत नहीं।''

बहन के दिल में तो आया कि कुछ कहे, पर चुप लगा गई। माँ कहती रही, ''हमने तो सबको ख़बर दे दी थी, कभी कोई बाद में उलाहना दे। दूसरी है, इसलिए ख़बर नहीं दी। माँ दूसरी थी, बाप तो अपना ही है। किसी को क्या पता कितने दिन के मेहमान हैं।'' उन्होंने बिसूरना शुरू कर दिया, बिसूरते-बिसूरते ही बोली, ''अगर ये कमबख्त किसी करम के होते तो रोना ही काहे का था। कर भी रहे और गाली भी खा रहे। जब इनके भाग में दुर-दुर, परे-परे लिखी तो कोई क्या करे। इसी को भाग कहवें। मैंने तो गैरों की भी सेवा की।''

दरअसल बहन को भाई ने ताकीद कर दी थी कि माँ चाहे जो भी कहे, मुँह नहीं खोलना। दो-तीन दिन बाद वह आ ही जाएगा। लेकिन उस पर रहा नहीं गया तो वह यही बोली, ''भैया अगर आ सकते तो आ न जाते। उन्हें क्या अपने पिता से प्यार नहीं।''

''हमें क्या, हम तो यही कहें कि भगवान् करे सब अपना-अपना राज-पाट भोगें। हम भी दुक्खम-सुक्खम दिन काट ही लेंगे। जो हम पर बना, हमने भी किसी के लिए कमी नहीं रखी।''

बहन का खून उबल रहा था। उसने कुछ कहने के लिए मुँह खोला ही था कि ऑपरेशन थियेटर का दरवाजा खुल गया। वह उठकर तत्काल उधर की तरफ चल दी।

डॉक्टर साहब ने तौलिए से हाथ पोंछते हुए अंग्रेजी में कहा, ''आपके पिता का ऑपरेशन सफल हो गया। आप लोग उन्हें ठीक-ठाक देखना चाहते हैं तो खूब सेवा कीजिए। कुछ दवाएँ मँगानी होंगी। लिस्ट छोटे डॉक्टर साहब से ले लीजिए—ग्लूकोज और ब्लड चढ़ाना होगा, रात भर एक आदमी को जागना पड़ेगा। अगर मरीज़ हाथ हिलाएगा तो सुई निकल जाएगी! यह जरूरी है कि दोनों ड्रिप ठीक तरह चलते रहें।''

डॉक्टर साहब बात करते-करते चलते चले जा रहे थे। उनकी बात खत्म हुई और बहन लौटने लगी तो डॉक्टर ने रोककर कहा, ''देखिए, ऑपरेशन में मुझे बहुत मेहनत करनी पड़ी है! मैंने सोचा नहीं था कि इतनी मेहनत पड़ जाएगी। मेरे स्टाफ

को भी काफी लगना पड़ा। कूल्हे का टूटा हुआ हिस्सा काटने में बड़ी जहमत उठानी पड़ी। आप पाँच सौ रुपए और जमा कर दें।''

''चेक दे दूँ!''

''देखिए चेक-वेक के चक्कर में मैं नहीं पड़ता। आप कल रुपए निकलवाकर दे दीजिए!''

''जी।''

''और हाँ सुनिए, अगर कल रुपया जमा नहीं हुआ तो मरीज़ की जिम्मेदारी हमारी न होकर आपकी होगी। मैं इस मामले में बहुत स्पष्टवादी हूँ।''

डॉक्टर तो खट-खट करता चला गया। बहन चक्कर में पड़ गई। जितना रुपया घर में था, उसे लेकर वह फोन मिलते ही चल दी थी। चेक-बुक साथ रख ली थी कि डॉक्टर आदि का वह चेक से भुगतान कर देगी। लेकिन नकद रुपया तो सारा ही डॉक्टर को पुज गया था। ऊपर से खर्च को सौ-दो सौ रुपए पड़े थे। उसे माँ से कहना पड़ा, ''डॉक्टर पाँच सौ रुपए और माँग रहा है। भैया परसों से पहले नहीं आएँगे। दो दिन के लिए कहीं से एक हजार का इंतजाम होना जरूरी है। अगर कल डॉक्टर को रुपया न मिला तो हो सकता है, पिता की देखभाल में कोताही कर दें।''

''मेरे पास होता तो मैं दूसरों का मुँह काहे ताक़ती। लड़कों के भूत-कुत्ते तो लगा रही थी···चार हजार गलत नहीं माँगे थे। आख़िर मर्द जात हैं···दूर तक की सोचते हैं। जो करता है वही जानता है।''

बहन ने अपनी बात दोहराई, ''तो फिर रुपया कहाँ से आएगा?''

''मैंने तो कह दिया, मेरे पास नहीं है। नहीं था तो काहे बाप को कटवाने के लिए मेज पर डाल दिया था। जहाँ इतने दिन से पड़े तड़पे वही और तड़प लेते।''

''कहीं से मँगा दो।''

''किससे माँगती फिरूँ?''

''अगर कल तक डॉक्टर को पाँच सौ रुपए नहीं मिले तो डॉक्टर कंधा डाल देगा।''

माँ गुम!

बहन फिर बोली, ''मैं चेक काटे देती हूँ। उस पर मँगवा दीजिए। दस-पाँच रुपए काटना चाहेगा काट लेगा।''

माँ फिर चुप्प।

□

पिता को ऑपरेशन थियेटर से बाहर लाया जा रहा था। पिता की आँखें खुली

थीं। अभी दर्द का अहसास बिल्कुल नहीं था। उनकी रीढ़ की हड्डी के नीचे की तरफ सुई लगाकर उनका नीचे वाला हिस्सा सुन्न कर दिया गया था। उम्र ज़्यादा होने के कारण पूरी तरह बेहोश नहीं किया गया था। उन्होंने सबसे पहले माँ को ही देखा। उनके देखते ही माँ ने हू-हू करके रोना शुरू कर दिया। पिता की आँखों से भी आँसू लुढ़के। बहन साथ-साथ चलती रही। माँ ने रोते हुए पूछा, ''पता नहीं, भाग में कितना कष्ट लिखा है?''

उन्होंने आँखें बंद कर लीं। जैसे इतना ही सुनने के लिए आँखें खोले हों। उन्हें बिस्तर पर लिटाया गया तो भी वे आँखें मूँदे रहे। दर्द का अहसास कुछ देर बाद शुरू हुआ। जैसे-जैसे एनस्थीसिया का असर कम होता गया, उनकी पीड़ा बढ़ती गई। फिर तो हालत यह हुई कि वे जोर-जोर से रोते और कहते, ''मेरा गला घोंट दो, मुझे मार डालो।'' रोते-रोते ही माँ को पुकारते, ''तू कहाँ चली गई। जो कुछ पूछना-ताछना है पूछ ले, मैं चला जाऊँगा तो रोती घूमेगी!'' फिर एकाएक बड़े बेटे का ध्यान आ जाता, ''अभी आया नहीं या मेरे मरे पर ही आएगा?''

उनके अन्य दोनों बेटे इधर-उधर घूमकर थोड़ी-थोड़ी देर में चक्कर लगा जाते थे। बहन को बार-बार डॉक्टर के पास दौड़-दौड़कर जाना पड़ता था। कभी वे पेशाब न होने की शिकायत करते। कभी कहते—मेरा कूल्हा छिला जा रहा है। कभी-कभी जब बेचैनी बहुत बढ़ जाती तो माँ कहती, ''डॉक्टर को बुला लो, इनका तो कोई साँस चल रहा है।''

बहन उनको समझाती, ''आप मुँह से बार-बार बुरी बात क्यों निकालती हैं। ऐसी कोई बात नहीं। दो-एक दिन तो तकलीफ रहेगी ही।''

उनका बोलना और ज़्यादा हो जाता, ''इन लड़कों पर दो मिनट नहीं बैठा जाता। यह नहीं कि दशरथ सा बाप मरने लग रहा है—आकर पूछ ही लें कि पिताजी का क्या हाल है! अरे, तुम नहीं करोगे तो क्या गैर करने आएँगे। जाकर डॉक्टर को बता तो देते!''

बहन को फिर डॉक्टर के पास दौड़ना पड़ता। छोटा डॉक्टर हँसकर कहता, ''हड्डी का रोगी कराहता है, मरता नहीं। चलिए, मैं अभी आता हूँ!''

तब तक लड़कों में से कोई चक्कर लगाने आ जाता। माँ उसे प्यार से समझाने की कोशिश करतीं, ''थोड़ी देर यहीं चूतड़ टिकाकर बैठ जाओगे तो कोई शा न में फरक नहीं आने का। पता नहीं कितने दिन के मेहमान हैं।''

''बहन को जब हम पर एतबार ही नहीं तो हम बैठकर क्या करें? वही देख भाल करें।''

"तुमने दो के चार हजार क्यों माँगे थे?"

"माँग लिये तो क्या हो गया? वाहवाही भी लूटना चाहवें और पैसा मसल-मसल के खर्च करें, दोनों बात नहीं चलतीं। हर वक्त उनके आगे ही हाथ फैलाए खड़े रहें? दो-चार सौ रुपए फालतू पड़े रहेंगे तो काम ही आवेंगे! चारों से व्यवहार थोड़े ही है!" कहता हुआ बाहर की तरफ फूट गया।

बहन डॉक्टर को लेकर आई। डॉक्टर इंजेक्शन की सीरिंज भरने लगा तो पिता बोले, "मेरी सारी देह बेध डालोगे क्या?"

दरअसल, उन्हें इंजेक्शन तो इंजेक्शन, उसके नाम तक से, आज से नहीं बचपन से, डर लगता है। जबकि पिता के पिता ज़्यादा आधुनिक थे। उनका ज़िंदगी भर यही ख़याल रहा कि बिना इंजेक्शन के न कोई दर्द जाता है और न कोई बीमारी ही ठीक होती है। वे इंजेक्शन द्वारा किए जानेवाले इलाज को संसार का सबसे आधुनिक इलाज मानते थे। एक तो रईस, ऊपर से अंग्रेजों में उठना-बैठना। चार लब्ज अंग्रेजी के भी जान गए थे। उनकी मौत के बाद उनका 'पर्सनल-डॉक्टर' बताया करता था कि कई बार जब उन्हें किसी दवा से फ़ायदा नहीं होता था तो डिस्टिल्ड वाटर का इंजेक्शन देना पड़ता था। इंजेक्शन लगते ही वे दर्द-गुर्दे तक में सो जाते थे। पिता भी यही मानते थे कि जब उनके पिता थे तो पिता का कोई मतलब होता था। उनके मरने के बाद पिता का कोई मतलब नहीं रहा। पिता मर ही गया। उनके रहते कभी ऐसा नहीं हुआ कि उनकी बिना इज़ाज़त पिता कभी रात को हवेली में सोने चले गए हों। जब तक वे नहीं कह देते—जाओ, अब रात बहुत हो गई, जाकर सो जाओ, तब तक वे पलंग के पास कुरसी बिछाए बैठे रहते थे। अब पिता इंतजार करता है कि बेटे को कब फुर्सत मिले और मुखातिब हो। पिता मरा नहीं तो क्या जिंदा है। बीमारी के दौरान भी वे अपने पिता की इन बातों को याद किया करते थे। क्या वे पिता थे और क्या हम हैं।

इन पिता में और उन पिता में जमीन-आसमान का अंतर था। उन्होंने कभी नहीं सोचा कि कष्ट के समय बेटा, बड़ा हो या छोटा, पिता को कष्ट से मुक्ति दिलाने की कुव्वत रखता है। लेकिन ये यही सोचते थे कि बड़ा बेटा आ जाएगा तो उन्हें तकलीफ से राहत मिल जाएगी। उसकी मौजूदगी काग़ज़ पर रखे बाट की तरह होगी। डॉक्टर भी ध्यान देंगे। भले ही ओहदे के कारण। जब भी पिता बड़े बेटे को पूछते थे तो माँ बहन की तरफ घूरने लगती थी। जैसे उन्हें वह कहीं नोट की तरह छुपाए हो बहन दूसरी तरफ देखने लगती तो कहती, "उसे एक काम थोड़े ही है। भुतेरे काम हैं। काम निबट जाएगा तो आ जाएगा।"

जब यही बात दो-चार बार घट जाती तो बहिन को झुंझलाहट आ जाती, ''आप मुझे क्या सुनाती हैं⋯जब भैया आएँ तो उन्हें जी भरकर सुनाइए। सारी बात आप भी जानती हैं और मैं भी।''

''मैं तो इन्हें समझा रही हूँ, दिन-रात रट जो लगा रखी है। दो हजार देके भेज दिया⋯बुरा न मानिए।⋯क्या हींग लग जाएगा!''

''दे तो रही हूँ चेक!''

''चेक की कोई मातबरी भी हो!''

बहन रुआँसी हो गई। पिता को फिर सुध सी आई तो बड़बड़ाए, ''सबके सब कहाँ चले गए। किसी को फुरसत ही नहीं, टट्टी-पेशाब जाना हो तो क्या करूँ!''

''बाहर ही तो हैं, कमरा इतना तो छोटा है, सब इसमें कैसे समावेंगे। कहो तो बुला दूँ।''

''मुझे पेशाब कराने ले चलो!''

''पेशाब की तो नली पड़ी⋯सब थैली में इकट्ठा हो रहा।''

वे नाराज होने लगे, ''मुझे पेशाब क्यों नहीं कराते। मेरे कपड़े गीले हो जाएँगे।''

बहन को बीच में बोलना पड़ा, ''आप यहीं कर लीजिए, डॉक्टर ने कहा है कि अगर कपड़े भीग जाएँगे तो बाद में बदल दिए जाएँगे।''

पिता को फिर खुमारी सी आने लगी थी। उनकी समझ में किसी की बात नहीं आ रही थी। थोड़ी देर बाद वे दोनों हाथ बाहर निकालकर बोले, ''मेरे हाथ धुला दो—मिट्टी से धुलवाना!''

माँ तत्काल बोलीं, ''हाथ क्यों धोओ? तुम तो यहीं पड़े हो—गंदे काहे में हो गए?''

वे फिर बोले, ''मेरे हाथ क्यों नहीं धुलाते—गंदे हैं।''

बहन ने हाथों पर जरा सा पानी डालकर तौलिए से पोंछ दिए और धीरे से अंदर सरका दिए। वे फिर गफलत में डूब गए। माँ को यह बात अच्छी नहीं लगी, ''तुम लोग तो दो-चार दिन में अपना रास्ता लोगे—यहाँ इनकी बात-बेबात की जिद कौन पूरी करेगा। इस समय इनका दिमाग काम थोड़े ही कर रहा है।''

''ऐसी बातें सोचते रहने से क्या फ़ायदा। जब शरीर काम नहीं करता तो दिमाग की काम करने की गति भी कम हो जाती है। चलेंगे-फिरेंगे तो फिर दिमाग ठीक-ठाक काम करने लगेगा।''

''हे भगवान! इन्हें घिसटाना मत!''

बहन को माँ का यह सब बड़बड़ाना अच्छा नहीं लग रहा था। वह बाहर चली

गई। बाहर दोनों लड़कों के बीच नंबरवार सिगरेट चल रही थी। हर दम पर खुर्र-खर्र करके खाँस रहे थे। बहन ने देखा और चुपचाप अंदर आ गई।

उन्होंने उन्हें अंदर लौटते हुए देख लिया और धीरे से खिसक गए।

भाई तीसरे दिन आए। पिता काफी क्लांत हो गए थे। पेशाब की मिकदार भी कम हो गई थी। दिन भर में सात सौ सी.सी. पेशाब हुआ था। गफलत कुछ ज़्यादा ही बढ़ गई थी। डॉक्टर भी इतने बड़े तो थे नहीं कि सब स्थितियों का सामना कर सकें। उनके भी हाथ-पैर फूलने लगे। चूँकि माँ हर वक्त वहाँ रहती थीं, इसलिए पानी पिलाने की जिम्मेदारी उन्हीं की थी। डॉक्टर उन्हीं से पूछते थे कि माँ जी, पानी पिलाया या नहीं। वे कह देती थीं—हाँ! वे पूछते—कितने गिलास पानी पिलाया? जो समझ में आता था, वही कह देतीं कि इतने गिलास! डॉक्टर चक्कर में पड़ रहे थे कि इतना पानी पिलाया जा चुका, फिर भी पेशाब इतना कम क्यों? पिता को जब पानी पिलाया जाता था तो एक-आध घूँट पीकर मुँह मोड़ लेते थे। माँ जिद करती नहीं थीं। डॉक्टर ने भैया को अलग ले जाकर कहा, ''देखिए साहब, हमें शक है कि इनके गुर्दे काम करना बंद करते जा रहे हैं। इससे पहले कि कोई खतरे की बात हो, आप इन्हें दिल्ली ले जाइए। जरूरत पड़ी तो कम-से-कम डायलेसिस तो हो जाएगा। यहाँ तो उसकी भी सुविधा नहीं।''

भाई ने तत्काल इंतजाम किया। हालाँकि माँ इस पक्ष में बिल्कुल नहीं थीं। उनका कहना था कि वहाँ ले जाकर इनकी मिट्टी क्यों ख़राब करते हो। कम-से-कम घर की ड्योढ़ी तो नसीब हो जाएगी। पहले आ गए होते तो बात दूसरी थी।

बाकी दोनों बेटे भी ले जाने के खिलाफ थे। आगे-पीछे बुड़-बुड़ करते चूम रहे थे, ''पैंट की जेब में हाथ डालकर आ गए जब जरूरत थी तब हम मर रहे थे। वहाँ ससुराल जो है—इन्हें ले जाके सड़ने के लिए अस्पताल में डाल दोगे। अपने आप ससुराल में मज़ा मारेंगे। हम भी तो उनकी औलाद हैं। एक बार पूछा तक नहीं!''

''हर एक के सौ-सौ पचास-पचास रुपए रोज खर्च हो रहे हैं। तरद्दुद अलग! उनका भुगतान कौन करेगा!''

''चल के कहते क्यों नहीं? फूँक क्यों खिसकती है?''

''फूँक खिसकने की क्या बात है?''

''झेला हमने और अब दो-चार हजार खर्च करके काबिल बेटे बन गए! हम नालायक, वो लायक!''

''कोई किसी का बाप नहीं।''

"ठीक है, ले जाना हो ले जाए···हमारा जो खर्चा हुआ, हमें दे जाएँ।"

□

पिता को एंबुलेंस में लिटा दिया गया था। एक डॉक्टर भी साथ जा रहा था। भाई ने उन दोनों के पास आकर कहा, "तुम लोगों से हबड़-धबड़ में बात ही नहीं हो पाई।"

वे चुप खड़े रहे।

भाई ने पूछा, "कुछ कहना है क्या?"

"नहीं तो।" गरदन हिलाकर जवाब दिया।

"डॉक्टरों ने दिल्ली ले जाने की सलाह दी है।"

"अगर वहाँ कुछ हो गया तो?"

"नहीं, ऐसा क्यों सोचते हो?"

"हमारे पास तो जो था, सब इन्हीं पर खर्च कर दिया।"

भाई ने उनकी तरफ देखा।

"कितना खर्च हो गया?"

"सारा हमने ही तो किया! बहन ने तो सिर्फ दो हजार रुपए जमा किए!"

"तो?"

उन्होंने कोई जवाब नहीं दिया। माँ बोली, "इन बेचारों ने अपनी सामर्थ्य अनुसार बहुत किया। भाग-दौड़ कर रहे हैं सो अलग।"

"मैंने तो बहन से रुपए भेजे थे।"

"उतने रुपयों से क्या होता ऑपरेशन की फीस भी नहीं पटी!"

भाई ने धीरे से कहा, "ठीक है, अपने-अपने परचे बनाकर दे दो!"

परचे जेबों में तैयार थे। तत्काल बढ़ा दिए। भाई ने उलट-पुलटकर देखा और जेब में रख लिये! ठीक है!

□

एंबुलेंस में जाते हुए पहले तो पिता कराहते रहे। बाद में उनका सिर झटके खाने लगा। सड़क पुरानी और टूटी हुई थी। भाई ने उस छोटे डॉक्टर की तरफ देखा, जो साथ चल रहा था। उसने इंजेक्शन भरा और लगा दिया। पिता बिल्कुल चुप थे। भाई बार-बार डॉक्टर से फुसफुसाकर पूछ रहे थे। कोई फिक्र की बात तो नहीं? डॉक्टर था तो पसीने से तर, पर वह यही कह रहा था घबराने की कोई बात नहीं, अभी होश आ जाएगा। कमजोरी की वजह से मूर्च्छा आ गई! सड़क भी ख़राब है, जब तक बनेगी नहीं, इसी तरह झटके लगते रहेंगे।" उसने खिड़की से झाँककर

ड्राइवर से कहा, ''जरा सँभालकर चलाओ।'' सिर को स्थिर करने के लिए बराबर-बराबर तकिए भी लगा दिए।

भाई के अलावा गाड़ी में माँ और बहन थीं। बहन चुप थी। माँ ने रोना और बड़बड़ाना शुरू कर दिया था, ''मैंने तो पहले ही कहा था, मत ले चलो। इनमें कुछ रखा थोड़े ही है।''

छोटे डॉक्टर ने हस्तक्षेप किया, ''माताजी, आप घबराइए नहीं, नब्ज ठीक है, कमजोरी की वजह से मूर्च्छा आ गई।''

माँ बोलीं कुछ नहीं, पर मन-ही-मन उनकी अटलता बढ़ती जा रही थी, ''कम-से-कम वहाँ अपनी ड्योढ़ी तो नसीब हो जाती!''

भाई कुछ नहीं बोल रहे थे। एक हाथ की नब्ज उनके हाथ में थी।

□

अस्पताल पहुँचे तो आधी रात बीत चुकी थी। भरती होते ही सबसे पहले उन्हें ऑक्सीजन दी गई। फिर ड्रिप लगा। माँ और बहन, दोनों को भाई ने एक बेंच पर गद्दा बिछाकर आराम से बैठा दिया। अपने आप इमर्जेंसी रूम के बाहर पड़ी बैंच पर बैठ गए। बीच-बीच में कोई छोटा डॉक्टर या नर्स निकलते थे तो भाई उठ खड़े होते थे। कभी वे लोग अंदर से लिखकर लाई गई परची पकड़ा देते थे या चुपचाप निकल जाते थे। बहन को बैठाकर भाई दवा लाने के लिए दौड़ जाते थे। या वे स्वयं ही पूछते थे, ''क्या हाल है, डॉक्टर?''

डॉक्टर गरदन हिलाकर रह जाता। खुला जवाब कोई नहीं दे रहा था। वैसे कुल मिलाकर अंदर से दो ही पर्चियाँ आईं। क्योंकि ज़्यादातर जान बचाने वाली दवाएँ अस्पताल में रहती हैं। ऐसे मौके पर अस्पतालवाले ही वे सब दवाइयाँ उपलब्ध कराते हैं। बहुत कम ऐसा होता है कि दवा न हो। तब अलबत्ता मँगा ली जाती हैं।

काफी जद्दोजहद के बाद डॉक्टरों की आँखों में पिता की ज़िंदगी को लेकर एक खास तरह की रोशनी चमकी। तब पौ फट चुकी थी। लेकिन उस जमे-जमाए अँधियारे और उभरते दिनमान का मल्लयुद्ध जारी था। उसे पटका-पटकी भी कह सकते हैं। दिन थोड़ा ऊपर आना शुरू हुआ। माँ कई बार बहन को सुनाकर एकालाप कर चुकी थीं, ''मेरी किसी ने ना सुनी—वहाँ अपनी ड्योढ़ी और अपने लोग तो होते! यहाँ कौन अपना बैठा है?''

□

दो डॉक्टर बाहर निकले। उन दोनों ने भाई की तरफ मुसकुराकर देखा और चलते चले गए। भाई का उनकी तरफ लपकना फिजूल ही गया। भाई के चेहरे पर

थोड़ा तनाव सा झलक आया। ऐसा भी क्या···दो शब्द नहीं कह सकते। आख़िर हमारा मरीज़ अंदर बेहाल पड़ा है। थोड़ी देर बाद दो जूनियर डॉक्टर बाहर आए। वे भी भाई की तरफ देखकर क़रीब-क़रीब उसी तरह मुसकराए। उनकी मुसकुराहट में उतना मुकम्मलपन नहीं था, जितना उन दो वरिष्ठ और परिपक्व डॉक्टरों में था। बड़े डॉक्टरों के मुसकुराने के ढंग से ही लगा था कि वे मरीज़ों के तीमारदारों से यह आशा करते हैं कि अपने मरीज़ की हालत का अंदाज वे डॉक्टरों के हाव-भाव से लगाएँ। छोटे डॉक्टरों में से एक शायद अभी काफी कच्चा था। वह बोला, "अपनी मम्मी को अंदर भेज दें, मरीज़ को होश आ गया···शायद वे उन्हें बुला रहे हैं।"

भाई माँ को लेकर दरवाजे तक छोड़ आए। भाई-बहन पहले तो बरांडे में ही आमने-सामने खड़े शब्द खोजते रहे। फिर रेलिंग पर झुककर दो भिन्न दिशाओं में देखने लगे। दूसरे कोने से ट्यूब लाइट की मद्धम रोशनी अभी भी उनके चेहरों पर पड़ रही थी और कुछ ऐसा आभास दे रही थी जैसे चूना पुता हो।

नर्स निकलते हुए बोली, "आप भी जाइए, अब आपके डैडी बोल रहे हैं।" फिर रुककर कहा, "लेकिन उनको ज़्यादा मत बोलने दीजिए।"

भाई और बहन ने एक-दूसरे की तरफ देखा और बढ गए।

पिता डूबती सी आवाज में उन दोनों बेटों का नाम लेकर पूछ रहे थे, "वे फिर···बाहर···निकल गए?"

"वे आए ही कहाँ?"

पिता थोड़ी देर चुप रहे, फिर डूबते-उतराते से बोले, "कहाँ से?"

"तुम दिल्ली के अस्पताल मैं हो···घर में नहीं।"

पिता चुप हो गए। बीच-बीच में वे डूब जाते थे। उभरे तो फिर पूछा, "वे अब तक नहीं आए?···कोई मरे या जिए···उनकी···ब···ला···से··· ।" आगे आवाज सुनाई नहीं पड़ी।

"मैंने कहा ना, वे आए ही कहाँ! कोई लाता तो आते। एबुलेंस चली तो वे बेचारे लाचार से टुकुर-टुकुर देख रहे थे।" माँ सिसकने लगीं।

"मेरी देखभाल का क्या होगा?" पिता ने लड़खड़ाती आवाज में कहा।

भाई पहले तो ठिठके, फिर आगे बढ़कर बोले, "आप फिक्र न करें, मैं उन्हें अभी जाकर ले आऊँगा! डॉक्टर ने बोलने को मना किया है।"

माँ का चेहरा दूसरी ओर उठ गया। बहन अभी भी दरवाजे पर ही। ठिठकी हुई खड़ी थी।

□

सुजित

यह घटना अपने देश के बाहर की है, पर इस कहानी का मुख्य किरदार भारतीय मूल का ही है। यह एक बच्चा है, सुजित। बहुत पहले उसके पूर्वज गिरमिटिया मज़दूर की तरह फिज़ी चले गए थे। बहुत से मज़दूर, जो गिरमिटिया के रूप में उन देशों में चले गए, उनके वंशज अब बहुत सुखी और समृद्ध हैं, लेकिन सुजित के माता-पिता न फैल पाए और न ऊर्ध्वाकार उग पाए। वे सिकुड़ते-सिकुड़ते इतना सिकुड़ गए कि एक बड़े आदमी के मुरगी के दड़बे के बराबर में ही दूसरे दड़बेनुमा कमरे में रहने के लिए मजबूर थे। दरअसल, उस बड़े आदमी ने सुजित के माता-पिता को घर के कामकाज के लिए खरीद लिया था। वे चौबीस घंटे में से 16 से 18 घंटे काम करने के लिए अभिशप्त थे। वे बाहर के जीवन के बारे में सोच ही नहीं सकते थे, उसे जीने का तो सवाल ही नहीं। जैसे पौधों की जड़ों को काट-छाँटकर पौधे को बोनसाई बना दिया जाता है, उसी तरह उन दोनों पति-पत्नी के साथ हुआ था। वे किसी से बात करते हुए भी डरते थे। आते-जाते कोई कुछ पूछ लेता था, वे डरकर लदर-पदर भागते थे। उनकी दुनिया मालिक की बहुत बड़ी दुनिया का कण भर हिस्सा थी। हँसने-रोने का उनके लिए न मौक़ा था, न इजाज़त। अपने दुःख बाँटते हुए भी इतने धीमे बुड़बुड़ाते थे कि किसी दूसरे के लिए सुनना असंभव था।

वे एक लंबे समय तक वे सहवास से बचते रहे। उन्हें कह दिया गया था कि हिंदुस्तानियों की तरह बच्चों की कतार न लगा देना। अगर एक भी बच्चा हुआ तो न तुम बचोगे, न तुम्हारा बच्चा। वे डर के मारे अलग-अलग सोते थे। कभी आदमी या औरत एक-दूसरे के पास जाने की कोशिश करते थे, तो दूसरा थर-थर काँपने लगता था। सारी उत्तेजना काफ़ूर हो जाती थी। करिया मेम साहब या करिया साहब, सवेरे जब वे दोनों काम पर आते थे, दोनों को खोजी नज़रों से ऐसे देखते थे, जैसे रात की पूरी कहानी उनके चेहरे पर लिखी हुई हो। डर के मारे वे इतने सिकुड़ जाते थे

कि लगता था—वहीं जमीन में दफ़न हो जाएँगे। गनीमत थी, करिया जोड़ा चुप रहता था, नहीं तो शायद हो भी जाते। इनसान अपने को कितना भी मार ले, पर कई बार अपने मनोभावों को मारते-मारते भी उन्हें पूरी तरह नहीं मार पाता। ऐसा ही हुआ। वे दोनों, जो करिया मेम साहब और साहब की नज़र भर से पिघलकर पानी हो जाते थे, एक दिन उनके अंदर अचानक मरा हुआ मनोभाव एकाएक लहलहा उठा। जैसे सूख रहे खेत में अचानक पानी बरस जाए। अंदर अंकुर फूटा तो वे डर गए। क्या करें, कहाँ जाएँ, अपनी करनी को कैसे छिपाएँ? मौत हर वक़्त नाचती नज़र आती थी। उस बिंदु पर पहुँचकर मौत भी मौत होना भूल जाती है, साकार होने लगती है। दूसरी तरफ जो सूख गया था, वह एकाएक हरिया रहा था। वे एक-दूसरे को रोकते-रोकते भी रोक नहीं पाए थे। वही हुआ, जिससे होशावस्था में डरते थे। ऐसा कुछ हुआ तो मार दिए जाएँगे। वह भी, जिसने दुनिया तक नहीं देखी है। शायद वही हमारी मौत बन जाएगा। लेकिन उसका क्या क़सूर, किया-धरा तो हम दोनों का है। हम ही फिसलते-फिसलते वहाँ पहुँच गए, जहाँ से वापसी नहीं है। वह हमारा काल नहीं, हम अपने साथ उसे काल के मुँह में ले जाएँगे।

बच्चा पैदा हुआ। दूसरी जगह भागकर जन्म कराया। पति काम पर आता रहा था, उसे अपनी घरवाली के हिस्से का काम भी करना पड़ता था। करिया मेम साहब उससे रोज़ पूछती थी, तेरी घरवाली कहाँ मर गई? वह कह देता, बीमारी के कारण उसकी माँ उसे ले गई। फिज़ी के लोग बीमारी को देवताओं की नाराज़गी की देन समझते थे। बीमारी की हालत में, देवता के डर से, मालिक पत्नी को दंड भी नहीं दे सकते थे। माना जाता था—ऐसे में देवता दंड देनेवाले को उलट देता है। पति पत्नी के हिस्से का काम भी कर ही रहा था, इसलिए करिया साहब और मेम साहब का गुस्सा आपे में रहता था। मरे हुए मुरगे को भी वे बिना मेम साहब को दिखाए नहीं फेंकते थे।

उनके सामने एक बड़ा सवाल था कि बच्चा रोएगा, मालिकों को पता चलेगा तो क्या होगा? उन्होंने लकड़ियाँ और बड़े-बड़े पत्ते इकट्ठे करके मुरगों के दड़बे के एक कोने में पर्णकुटी बनाई। हुआ भी यही, अपनी पर्णकुटी में लेटते ही बच्चा जोर-जोर से रोने लगा। मुरगे-मुरगियों में हलचल मच गई। पति को याद आया कि पहले जब अकेला था और फुटकर काम करता था तो वहाँ काम करनेवालियाँ अपने बच्चे को कुछ चटाकर सुला देती थीं। बच्चा काम निबटने तक सोता रहता था। बीच-बीच में वे औरतें अपने-अपने बच्चों को दूध पिलाती रहती थीं। एक-आध बार एक-दो औरतों ने उसे पैसे देकर एक दुकान से बच्चों को सुलानेवाली

चटनी मँगाई थी। वह दुकान उसे मालूम थी। वह आदमी राम-राम करते हुए उस दुकान से चटनी की शीशी ले आया। दुकानदार ने अपनी भाषा में उससे पूछा—पहला बच्चा है? उसने गरदन हिला दी। दुकानदार ने इशारे से समझाया कि मात्र उँगली छुआकर चटा देना। नहीं तो सोता रह जाएगा। वह काफी डर गया। पत्नी ने समझाया, यहाँ पर तो सब मज़दूरनियाँ यही करती हैं। पहले दिन पत्नी ने डरते-डरते उसे उँगली भर चटाया। उनका प्रयोग सफल हुआ। दिन भर वे उस पर नज़र रखे रहे। बीच-बीच में वह कुलबुलाता था। उन्हें अपने प्रयोग की सफलता का अहसास होता था तो होंठ सूखी रबर की तरह फैल जाते थे।

मुरगे-मुरगियों के लिए वह अजूबा था। वे चोंच मारते थे। लकड़ी लगी होने की वजह से वह बच्चे तक पहुँच नहीं पाते थे। मालिक आ गए तो? वे दोनों और भी ज़्यादा डरे रहने लगे। मुरगे फड़फड़ाते थे तो उनका भय और बढ़ जाता था। एक-दो बार पूछा भी गया कि आजकल मुरगे इतना क्यों फड़फड़ाते हैं?

'कभी-कभी एक बिल्ली चक्कर लगाती है तो दड़बे में खलबली मच जाती है।'

बात आई-गई हो गई। डर एक ऐसा जहर है, जो अमरबेल की तरह फैलता-फैलता पूरे वजूद को ढक लेता है। बच्चे की जान का डर तो और भी मारक होता है। डर दिन-पर-दिन पत्नी के अंदर बैठता जा रहा था। डर नशे की तरह और भी चढ़ता जाता था। माँ बीमार रहने लगी। बाप के ऊपर काम का जोर और भी बढ़ गया। एक दिन आया, जब सुजित की माँ ईश्वर को प्यारी हो गई। दड़बे के अंदरवाला दड़बा पूरी तरह सुजित का घर हो गया। सुजित का बाप समय निकालकर आता था और बच्चे को देख जाता था। उसे खाने-पीने को दे जाता था। उसकी दोस्ती मुरगे-मुरगियों से होती जा रही थी। वह कोशिश करता था कि ज़्यादा-से-ज़्यादा समय उनके साथ ही रहे। बाप डरता था, कहीं वे उसे ज़ख्मी न कर दें। उसने मुरग़ों की तरह आवाज़ें निकालना शुरू कर दिया था। बापू की समझ में नहीं आ रहा था कि वह क्या करे। एक तरह से वह आश्वस्त भी था कि मालिक लोग सुजित को आवाज़ से नहीं पहचान पाएँगे। कुछ दिन बाद वह अपने हाथ-पैर उन्हीं की तरह मोड़ने लगा। उसका बाप मना करता था तो वह अपनी तरह हँसता था। बापू डर जाता था। उसके मन में धीरे-धीरे हौल बैठने लगी। उसके बच्चे का क्या होगा? वह उसे लेकर कहीं भाग भी नहीं सकता था। एक तो खुद कमज़ोर, दूसरे खरीदा हुआ दागदार ग़ुलाम। कहीं भी पकड़ा जाता। रोटी-पानी का कोई सहारा नहीं था। उसका बच्चा उसकी आँखों के सामने मुरग़े में तबदील होता जा

रहा था। वह जो खाने के लिए लाकर उसे देता था, सुजित उसे ज़मीन पर फैला लेता था और दूसरे दोस्तों के साथ उन्हीं की तरह मुँह से चुगकर खाता था। बापू अपना सिर पीट लेता था। अगर मालिक को पता चल भी जाता तो क्या होता, ज़्यादा-से-ज़्यादा उन्हें मार डालते। इसकी माँ उसे छुपाने में चली गई। वह भी चला जाएगा। इस ज़िंदगी से तो अच्छा था, मर गया होता। अब तो सुजित न इनसानों में, न पक्षियों में, न मरों में, न जियो में। दिन-पर-दिन जानवर में बदलता जा रहा है। कभी उस पर दया आती थी। उसे गोद में लेकर सहलाने की कोशिश करता था। हाथ-पैर चलाकर भले ही वह अपने प्यार का इज़हार करने की कोशिश करता हो। टेढ़े-मेढ़े नाख़ून उसे ज़ख्मी कर देते थे। मालकिन देख लेती थी तो पूछती, 'क्या हुआ?'

'एक ख़ूँख़ार मुरग़ा बड़ा हो रहा है। गोदी में उठा लिया था, खरोंच मार दी।'

'उसे काटकर पका ले।'

वह चुप रहता। मन-ही-मन सोचता, 'यही तो नहीं कर सकता।' कैसे कहूँ, मेरी पत्नी उसे मेरे ज़िम्मे छोड़ गई है। गलती हमारी ही थी। न वह अपने को सँभाल पाया, न सुजित को।

एक दिन वह भी चला गया। सुजित उसकी लाश के पास बैठा रहा। उसे पंजेनुमा हाथों से छू-छूकर देखता रहा। जब बदबू आई और अस्पताल की टीम आई तो उस टीम की इंचार्ज एक गोरी महिला एलिज़ाबेथ थी। उसने सुजित को देखा। एक आदमी के बच्चे को मुरग़ों की तरह व्यवहार करते देखकर चकित रह गई। वह आवाज़ भी उनकी तरह निकाल रहा था। काफी देर तक देखती रही। उससे पूछा भी। पर वह इतना समझ सकी सुजित इसी दड़बे में पला-बढ़ा है। वह आदमी जो मरा है, वह इस घर का दागी ग़ुलाम है। सुजित से उसका रिश्ता है। लेकिन सुजित को रिश्तों का ज्ञान नहीं था। माँ मरी थी, तब तो वह चटनी पर जीता था। उसे पता नहीं चला, कब माँ कहाँ चली गई। मरे पिता को देखकर उसे यही संज्ञान हुआ था कि उसके रहबर जैसा अब कोई नहीं रहा। दड़बे में भी सन्नाटा था। उस दिन पहली बार करिया मेम साहब और साहब आए थे।

बदबू के मारे खड़े नहीं हो पाए। एलिज़ाबेथ को बुलाकर कहा, 'दि सब्लडीक्रीचर इज सन ऑफ दिस चीटर।'

एलिज़ाबेथ को अंदाज़ हो गया था। बहुत से परिवार अपने ग़ुलामों पर बंदिश लगा देते हैं कि जीवन भर संतान पैदा नहीं करेंगे। शायद इसके माता-पिता ने उस बंदिश को तोड़ा हो और मालिक के डर से अपने बच्चे को दड़बे में मुरग़ों के साथ

पलने को छोड़ दिया हो। वह गोरी महिला सुजित को अपने साथ लेती गई। वह जान गई थी कि यहाँ रहा तो यह जीवित नहीं रहेगा। उस महिला ने सुजित को एक अनाथालय में दाखिल कर दिया। जब वह आक्रामक हो जाता था तो उसे बाँध दिया जाता था और एलिज़ाबेथ को बुलाया जाता था। उसके आने पर वह शांत हो जाता था। उसे लगता हो, एलिज़ाबेथ उसकी हमदर्द है। उसके सामने वह सुरक्षित है। उसकी आँखों में ज़रूर अपनी माँ की कोई शक्ल बची रही होगी। धीरे-धीरे उसे बाँधकर रखा जाने लगा। अनाथालय वाले एलिज़ाबेथ से शिकायत करते थे। उससे दूसरे बच्चे और कर्मचारी डरते हैं। आखिर एलिज़ाबेथ हिम्मत करके सुजित को अपने घर ले गई। जब वह घर पर रहती थी तो उसे कमरे से बाहर निकाल कर अपने साथ टहलाती थी। दो आदमी साथ रहते थे। शुरू में एक-दो बार सुजित ने हुज्जत की थी। लेकिन धीरे-धीरे वह उनके साथ हिलता गया था। वे उसके साथ इस तरह रुक-रुक के बात करती थी, जिससे वह उनके द्वारा बोले गए शब्दों से परिचित होता जाए। फिर जिन वस्तुओं के नाम लेती थी, उन्हें पहचनवाती थी, जो क्रियाएँ वह करता था, उनके बारे में बताती थी। तुम चले, तुमने खाया, तुमने शैतानी की आदि। एक फ़िजियोथैरेपिस्ट रखा था, जो उसके हाथों-पैरों को सीधा करता था। वह मुरग़ों के पंखों की तरह हाथ हिलाता था। उनकी तरह कूद-कूदकर चलता था। एलिज़ाबेथ उसको चलकर बताती थी। उसका हाथ पकड़कर चलाती थी। कपड़े पहनना तक उसे सिखाया था। वह कहीं भी गंदा कर देता था। उसे बड़ी मुश्किल से बाथरूम इस्तेमाल करना सिखाया था। कमोड में पानी चलाकर देखना उसे अच्छा लगता था। जिस काम में बच्चे को मज़ा आता है, वह जल्दी सीखता है। गेंद पकड़ने के लिए दौड़ने के कारण ही उसके पैरों में जान आई थी। मुड़ी हुई उँगलियों से गेंद उठाने के कारण ही उँगलियों में जुंबिश आने लगी थी। एलिज़ाबेथ ने उसके बारे में कई ऐसी बातें जान ली थीं, जिनसे वह खुश होता था। वे उन बातों को स्वयं भी करती थीं और उससे भी कराती थीं।

जब वह थोड़ा-बहुत बोलने लगा, यानी यह समझने लगा कि बोलना शब्दों के माध्यम से होता है। उनके उच्चारण के लिए जिह्वा, होंठों आदि की सहायता की ज़रूरत होती है तो उसे लगा कि उसने अपने बारे में एक नई ईज़ाद की है। वह एलिज़ाबेथ से ज़िद करता था कि वह बात करे। बात के माध्यम से वह जानना चाहता था। उसकी माँ एलिज़ाबेथ है या कोई और। एलिज़ाबेथ हँसकर टाल देती थी। वह रूठ जाता था। उसे याद था कि जहाँ से वे उसे लाई थीं, वहाँ एक आदमी मरा हुआ पड़ा था। वह उसे छूकर देख रहा था, वह कौन था? पर वह क्या

कहती? जो करिया साहब गुस्से में कह गया था, उसपर विश्वास करके कुछ कहना ठीक नहीं लगा। उन्हें लगने लगा था, सुजित के सवाल उनके लिए मुश्किल पैदा करने लगे। उन्होंने एक ढंग निकाला कि वे सुजित से सवाल करके उसके मन की बात जानने की कोशिश करने लगीं। उससे पूछा, 'आदमी के बच्चे होकर तुम मुरग़ों के साथ क्यों रहते थे?' उसके चेहरे का रंग बदल गया। वह काफी देर तक कुछ कह नहीं पाया।

'वे···मुझे उड़ना सिखाते थे।'

'तुम्हें खाना कौन देता था?' वह उलझ गया। वह कहना चाहता था, पर कह नहीं पा रहा था। हालाँकि उसके चेहरे पर हल्की सी चमक आ गई थी। सहजता नज़र आने लगी थी।

'वह तुम्हारा क्या लगता था?'

वह झुँझला उठा, 'नहीं मालूम।' कहकर वह अपने हाथों को उसी तरह घुमाने लगा, जैसे दड़बे में रहते हुए घुमाता था। एलिज़ाबेथ की समझ में नहीं आया कि वह ऐसा क्यों कर रहा है।

'सुजित तुम क्या कर रहे हो? शांत हो जाओ।' वह कमरे से बाहर निकल गया और अपने दोनों हाथों को पंखों की तरह हिलाने लगा। शायद उड़ना चाहता था। एलिज़ाबेथ को ध्यान आया कि जब अनाथालय में वह अजीब हरकतें करने लगता था तो उन्हें ही बुलाया जाता था। वे ही उसे पुचकारकर शांत करती थी। वे भी बाहर निकल आईं। उसे छुआ। बोलीं, 'बेटा सुजित, तुम क्या कर रहे हो? हमें भी उड़ना सिखा दो।' वह छूते ही शांत हो गया। चुपचाप अंदर आ गया। बोला, 'बताओ, मेरी माँ कौन है, कहाँ है?' पहले तो एलिज़ाबेथ समझी नहीं। उसके शब्द साफ नहीं थे, लेकिन जब उसका सवाल समझ में आया तो इशारा करके बताया, 'मैं'। वह धीरे-धीरे पास आया। उन्हें लगा, उसकी आँखों में माँ की एक तसवीर है। वह उसे प्रत्यक्ष देखना चाहता है। एलिज़ाबेथ ने सुजित को सीने से लगा लिया। लगा, वह धीरे-धीरे कुछ चूस रहा है। वे उसकी तसवीर को खंडित किए बिना चुपचाप खड़ी रहीं। शायद उसकी आँखों में छिपी तसवीर साकार हो रही थी।

□

कविताएँ

उसके तुरंत बाद उनका स्वर्गवास हो गया था।

वे लगभग छह महीने बिस्तर पर रही थीं। अमरीका दोनों साथ-साथ गए थे। डेढ़-डेढ़ महीने दोनों बच्चों के पास रहे। पति का मन था वीज़ा बढ़वा लें, कुछ दिन और रह लें, लेकिन पत्नी का मन उचट रहा था। 'अपने घर चलो, बच्चों से मिलना था। मिल लिये। यहाँ पड़े रहकर उनका भी मन बँटा रहेगा और अपने को भी लगता रहेगा, आए थे हरि भजन को ओटन लगे कपास। यह कपास ही ओटना है कि उनकी अनुपस्थिति में बच्चों को देखें और सामने यह सोचें कि बच्चे काम पर से आए हैं, इन्हें आराम कर लेने दो।'

आख़िर उन्होंने लौट जाने का मन बना लिया और चले भी आए। वे चाहती थीं कि उन्होंने जो कविताएँ लिखी हैं, जल्दी छप जाएँ। पति से कहती भी थीं कि बच्चे अपने काम पर लग गए, अब इन कविताओं का भी कुछ हो जाए तो मैं आराम से मर सकूँगी। कविताओं का छपवाना बच्चों को काम पर लगने से कम महत्त्वपूर्ण नहीं था। पति हँसकर कहते थे, 'तुम हर बात को ज़िंदगी और मौत से जोड़कर क्यों देखती हो? तुम्हें इतनी जल्दी जाने कौन देगा? स्वार्थ की हमारे यहाँ कोई जगह नहीं।'

कभी चुप लगा जाती थीं, कभी कहतीं—मौत का क्या यक़ीन। सबसे बड़ी अतिथि तो मृत्यु ही है। उसके स्वागत के लिए हमेशा थाल सजाए तैयार रहना चाहिए। जब आ जाए, स्वागत। कहकर हँस देती थीं, पति की भौंहें चढ़ जाती थीं। वे समझातीं, 'इसमें नाराज़गी की क्या बात है। मैं एक बार दरवाज़े तक जाकर लौट आई हूँ। तकलीफ़ भी बहुत है, पर मुक्ति भी···' पति मुँह पर हाथ रख देते थे। बस बहुत हुआ, बंद करो। वह यह कहकर चुप हो जातीं, 'तुम्हारी मर्ज़ी, सच्चाई से भला दुश्मनी। यह तो ऐसी बात है, जो हर एक के लिए सच है। आगे या पीछे। हम एक ऐसी सच्चाई को भी सहन नहीं कर सकते, जिसका कोई विकल्प नहीं।'

उनका कविता संकलन तैयार करना चुपचाप जारी था। कभी जब मन होता था तो पति को एक-दो कविता सुना देती थीं। पति प्रशासनिक पद से सेवानिवृत्त हुए थे। उन्हें उनकी हर कविता बहुत अच्छी लगती थी। वे जानती थीं कि इनके पास तारीफ़ के अलावा कुछ नहीं। कभी सुझाव भी देते थे। जब कोई ऐसा शब्द याद आ जाता था, जिसे वे फाइल से ज़्यादा कविता के लायक समझते थे तो उस शब्द को कविता में फिट करने का आग्रह करते थे। वे मना नहीं करती थीं। नोट कर लेती थीं। बाद में कभी याद आ जाता तो पूछते भी थे, 'मैंने तुम्हें एक बहुत अच्छा शब्द तुम्हारी कविता के लिए बताया था, उसका क्या हुआ?'

उन्हें याद भी होता था तो पूछतीं—कौन सा शब्द। अब उन्हें क्या याद रहता। वे कहते, बताया नहीं था। फिर वे यही कहतीं कि तुमने बताया था तो मैंने ज़रूर इस्तेमाल कर लिया होगा। तुम्हारा कहा मैं कैसे टाल सकती थी। वे इसी बात से खुश होकर कहते, 'बस यही तो तुम्हारी बात है, जो दिल खुश कर देती है। हम क्या जानें कविता-कहानी के बारे में। ज़िंदगी भर तो फ़ाइलें घसीटते रहे।' वे मुसकुराकर कहतीं, 'हम भी क्या जानें फ़ाइलों के बारे में, हम ठहरी लड़कियों को काव्यशास्त्र पढ़ानेवाली।' शायद उनका साफ संकेत था कि हम तुम्हारी फ़ाइलों में दख़ल कब देते हैं।

शायद उनका पहला कविता संकलन था। वे उसे गुपचुप तैयार कर रही थीं। वे नहीं चाहती थीं कि छपने से पूर्व कोई उसे देखे। पति को भी वे इतना ही बताती थीं कि कविताएँ छाँट रही हैं। पति कहते भी थे—दिखाइए, कौन सी कविताएँ छाँटी। वे कहतीं—छँटने के बाद देखिएगा। पति को बुरा नहीं लगता था। एक तो ये स्वयं व्यस्त आदमी थे, दूसरे वे यह पूछना पति-पत्नी के बीच सहयोग और भागीदारी का चिह्न मानते थे। पति नहीं पूछेगा तो कौन पूछेगा। पत्नी का स्वास्थ्य यू.एस. से लौटने के बाद से गिरावट की ओर था। पति पूछते थे तो वे उन्हें यह कहकर समझा देतीं, इतना लंबा सफ़र करके और बच्चों का इतना सुख भोगकर आए हैं तो क्या इतना फ़र्क़ भी नहीं पड़ेगा। वे चिढ़ाते, हमने तो कहा था, वीज़ा कुछ समय के लिए बढ़वा लेते हैं, पर तुम्हें तो सुख काटता था। वे हँसकर कहतीं, 'उधार का सुख और उधार के पैसे में ज़्यादा फ़र्क़ नहीं होता, यों आया यों गया। मरना-जीना अपने घर का।' यह बात पति का मूड बिगाड़ देती थी। तब उन्हें कहना पड़ता था कि देखो, सच्चाई से कब तक मुँह मोड़ोगे। कवि पहले यही जानने की कोशिश करता है, जीवन का यथार्थ क्या है। प्रशासक पहले पत्रावली की सच्चाई देखता है। कई बार दोनों में समानता नहीं होती, क्योंकि वहाँ इनसान

लगभग अनुपस्थित होता है। पति को यह बात थोड़ी उलझी हुई लगती। वे कहते, 'अच्छा भई, जो तुम्हें सोचना हो सोचो, करना हो करो। मुझे बरी रखो।'

पत्नी ने धीरे-धीरे बिस्तर पकड़ लिया। पति अवकाश ग्रहण करने के बाद कंसल्टेंसी करते थे। उन्होंने काम की तरफ तवज्जोह कम करनी शुरू कर दी। पत्नी को देखना प्राथमिकता में आ गया। वे जब तक कर सकती थीं, अपनी कविताओं को उलटती-पलटती रही थीं। पति समझाने की कोशिश करते, 'आराम करो, कविता ज़िंदगी से ज़्यादा ज़रूरी तो नहीं, ठीक हो जाओ तो बहुतेरी कविताएँ लिखी जाएँगी।' वे आँखों में पानी भर लातीं, इशारे से कहतीं, ऐसा मत कहो। जब तक बोल पाती थीं, तब यह भी कहती थीं कि दूध बिखरने पर जैसे कटोरे में कुछ नहीं रह जाता है, ऐसा ही कविता के साथ भी होता है। मेरा जीना भी कविता के साथ ही जुड़ा है। शनै:-शनै वे बेहोशी सी में रहने लगीं। यू.एस. से बच्चे आए, देखकर चले गए। चलते-चलते पापा को रुपए देने लगे तो एक क्षण के लिए उन्होंने आँखें खोलीं। उन्होंने पति की ओर आँखें हिलाईं, पति ने जवाब में गरदन हिला दी। बच्चों से बोले, 'तुम्हारी माँ के लिए मेरे पास इतना है कि उनका इलाज हो सके, नहीं होगा तो तुम लोगों से ही माँगूँगा।'

बच्चों को अच्छा नहीं लगा। वे बोले, 'हम बहुत गिल्टी फ़ील करेंगे कि माँ के लिए हम कुछ नहीं कर पाए।' माँ ने इस बार बच्चों की तरफ देखा। वे सब जाने के लिए लदे-फदे खड़े थे। आँखें बंद कर लीं। पिता के पास सख़्ती के साथ मना कर देने के सिवाय कोई रास्ता नहीं था। माँ की आँखें बंद थीं, पर दर्द कम लगा। कई दिन बाद पति को महसूस हुआ कि आज कुछ आराम है। जब से बच्चे आए थे, उनके चेहरे की पीड़ा बढ़ गई थी। पति ने उन लोगों के आने पर बच्चों के से उत्साह के साथ उन्हें बोलकर कहा था, 'देखो, आँखें खोलो, बच्चे तुमसे मिलने आए हैं।' वे उसी तरह सन्न पड़ी रही थीं। बड़ी बेटी ने कहा था, 'हमें क्या मालूम था कि माँ की तबीयत ऐसी है। हम पहले आ गए होते। हम तो समझते थे कि हमेशा की तरह ब्लडप्रेशर और शुगर बढ़े होंगे।' पापा थोड़ी तेज़ आवाज़ में बोले थे, 'तुम्हें जो समझना था समझ लिया। यह भी समझ सकते थे। समझने के पीछे अनेक फैक्टर होते हैं। एक बार तुम गिर गई थीं, तुम्हारी माँ प्रैक्टीकल परीक्षा लेने अहमदाबाद गई थी। मैंने बता दिया था—ठोड़ी पर चोट आई है। पट्टी करा दी, आराम से सो रही है। फ्लाइट पकड़ी और आ गई। परीक्षक पद से डिबार कर दी गई थी। तब क़ानून का पालन सख़्ती से होता था। उन्होंने गलत समझा था?'

लड़का बोला, 'पापा, आप तो समझते हैं कि कितना मुश्किल है…' उन्होंने

आँख मिचमिचाईं, 'पापा उन्हें लेकर बाहर चले गए। बच्चों के चले जाने के बाद उनकी आवाज़ तो एक तरह से पूरी तरह बंद हो गई थी, लेकिन कुछ दिनों के लिए एक सुधार नज़र आया था कि वह सहारे से बैठ जाती थीं। कागज़-पेंसिल लेकर अपनी बात लिखकर बता देती थीं। कविताएँ सिरहाने मेज़ पर रखवा ली थीं। कभी-कभी जब मन होता था तो छूकर देख लेती थीं। पति कहते थे, पढ़कर सुना दो तो हाथ जोड़ लेती थीं। जब वे ठीक थीं और पति पढ़कर सुनाने की इच्छा ज़ाहिर करते। तो वे कहती थीं, जैसे बच्चे की माँ ही बच्चे की बात समझती है, ऐसे ही कविता के बोल होते हैं। जहाँ ज़ोर देना हो, वहाँ न देकर कहीं और दे दो तो अर्थ का अनर्थ हो जाए। पति ख़िसियाते थे या नहीं, यह कहना तो मुश्किल है, पर समझ जाते थे। पति के दिमाग में उनका वही जवाब उतर आता था, 'हाँ, जो लिखे, वही पढ़े तो ठीक रहता है।'

उनकी तबीयत अचानक बहुत ख़राब हो गई। उन्हें शायद साँस घुटता सा लग रहा था। डॉक्टर को बुलाया गया। वह काफी देर तक ऑब्ज़र्व करता रहा। एक-आध इंजेक्शन भी दिया। तबीयत कुछ सहूलियत पर आई तो डॉक्टर ने जाते हुए कहा, "तकलीफ़ तो जो है, वह है ही, लेकिन इस समय कोई ख़तरे की बात नहीं है। कई बार अभिव्यक्त न कर पाने के कारण भी अस्थिरता पैदा हो जाती है।"

जब लौटकर आए तो फिर वे असामान्य सी नज़र आईं। बार-बार गरदन हिला रही थीं, कुछ साँस भी असामान्य होता जा रहा था। उन्होंने कहा, "तुम्हें जो कहना हो, निस्संकोच कहो, मैं हूँ ना।"

उन्होंने कागज़-पेंसिल थमाकर कहा, "तुम्हें जो कहना हो, लिखकर बताओ।" उनका मन भी भारी हो आया था। गला साफ़ किया। कुछ देर वे बेचैन बनी रहीं। फिर अंग्रेज़ी में लिखा, "आई सीक योर परमिशन टु लीव..."

थोड़ी देर वे समझ नहीं पाए, इसका क्या मतलब है, उन्होंने ऐसा क्यों लिखा? थोड़ा सँभले तो जवाब में लिखा, "सॉरी, यू कांट लीव मी एलोन। वी विल गो टुगेदर।" उन्होंने पढ़ा, एक क्षण को आँखें बंद कीं। फिर चेहरे पर एक तरह की मायूसी सी उभर आई। निढाल होकर लेट गईं। आँखें बंद थीं। पति मन हल्का करने के लिए कुछ देर के लिए बाहर चले गए। लौटे तो वह सो रही थीं। उस दिन के बाद वे सोती ज़्यादा थीं। लिखकर बात करना भी बंद कर दिया। कभी जब चेतना आती थी और वे पूछते थे, तबीयत कैसी है तो वे टेढ़े-मेढ़े शब्दों में लिख देती थीं, 'अनबियरेबिल, वेटिंग फ़ॉर योर परमिशन...'

कुछ दिन बाद होश आने का अंतराल बढ़ गया। खाना भी कम होने लगा। फिर तरल पदार्थ दिए जाने लगे। डॉक्टर ने भी लगभग जवाब दिया कि अब ऐसा ही चलेगा। धीरे-धीरे इनके आर्गन आराम करने की मुद्रा में आने लगे हैं। आप बच्चों को बुलाना चाहें तो बुला लें। एक बार बच्चे फिर आए। इस बार उन्होंने आँख खोलकर भी नहीं देखा। वे पुकारते रहे···जगाने की कोशिश करते रहे, पर वे शांत लेटी रहीं। पिता कुछ नहीं बोल रहे थे।

बच्चों को भी पता चल गया था कि मॉम ने पापा से इजाज़त माँगी थी, लेकिन पापा ने नहीं दी। एक दिन बेटे ने कहा, ''पापा, मॉम बहुत कष्ट में हैं। कब तक ये इस तरह तकलीफ़ भोगती रहेंगी?''

''जब तक ईश्वर की इच्छा···''

उस दिन बात वहीं रह गई। उन लोगों के फोन स्टेट्स से आते रहते थे। अकसर पापा कुछ नहीं पूछते थे, किसका फोन है या क्या बात है, सब ठीक तो है ना। कभी कान में पड़ जाता था, बुलावा आ रहा है। उस दिन फिर बात उठी, ''पापा, माँ बहुत कष्ट में हैं।'' वे चुप रहे। उस दिन उनकी एक रिश्तेदार भी आई हुई थी। वह बोली, ''जीजाजी, हमने सुना है, दीदी ने आपसे लिखकर इजाज़त माँगी थी कि वे जाना चाहती हैं। आपने मना कर दिया। कहीं इसलिए तो वे इतना कष्ट नहीं भोग रहीं। आप इजाज़त दें तो वे जाएँ।'' वे पहली बार बच्चों की तरह झर-झर रोने लगे। वह महिला सकपका गई। ''मेरा मतलब यह नहीं था। मैंने तो दीदी की तकलीफ़ देखकर कह दिया था।''

''तुमने ठीक कहा, तुम्हारी इसमें कोई ख़ता नहीं। आजकल हर आदमी वक़्त की रेल पर सवार है। उतरनेवाले का कोई इंतज़ार नहीं करना चाहता कि वह आराम से उतर सके। ठीक है, मैं सोचूँगा। दरअसल, मैं तो खाली हूँ, इन्हें आराम से उतारकर खुद भी उतर जाना चाहता हूँ।'' वे अब नॉर्मल थे।

बच्चों में से किसी के मुँह से निकला, ''पापा, यह आराम नहीं, कष्ट भोगते रहने के लिए···'' वाक्य उन्होंने पूरा किया, ''मजबूर करना है···यही कहना चाहते हो ना! ठीक कहते हो। इसका इलाज़ तो मर्सी किलिंग ही हो सकता है। उसके लिए ही तुम्हारी माँ इजाज़त चाह रही थी। मैं उस समय हिम्मत नहीं जुटा पाया था। मैंने यही कहकर समझा दिया था कि दोनों साथ चलेंगे। मैंने देखा था, वह मायूस हो गई थी। मैं भी क्या करता। अब आप सबकी राय है तो मैं कह दूँगा, तुम जाओ। अब ज़्यादा कष्ट मत भोगो। तुम्हारे बच्चे और परिवार के लोग भी यही चाहते हैं। मेरी बात पर ध्यान न दो।''

"हमारा यह मतलब नहीं था···" वे ज़ोर से बोले, "तुम विज्ञान के देश से आए हो, तुम इस बात में कितना विश्वास करते हो कि मेरी इजाज़त देते ही वे चली गई होतीं। अगर ऐसा हो भी गया होता तो आप लोग कहते कि पापा को ऐसा नहीं करना चाहिए था। हो सकता है, तुम नया नाम खोजकर कहते, 'इट एमाउंट्स टु 'संकल्प' मर्सी किलिंग,' कहकर वे चुप हो गए।" दो-तीन दिन से वे चुप थे। ज़्यादातर पत्नी के बराबर में बैठकर वक़्त गुज़ारते थे। बीच-बीच में वे उनकी कविताओं का पाठ भी करते थे। हालाँकि जीवन भर उन्हें उनसे अलग रखा था। यह कहकर साहित्य एकनिष्ठता माँगता है, वे मान जाते थे। गीता का पाठ भी करते थे।

वे रात को उठे। बेवक़्त स्नान किया। उनके कान के पास मुँह ले जाकर कहा, "तुम्हें बहुत कष्ट है, मैंने अब तक अपने स्वार्थ में तुम्हें रोके रखा। उसे मेरी भीरुता भी मान सकती हो, जो निर्णय तुम लेना चाहो, ले लो। अपना फ़ैसला मुझे बता देना। मैं अँधेरे में नहीं रहना चाहता हूँ, न किसी को रखना चाहता हूँ। तुम्हारे बच्चे भी जाने को कह रहे थे। मैंने उनसे दो दिन का समय माँगा है। शायद सब हो ही जाए और वे निश्चिंत मन से वापस अपने देश लौट सकें।"

उन्हें लगा, उन्होंने आँखें खोलीं, मुसकराईं। तभी एक धमाका हआ।

एक कागज़ पर बड़े-बड़े अक्षरों में लिखा पड़ा था—

मर्सी किलिंग··· ।

□□□